且将异乡作故乡

海外客的世间相

谢小丁 著

北京日报出版社

GOOD
VIBES
P

皇后镇的绚烂夜景，小镇的傍晚，宁静悠远

初冬时刻，希望街不远处的山顶堆起浅浅的雪

从杰克·瑞德家淘来的老扶手椅，坐在暗红色绒布椅上，时间似乎就此凝固

金姆爸爸久久凝视着儿子的相片，那些记录了药房过去时刻的相片

皇后镇最出名的钢琴师，与小镇融为一体

小鲸离开新西兰前，看遍所有明信片上的风景

推荐序

/ 庄祖宜

2016年前的圣诞假期，我们一家四口去了新西兰南岛旅游。在跨年前夕抵达山间水湄的皇后镇，一下飞机我们就被眼前人间仙境般的美景震慑住了，心想若能长住在这里多好啊!当晚我们在镇中心闲逛，走进了一家百年大药房，此时已近打烊时分，日落西斜，客人三两，一个长发女孩从收银台走过来笑嘻嘻地说:“祖宜，我是丁丁。”天啊!我们之前曾经电邮来往，我读了丁丁第一本书《没有岁月可回头》，由衷地喜欢，推荐给了身边很多朋友。后来许久没有联络，没想到在皇后镇第一晚就巧遇，缘分不浅。

两天后丁丁休假，开车带我们一家去二十公里外的箭镇(Arrowtown)，参观19世纪来淘金的第一批华工聚落，以及收藏了大量早期华人移民文物的湖区博物馆。箭镇官方中文导览手册是丁丁编写的，她带着我们到处参观，故事娓娓道来。我忽然发现她描绘的不只是百年多前那个拓荒的时代，而是前后印证着，一并诉说所有离乡背井的人的梦想与希望，辛酸与苦闷。她形容皇后镇“有着壮丽的山，清冽的湖水，徒有其表的热闹，下面虚掩着的浅浅淡淡的孤独，时不时跳出来，在内心呼喊抗议”。就像她认识的一位打工妹，发的朋友圈尽是新西兰羡杀人的好山好水，私底下未婚怀孕，被生计和居留问题折磨得走投无路。也像那个当年照片里意气风发的记者，现在守着冷清的华文报社办公室，只能招揽广告和拼贴新闻。还有那个富太太，和打扫阿姨结为朋友，因为二人都寂寞且同病相怜，前者的孩子不愿意学中文，后者的孩子不愿意开口说英文……一个个读了让人纠结又有点暖心的故事组成了海外华人的众生相，深刻而真实。

丁丁当年放弃国内稳定的大报记者工作去新西兰游学打工，进而定居在皇后镇经营民宿，写了两本书……她的故事在某种程度上印证了时下流行的思路:只要追求心之所向，整个宇宙都会帮助你达成梦想，只不过这个梦想的实践与金钱和名望没有关系，而是心灵的成长。异乡生活的经历让丁丁的眼光更开阔也更温柔，给了她一篇篇动人的故事，就像我和她的相遇一样，出于偶然，却因为她的付出而变得意义非凡。

2019年7月

前　言

你没有如期归来

2013年，启程离开中国时，原本计划只是在海外短暂停留，跟随当时年轻人都想往外走的潇洒潮流，体验一年后，重返原本的生活轨迹，继续当一名记者，或是别的什么媒体职业。就像人生中某些午睡时刻，小小打个盹，就要醒过来，什么也不会改变。

谁知这一觉睡到天荒地老，醒来时已世事全非。

六年过去了，我依然待在新西兰，一个羊比人多的南半球国度，拥有世界上最美的山与海，还有无尽漫长的温柔白云。当初那个背着行囊不知何处可去的游人，如今已算半个本地人：常在网上分享当地景致，壮观的步道，地道小咖啡馆，解答人们对这片土地的好奇与疑惑。每日走在熟稔的街头，碰见游人们三三两两兴奋拍照时，耐心站在一边，微笑等待他们拍完后，再淡定地走过去。

朋友从中国来旅行，撞见傍晚时分天际的灿烂晚霞，他们大呼绚丽至极。我耸耸肩，露出见怪不怪的表情：这很常见啊。

我过着一种闲散的隐居生活。第一片落叶飘至窗台时，开始思考这个时令应该种什么香草；周末去赶集，买一份热狗坐在草坪上，看大胡子民谣吉他手摆弄乐器，听完一首接一首的乡村歌曲；当邻居家的果树结了果，拿着竹篮去摘，回家用数小时与大袋白糖，熬出一锅香浓甜蜜的果酱，再用晶莹透亮的玻璃樽装好，瓶口系上一根格纹丝带……

非常游刃有余，镇定自若的生活。

“可真羡慕你啊，过着我们向往的日子。”朋友说，陌生人说。

我卖力地将生活中体面优雅的一面展露出来，像一个雕刻匠，一点点凿刻自己的生活，修出理想中的模样。

只是，只有自己知道，内心深处始终有着无法摆脱的低语：你是个异乡人。

陈升有句歌词：“即使有天我拥有满天太阳，依然在幽暗的夜里醒来。”

这本书，讲述着我与他们的故事。一群悬浮在另一个世界的异乡人，在一个全然陌生的国度重新开始生活。像一棵树从原来的土壤里连根拔起，漂洋过海，重新移植到另一片土壤，承载截然不同的阳光与雨水，一点点生长，看似枝繁叶茂，伴随四季变化，开花落叶。而在新的土壤下面，无时无刻不在隐秘奋力地推开每颗石子，忍受每个蚂蚁的啮噬。

中国人也许是全世界最有生存智慧的族群，无论在地球哪个角落，街角总有一间小小亮着灯的中餐馆；无论酷热还是严寒，总能种出生机盎然的蔬菜绿叶。他们是西方人眼中坚韧、勤奋与聪明的外来客。

当我成为其中一员，离开原有的优渥熟悉的生活环境，跳入纯然陌生的另一个国度，适应当地的文化与社会潜规则时，麻烦如捅破了马蜂窝那样，乌压压骤然群蜂围裹周身，蛰得人抱头鼠窜——身份认同的矛盾，野心与现实的碰撞，中西文化的冲突，诸如此类，数不胜数。

一个昔日穿梭于高档场所与乡野村落的中国小记者，贸贸然敲开另一扇门，如爱丽丝误闯魔境，在这个绮丽却虚空的世界里惊头慌脑跌跌撞撞，闹了无数笑话。

我喜欢一部美剧——《初来乍到》，讲述的是一个华裔家庭如何在美国扎根。他们生活里的烦恼被演化成夸张的喜剧：当其他孩子以简单清爽的三明治做午餐时，他家孩子带着自家包的饺子，坐在一群金发碧眼中间，一口咬下去，空气里瞬间迸发出微妙的尴尬味道。

他们只在夜里咀嚼着故乡的温暖记忆，安慰自己，内心有个可以归去的巢穴。

可当他们回到阔别已久的家乡探亲时，发现一切已全然不同，熟悉的味道早已荡然无存，记忆中的古朴与温情渐渐消散在城市新起的高楼大厦里。

家乡没有等待他们，自顾自地抛下这些离乡背井的人，向前跑去。

那个有着宽下颌的小眼睛爸爸说："我们是鬼魂，游荡在两个世界，哪儿都回不去了。"

当一个刚毕业的学生在北京的都市洪流里被人潮吞噬时，我正抱着简历，站在新西兰一家报馆门前，试图消化刚刚听到的婉转推辞："抱歉，我们只需要英语是母语的人。”

当一位上海主妇催着孩子快快吃饭，否则钢琴课就来不及时，南半球的另一个母亲，正与女儿重复着每日争执。她们身旁的桌上，胡乱摊着一堆学习中文的教材。女儿抱着胳膊，像个成熟的新西兰少女，用流利的英语告诉母亲：“抱歉，我不想学中文。”

当一位即将进入三十岁的小城姑娘奔波于一次又一次相亲路上，不知即将面对的是话痨青年还是早秃中年时，南半球的另一个姑娘，刚结束一场语言不通的约会。那个英俊的金发青年告诉她：“抱歉，我只想恋爱，不想进入婚姻。”

当你在夜里忽然想起白天领导说的某句意味深长的话，并且努力分析每个字句背后隐藏的意义时，南半球的另一个男人，颓然站在洗手间整理情绪，一纸晋升申请摆在手边，“驳回”二字被水渍渗透，轻轻洇散开来。理由依然回荡在耳畔：“抱歉，你非常勤奋，可是我们需要更熟悉西方文化的人。”

人们在不同角落，经历着相同境遇，面对着生活开出的不同难题。现代社会，每个人都是异乡客，这本书，讲述着一群人的故事。

跋涉过千山万水后，发现后面还是千山万水。可是那又怎么样呢？这就是人生啊！一点点甜头，就能让人奋勇向前奔跑。短暂喘息后，再一次鼓足勇气，站起来。

那些午夜梦回的时刻，都会过去的。

在许多不经意的时刻，我常会想起二十五岁时的自己。那时自己活跃，天真，贪图新鲜，看什么都有意思。走在森林里，看见地上跌落的红浆果，也想放进嘴里尝尝味道。

翻看当时写的文字，充满闪烁的梦想，激烈，快乐，未来是如此的明亮。

那个被理想主义逗引向前的二十五岁女孩说："我终于有勇气放弃高薪与稳定，有勇气为'青春'去冒一次险，有勇气让未来的自己有点谈资，有勇气让自己用所有底牌，重开一局。"

六年过去后，三十一岁的她，终于站在当时设想的未来里，总算可以对二十五岁充满憧憬的自己说："我尽力了，希望没有让你失望。"

当千百条道路入口摆在眼前，我们挑选其中一条，深呼吸，轻轻踏上第一步。其他入口悄然关闭，迷雾散开，一条路轻轻展开，向前铺陈，无限延伸。

这是我们所选择的命运。

欢迎出发。

Off the menu

we from the East

谨以此书献给我的家人

目　录

Chapter 01　壮丽的寂寥

Chapter 02　虚妄的绮丽

Chapter 05 甜蜜的忧思

后记

Chapter 01 壮丽的寂寥

当东方的内敛撞击西式的外放直露，

当异乡客来到新世界，

当流水遇到石头，

会发生什么？

异乡的游荡者

“如果让你重新选择一次，你还会选择放弃工作，前往新西兰吗？”

电脑屏幕那端，某杂志记者传来一篇主题为“辞职去旅行”报道的系列提问，这是最后一道题，答完就能收工。

面对如此清晰干脆的一个问题，思绪戛然而止，不知从何说起。

2013年初，忙碌在采访与报道一线的我，抓住一个机缘巧合，跳出稳定生活圈，兴冲冲地拿着打工旅行签证来到新西兰。

那时的打工旅行在中国还算陌生概念，所以签证常常放出来还有富余，相比如今一个小时就被火速抢光的盛况，我有时会庆幸那时的幸运。

抵达这个遥远而洁净的国家，走出简朴的奥克兰机场，南半球刺目的阳光令人眩晕，崭新的生活铺开在眼前，旧日时光缓缓在身后关上大门。

原本以为一年“放生”后，就要重新回归原来的生活，很大可能是继续做记者，和新来的实习生吹吹这一年的浪荡故事。

要是拍成电影，就是缓缓黑屏，出现三个白色粗楷字——

六年后。

六年后，我在新西兰南岛的一座小镇生活，这里以接待许多明星婚礼和秀美风景闻名，称得上世界旅行版图里的网红目的地。我从当初拎着行李，不知下一站去往何处的旅行者，成为南半球的异乡人，如同一颗渴望飞翔的种子，被命运之风吹起，飞往另一片土地，落下。

头两年的经历与遇到的人，写在第一本书《没有岁月可回头：新西兰的日与夜》里，当时得到许多珍贵的回馈，直到如今，依然还能收到许多私信和留言，陌生人在屏幕那头倾诉对异国生活的向往，对未知自由的渴望。

每个人都告诉我，自己对现在的生活、工作、家庭、情感充满犹豫，多希望也能甩开一切，飞向另一个无忧无虑的世界角落。

一个即将大学毕业，却对步入社会感到紧张的姑娘在信里说：“真羡慕你，过上了我想过的生活。”

当我读到这封信时，刚结束和邻居关于“请控制聚会音量”的争论，每隔几日就要忍受那快乐热闹的聚会音乐声，我终于忍无可忍，过去敲了门，经过半个多小时的交涉，最终以他们调小那么微乎其微的一两格音量告终。

我看到这封信时已是凌晨一点，那姑娘说，她的父母一直希望她进入体制，拥有稳定的生活，可是她却希望生活有那么点不一样，多一点点刺激与风险，少一点点稳妥的无聊。

“你可以告诉我，怎样我才能拥有勇气吗？”

在此之前，我的标准答案早已惯熟于心，无非是跟随自己的心意不要让未来的自己后悔之类的废话。可是当在手机里输入那些答案时，我忽然犹豫了。

因为我自己在当时，已经产生对这种答案的怀疑。那个当初一无所有就能出国生活的自己，在五年的异国岁月里，被全然不同的另一种世界打磨，浮沉，飘摇。原本坚信坚定的东西，正一点点被掀翻。

我最终没有回复她，因为，我也在等待时间给我答案。

当理想撞上南墙

我所居住的皇后镇是新西兰最出名的旅游目的地，几乎每一个来新西兰的旅行者，总避不开来这个美如幻境的小镇转悠一圈。这里的支柱产业是旅游业，几乎你在街上碰见的任何一个本地人，他的生活都与这个行业搭得上边。

我在本地一间百年老药房工作数年，这是一家充满人情味与浓厚新西兰市井文化的商店，无论是游客还是本地人，总会聚集在这里，常常这边是一群本地老太太闲扯白菜豆腐八卦，另一边则是穿着××旅行社的游客们好奇地张望柜台。它是情景喜剧里固有的那类场景地，恒久地伫立在这儿上百年，闲看世相人情变迁。

当初来药房工作，主要是因为囊中羞涩，高昂的生活开销逼人向五斗米折腰，揣着一沓简历挨家挨户求职。最终在深秋来临前，找到这份工作——当时第一反应是这家店暖气开得真足，够暖和。

药房工作从某种程度而言，类似中国的“铁饭碗”。在新西兰，一旦拿到一份工作合约，要不是犯了致命错误，鲜有被辞退的。值得庆幸的是，老板金姆是个慷慨温和的老好人，从不发脾气；同事们多是和蔼老阿姨，最爱干的事情是聚在一起拉家常，琐碎而热情。我工作的第二天，她们就差知道我的银行卡密码了。

初上班时，我那中国式职场思维闹了不少笑话，比如到了下班时间，瞥到老板还没走，自己也不好意思直接走人，装模作样地待在店里忙东忙西，做一个有眼力见儿的好员工。一日终于被金姆发现，本以为他会赞扬我那中国式的勤奋，想不到被含蓄提醒：别让工作占用你的私人时间。

要是偶尔碰到我休假，有中国客人上门，药房不得已给我打电话时，总会再三致歉，并且给电话时间算上加班费。

这类职场规矩令我惊奇，它是一扇小小的窗，吹来新鲜又清新的风。

在药房平安无事度过两年，在解决了温饱问题甚至小有积蓄时，恰巧出版了第一本书，很是风光了一阵。接受采访，上电台节目，将名字签在一本又一本书上，如果是熟识的人，会附上“愿你生活顺遂”这句话。久未联系的朋友也发来信息问好，一时之间，仿佛混混沌沌地走入另一个世界，轻飘飘，晕乎乎。

在书的宣传期结束后，经历一段短暂休假，我重新回到皇后镇，依然穿着制服，回到药房工作。和以前一样，清晨踩着日出上班，晚上顶着满天寒星回到家后，还得忙碌准备晚饭。彼时已经有很多人好心建议：你可以做一点别的事情了，在药房有什么意思呢？

我当然也知道这一点，药房的零售工作不是我所爱。有着轻微交际洁癖的我必须时时挂着客气笑容应对各色人等，与人处处谈钱更不是我所长，遇到难缠客人多问几句能不能便宜点打点折这类话，就能让人心里慌乱地后退好几步。

时间久了，对规律的日常生活的轻微厌倦春风吹又生，可是万事发生前总需要一个导火索，一个瞬间。

这个瞬间发生在一个平淡午后，那时刚进入盛夏，日光明朗，我正在柜台旁清数药品，为了省事，直接跪在地毯上，将所有盒子堆在身旁，有人从身旁走过时，就得不断挪来挪去。店里走进一对母子，他们站在一旁凝望了我好一会儿，似乎在评估与猜测什么。我站起来冲他们笑笑，妈妈走上前："请问是小丁吗？"

我点头，她爽朗地伸出手来，自我介绍是我的读者，这回来皇后镇顺路来药房打个招呼。我有点受宠若惊，却又手足无措，每每碰到这样上门的"熟悉的陌生人"，总觉得自己准备得不够好，犹如蓬头垢面下楼扔垃圾时碰到前男友，虚荣心作祟，理想中与读者见面时的自己应该是身着体面衣装，而不是药房那大侉侉的制服。

"其实我没有想到在这儿会再遇见你，"她惊喜地说，环顾着药房，似乎在回忆和书里写的是否一样，"我以为你在药房只是体验生活，之后还会继续做记者工作呢。"

也许是怕我误会，她赶紧补充一句："不是说在这儿工作不好，就是……觉得你做记者会更好。"

我不知说什么好。那个当下，看起来实在是很狼狈，由于刚刚跪在地毯上，膝盖处是一圈灰尘，手指也被药品表的油墨染出淡淡灰黑色。我可以感觉到后颈耷拉下一缕头发，是从发圈里逃窜出来的。

她拉过儿子，我们三人一起合了影。

那一整个下午，我都在沉思里恍惚度过。

并不是没有努力过，寻找更适合自己专业与兴趣的工作。

有一天翻看本地新闻，结尾提到一个“中国文化研究中心”，顿时兴起，上网一搜，这是一家研究中国文化的机构，给企业提供建议，从他们那密密麻麻布满白底粗字红标题“××企业又与我们达成合作”的网站上猜测，主要业务是研究，工作是采访和撰写报告。

名头听上去挺响，做的事情我也擅长，赶紧打电话去问。

才响了一声，那头就有人接起电话，接电话的男人听声音大概五十岁，带着长江沿岸地区的口音，语速快而热情，仿佛一个行将退休的话务员坐在落满灰的话筒前，久久等待后终于有人打来电话，与想象中知识分子该有的自矜沉稳略有差异。

这一开头，就带着点可疑气息。

我郑重地自我介绍，表明自己对研究感兴趣，如果有必要，甚至可以给他们免费工作。那男人一听，抓到宝似的喋喋不休地聊起自家机构，他是创始人加经营者加员工，整个公司一共三个人，其中一个还是兼职。话说回来，并不太需要员工。

“你有热情做事，很好嘛，很好……你有销售经验吗？”说了三分钟的繁杂信息后，他终于回归正题。

这家机构，或者说公司，目前最大的苦恼是没有客源，而不是缺少所谓的研究与采访撰稿人员。

“我们特别需要业务推广的人，就是拉客户。”他干笑了两声，“拉客户”这三个字，听上去格外干瘪。

总算明白了，这是一个打着文化研究幌子的广告公司，只要有冤大头出钱，他就能弄篇报告出来，你要是为了宣传需要组织个会议或是研讨会，他也能帮你搞定。公司里没什么正经研究员，都是销售员，毫无理想中学者的清雅风骨。后来见识多了，才知道在国外有许多类似机构，名头特响，不过是自营自销的“皮包公司”，对外哄骗不知情的外国公司，对内给一些中国小企业镀点一吹就散的仿金粉。

放下电话，强烈的失落感伴随着小小愤怒，如同天真孩童不小心发现人世险恶，我听见宇宙耳语：欢迎来到现实世界。

没过多久，另一家公司主动联系了我。

这家公司是专给本土企业开辟中国市场的，主要运营他们的微信公众号。联系我的是一个三十多岁的女人，她也是这家公司的合伙人之一，我们约在一家咖啡馆见面。

开头聊得很欢畅，女人读过我的书，谈论了一会儿书里的内容，她十多年前就来到新西兰，经历了书里不少其他人的人生：留学，打工，创业。

“留学时，我也给一些黑心老板坑过，干了一整个星期，最后一分钱都没给，因为我摔碎了他一个茶杯。那时候也真是傻，就这么被唬住了。”回忆起这些往事，她已不带任何多余情绪，反而衬着如今人生赢家的模样，有种忆往昔的自得感。

女人满身名牌，点的是黑咖啡与素沙拉，中产阶级的做派。

言归正传，她想邀请我为他们撰写微信公众号，主要内容就是替这些公司写软文，极尽恭维之能事，让其他读者也相信即可。

“我觉得你写东西挺好，写这种肯定是小意思啦。”她微笑着抿了一口咖啡，杯沿上留下淡淡的红唇印。

我看了看他们运营的几家公司，其中一家我有所耳闻——是一家挂羊头卖狗肉的礼品店，里面卖的都是无牌无认证的昂贵保健品，专门坑骗出来旅行的老年游客，这群叔叔阿姨回家以后，欢天喜地给孩子们展示这些所谓生发补气养身的保健品，被子女发现成分极度可疑，说明书里还有不少错误百出的英文。其中一家店我高中同学曾托我去搜索过，我才因此对它有点印象。

看得出这家店的公众号运营精细，图片里的保健品被打上体面明亮的光，遮掩住实物的粗糙，内容都是些耸动文字，吹嘘种种神奇功效，满目都是长寿、保健、抗氧化这类的词语。

“你们运营的时候会去现场收集资料吗？”我问那个女人。

她摇摇头：“只要他们发来资料和要求，就可以写了。”

似乎觉得我这个问题有点不可思议，她进一步解释一句：“出钱的，就是老大。”也许对自己这金句有点得意，眉眼间流露出一丝精明自得的狡黠。

最后这场合作当然不了了之，接受过新闻专业精神训练的我，无法接受以自己的声誉作赌。

再往前追溯一点，2013年第一次抵达新西兰时，曾无意中走进一家小型华文报社。

老板自己就是前台加总编，地面上堆满被踩出脚印的报纸，时不时有附近的居民走进来，随手拿几张去包裹刚杀好的鱼——血水由纸间微微渗出，有种不忍直视的残忍、冷酷。

我拿了一份来看，几乎90%都是广告，酒楼开业、招聘电工、房屋出售等，还有可疑的“女学生寻兼职”这类内容。剩下10%的新闻不过是从各种中文网站上东拼西凑的内容，聊胜于无。

我还记得那位报纸主编，戴着黑框眼镜满头白发，衬衫领子和耳后的头发一样胡乱翘着，整个人散发着颓败无奈的气息。他坐在高高堆起的报纸后，埋头认真看一张密密麻麻的表格，上面写满数字，整个报社里只开了两盏吊灯，光线微暗，与一门之隔的明亮马路形成鲜明对比。除了角落坐着个年轻姑娘一直在敲击键盘，里面沉沉如寂，报纸堆满所有可立足的地方，粗体繁体字大而刺目。

我不太抱希望地问主编是否招人，他笑笑，非常礼貌地说："抱歉，目前没有。"

推开报社门回到街面上，喧闹与敞亮又回来了，街对面是几十层楼高的银灰色商务建筑，车流如梭。从暗处忽然走到彻目明亮中，有点恍惚，仿佛刚刚进入一个被都市遗忘的角落，它如此的陈旧，不合时宜，无可奈何。

后来又在关于华文媒体的新闻里看到这位主编，新闻中说二十多年前他曾是新加坡某报的首席记者，照片里的他站在时任新加坡总理身旁，挂着工作证，满头黑发，风华正茂。

段子里都爱调侃那些逃避中国工作高压的人，去了国外，过上有房有车有狗的悠闲日子，谁知道，几年后，灰溜溜又回来了，只因为"好山好水好寂寞"。我以前听这些段子，只是过了过耳，不当回事。可此时的自己，却不可避免堕入规律。平淡生活的确美好，可是心里那一点点不甘心与斗志，如星星燎原前的那颗颗火星，在暗夜里闪烁，跳动，它迫切渴求氧气与风，让自己燃烧。

皇后镇有着壮丽的山，清冽的湖水，徒有其表的热闹，下面虚掩着的浅浅淡淡的孤独感，时不时跳出来，在内心呼喊抗议。我常在傍晚下班的时候，走到瓦卡蒂普湖边，看街头卖艺人表演，有时是技术一般却表演极好的杂技人，有时是拉手风琴的小情侣，还有必须投掷硬币才会动起来的芭蕾公主。大家各出奇招，行人目不暇接。

直到有一次，一个戴着墨镜的韩国男人，坐在湖边，随便搬着个小板凳，埋头弹着自己的六角琴。他弹的是《月亮代表我的心》，叮叮当当，相比其他更具刺激性的表演，他的音乐太清淡。

我站着听了许久。来自遥远的、家乡的风吹了过来，此时此刻……

神的旨意

周末帮一个需要约会的同事顶班，顾客很少，大家站在柜台后面闲聊着天。同事雪莉走向我，盛情邀请我和她共赴某场神秘聚会，据说参加过的人都永生难忘。

雪莉是个非常有意思的老太太，又酷又毒舌，一头花白短发配上锃亮眼镜，每次员工聚会，现场笑声最大的一定是她，端着酒杯，站在桌面上扭着跳舞。虽说年纪已是祖母级别，可谈论话题却比年轻人还夸张，动不动说些我听不懂的笑话，事后问其他同事，大家都羞涩地说："你最好还是别知道。"就连同是"脏话天后"的凯瑟琳都开玩笑说，千万不要靠近雪莉，否则灵魂就无法洁净了。

由于雪莉的种种前科，让我对这场聚会充满奇异想象，仿佛乖巧的高中女生终于要踏过界玩点刺激的，一下午都忐忑不安，兴奋感如鹿撞怀。俩人下了班直奔镇上的消防站，由于迟了一会儿，雪莉看上去非常着急，一路上东扭西拐超了几辆车，顺便和占道的大巴司机互比中指。坐在副驾驶的我心惊胆战，这开头已足够刺激。车子哧溜一下停在门口，歪斜着，压了隔壁停车位的线。

“快，我们已经迟到了。”顾不得那么多，雪莉带着我匆匆忙忙小跑进消防站隔壁的平顶房，里面坐着三四十个人。

气稍稍喘匀，环顾四周，才发现这场聚会看起来也太中规中矩了吧：几乎都是衣着朴素的中年人，安静地坐在椅子上看着手机等待，或是小声交头接耳。会场最前方是一块儿投影幕布，封面是卓越山冬天时的雪峰，左下角有一朵看起来是PS初级者P上去的艳丽芍药。音响旁站着乐队，五个人正各司其职试着音效，叮叮当当捣鼓着自己的乐器。

雪莉则镇定平和地坐在位子上，开始闭目低头沉思——明明几分钟前还是和人对骂的酷老太太呀！

十分钟后，一个男人走上讲台，简单致辞，感谢大家每周准时聚集在这儿，间杂着一堆有福、感恩这类词。雪莉小声靠近我解释：他是牧师。

等等，这场所谓永生难忘的聚会是教会礼拜？我有点瞠目，担心自己莫名其妙被拉入洗脑队伍。

牧师致辞结束后，乐队开始演奏，银幕上滚动着歌词，大家全部站起来。

当电吉他奏出第一个音符时，我才发现这场礼拜的特别之处：所有人在摇滚乐队的伴奏下学唱圣歌，跟着摇摆，举手挥舞，领唱的姑娘颇有碧昂丝风范，肺活量极大，一些高音可以拉长到一分钟，如同现场演唱会一样精彩。

和原先理解的庄严肃穆的教堂音乐不一样，此刻演唱的音乐蕴含着强烈的生命力，谱上现代流行音乐节奏，朗朗上口，就连我这种滥竽充数的人也能跟下来。

三首歌以后，大家气喘吁吁一脸满足地坐下来，稍息片刻。

雪莉告诉我，在新西兰这边，教会活动非常丰富，不是必须走进教堂才算正儿八经的礼拜。比如这个牧师的活动偏向轻松愉悦，大家一起唱歌，分享本周经历，有时还会组织免费的晚餐聚会，共读圣经。所有参与者都是本地居民，那个唱歌的姑娘，正职是幼儿园老师，乐队的吉他手是个建筑工人。

聚会的重要环节是分享本周故事，谁想上台讲话都可以。一个美国家庭先上了台，他们在皇后镇生活五年，下周就要飞回国了，临走前，想和教会朋友们道个别。他们是最平凡的家庭，穿着T恤和牛仔裤，面貌普通模糊，当妈妈在说话时，孩子害羞地低头玩手指。

大家纷纷鼓起掌，大喊着："祝福你们！""欢迎再回来！"

第二个分享者是药房老熟客苏菲，她是皇后镇的知名老牌记者，记性极好，之前金姆曾将我介绍给她，从此每次看到我，都能清楚地喊出名字，甚至还记得我来自中国南方。

苏菲讲述的是某天傍晚回家时的奇遇。她住在凯文高地，从地图上看，那里如同一个小小臂膀伸入瓦卡蒂普湖中，一年四季阳光极好，湖景也美，是新西兰首个房价过百万的富人街区。由于地理位置特殊，偶尔会出现一些自然奇观。

那一天，苏菲下班刚进入凯文高地区域，只见风沙骤起，路边的石子被强风裹挟着击打车身，前面道路被黑压压的乌云遮蔽，一股灰暗的小龙卷风就在前方盘旋咆哮着。

“我当时非常恐惧，该过去吗？”苏菲顿了顿。记者的讲故事天赋令这故事充满魔幻色彩，所有人全神贯注，仿佛自己也在那风中摇摆的小车里，内心汹涌着恐惧感。

只能且必须穿过去，这是回家的唯一选择。苏菲握紧方向盘，开亮车前灯，冲了过去。

当穿过那个小龙卷风的时刻，猜猜她看到了什么。

“一条彩虹，是的，龙卷风的背后，是金光闪闪的夕阳和一条彩虹。”她说着，声音逐渐低了下去。黑云压顶与龙卷风的背后，异常的平静，夕阳洒在湖面上，如一块儿块儿金箔那样荡漾着，邻居家的狗在花园里摊着肚皮晒太阳，孩子们正在跳着蹦床，和十几秒前是两个世界。

大家惊呆了，苏菲微笑着缓慢扫视一圈台下的听众。

“我后来想，这也许是上帝给我的启示。”

坐在人群里，我静静听着这个故事。

不要急，我轻轻告诉自己。

总有一天，总有一天，会穿过内心的风暴。

等风来

皇后镇看病费用高昂，而且医生个个大牌，不提前数日预约压根儿见不着面。也许是在药房工作的关系，不少朋友误以为我精通医术，谁的嘴巴上冒了疱疹，或是从桥上玩跳水时伤了肋骨，都爱前来咨询一番。

一日，收到一条陌生短信："请问孕妇感冒了可以吃什么药？"

后缀名是小艾。

小艾，我努力回忆，想不起认识这么个人。直到晚上和朋友茜茜吃饭，她才后知后觉地告诉我，这位是她的室友。

"你随便回复她一下就好，"茜茜将一坨生菜包五花肉塞进嘴里，嘟嘟囔囔嘱咐道，"这人有点麻烦。"

果然如此。自从我回复她感冒问题以后，隔三岔五，小艾总有新的问题发来，后来渐渐拓展到生活与签证等复杂领域。我因为忙碌，回复的速度越来越慢，她大概也意识到了，从此消失数月，直到有一天，再一次发来信息。

"你知道哪儿有房子租吗？麻烦帮我留意。"

也许是担心我认识不到情况的严重程度，她补充了一句："我已经走投无路了。"

倒霉蛋儿小艾

小艾深陷困境许久，现状无论从哪个角度而言，都不算乐观。她在一间华人餐厅拿着工作签证，这家餐厅灯火辉煌，墙壁上挂满来此就餐的名人明星照片，酒柜里摆满昂贵的红白酒，灯光打上去，熠熠生辉。可是老板对员工却不那么慷慨，工资时常拖延数月才给，给的时候脸色也不太好看，仿佛是义务借给你似的。

皇后镇的生活开销是全国首位，微薄收入足够让人为难，再加上餐厅里工作的几乎都是养家糊口的中年人，拖欠工资让人有苦难言，走也走不得，担心一旦辞职，此前亏欠的钱会一笔勾销。

再加上老板总有意无意流露出一点讯息：我和移民局关系好得很，能不能留就是一句话的事。

新西兰绝大部分中餐厅厨师都不会说英语，他们生活在西方的世界，却是独自活在另一个宇宙间，这个世界里，老板就是神，由他制定秩序。

小艾比他们英语好一些，清楚餐厅许多做法不合法，但是囿于签证，她默默忍耐着，等待着，甚至还抱有一丝希望，也许会熬到餐厅提拔经理时。

直到新的小生命降临到她的世界里，生活的压力猛地锤到身上，小艾想给自己买点补身体的食材，于是畏畏缩缩试着去和老板沟通，能否将之前的工资结了。

老板的太太是个貌美女人，永远画着精细的妆容，平时几乎不会和员工们说什么话，当个头不高的小艾站在她面前提出要求时，老板娘才第一次注意到餐厅里有这么个人。

小艾的普通话带着方言口音，声音尖厉，语速快时会发出刺耳急迫的破音，犹如指甲划过黑板，让听者轻轻皱眉。

老板娘非常利落熟练地拒绝了小艾的请求，仿佛“怀孕了”并不是什么值得被考虑的因素，她打着电话转身就走，小艾局促地站在她身后，鼻腔里还萦绕着老板娘身上那浓郁的香水味道。

小艾望着她的背影，咬牙切齿在心里暗骂：

“他妈的。”

肚子里的孩子懒懒地翻了个身，不知人世深浅。

小艾的命运之路上总藏着个恶作剧小鬼，随时准备伸出一脚绊她个跟头。她的家乡是国内中部一个村庄，父母亲是讷言少语的老实人，两个哥哥不愿留在乡下，早早去了城里打工。小艾是家里最小的孩子，两个哥哥已经花费完父母所有心力与耐心，于是轮到她时，就那么草草了事地长大成人。小艾骨子里带点倔，利用高考跳到省会城市，随后又机缘巧合拿到打工旅行的签证，来到新西兰。

至此，已经用完所有好运。

在打工旅行接近尾声时，小艾意识到，自己一旦离开了这儿，就再也没有机会回来了，一切都要重新开始，彻底失去改变命运的可能。

她将所有积蓄拿去申请学生签证，学的据说是最好移民的管理专业，班上挤挤挨挨坐满了亚洲面孔，晃晃悠悠读着书，遥想毕业后那些模糊不明的未来。只是新西兰的移民政策翻脸极快，即将毕业时，才发现世界都变了，市场上需要的不是管理人员，而是勤劳肯干的蓝领，之前消耗的时间与积蓄打了水漂儿，小艾再一次回到原点。

小镇姑娘的坚韧品质此时展露出优势，只要有一线生机，就代表无限可能。利用毕业工签，小艾做了许多尝试：在酒店做客房打扫，在超市做收银员，在餐厅端盘子。最后一项工作，让她获得了工作签证，虽然总拖欠工资，可是至少留下来了。

精打细算的小艾

本地有许多老华人，已经在这儿生活了近十年，虽然技能与薪水达不到移民要求，但只要有雇主愿意办理工签，就可以一年年续下去，要是撞上大运，碰上千载难逢的大赦机会，许多人还可以拿到永久签证。小艾原本以为自己也可以这样熬下去，反正在哪儿不都是熬嘛，就像炉上那锅粥，老火慢炖，夕阳斜照，日子就这样慢慢过去。

茜茜和小艾总共就做了半年舍友，由于工作时间错开了，两个人很少能碰面，偶尔在厨房里擦肩。房东是个广东女人，来新西兰许多年，却出人意料也不会说英文，于是只爱招中国舍友，原因是之前住过西方人，“那些鬼佬太不爱干净了”，房东常这么抱怨。可是她对不爱干净的定义极宽泛，鞋子没有摆放整齐，衣服堆到周末再洗，都不行——只是，经常洗衣服她也不满意，费电。

茜茜是那种赚一百花九十九块钱的人，爱玩爱吃，潇洒无比。相比之下，小艾节省多了，她经常饿着肚子，挨到去餐厅上班时吃员工餐，有一阵子还爱打包客人剩下的饭菜回家，可是后来经济不景气，客人们大多吃得精光，于是这条路也就断了。

小艾在屋后开辟出一个小菜地，里面种满小白菜和韭菜，阳光与肥料不足，菜长得细瘦，可是看得出在尽力生长着，努力朝着有阳光的地方仰着头。似乎全球华人都有种菜喜好，有一爿小小菜地，就有了立足的大地。

小艾在逼仄的前景未明的日子里，种下一点点希望。

只是命运并没有给她机会。很快，新西兰出台一项新政策：低技能工作签证顶多待三年，到期后不再续签。

小艾慌了神，脚下踩着的坚实土地被洪水冲成软绵泥沼，一下子不知如何是好。

政策越来越严苛已成公认，最初要求到奥克兰以外的地区工作才能获得居留可能，于是许多人拖家带口，长途迁徙，走到更远更荒僻的地方立足。许多孩子今天还在与同学们计划下月的野营，没过几日，就彻底离开了这个都市。

生活在海外的人，常有被命运摆弄的强烈无常感，没有什么是永恒的。稳定的生活节奏，天长地久的家，都是美好的事物，可却总是稍纵即逝，收回它们很简单，一条政策的改变就够了。蝴蝶振翅，海外来客总是站在暴风最前方。

小艾很是迷茫了一阵，她清楚如今想要拿到一个高级职务留下来，是天方夜谭，本地职场天花板现象严重，公司为什么要聘请一个英语非母语的人来做管理？

她已尝试过所有可能性，吃过所有能吃的苦，可为什么这么难？

小艾早早认清了人生真相的残酷，以前到省会读大学，已经算是小村里一件了不得的大事。大学宿舍里六个姑娘，四个是省会本地人，还有一个外省人，刚开始大家聚餐时会叫小艾，可是后来知道她不爱花钱，于是作罢，渐渐小艾与舍友们之间形成一道浅浅的隔膜，仿佛两个世界的人，互不打扰。

暑假时舍友全都出去旅游或是实习兼职，小艾盘算着回家也要帮忙干活，不如去打工赚生活费。她给房产公司新楼盘吆喝客人，站在路口举牌子，看见有车经过就要匆匆跑去，刻意挡着路让车减速，利用宝贵的时间，殷切推销自己进都没进去过的楼盘。

“老板，老板，来看看嘛。”

车里的人都有着一张不耐烦的漠然的脸，将车窗摇起来，专心致志目视前方，不愿直视小艾那过度热情到不自然的脸。

太阳烈烈地照在头上，心里有小小的悲哀。

半真半假的谣言

一个餐馆同事的离开，引起所有人兴致盎然的讨论。传闻那个同事是因为嫁给一个老外所以辞职了。

谣言的腿总是格外快，很快小镇都知道了这事，只是传得半真半假，人们最终定论这个三十岁出头的女人是嫁给一个六十岁男人，打着妻子的幌子去做保姆，以此拼得永久居留签证。

这样的事情并不鲜见，通过婚姻获得居留的方式在全世界都通行，有情人终成眷属自然大团圆，可总有聪明人将它变得微妙，夹杂着暧昧不明的利益纠缠。

小艾在读书时，不是没听说过商婚这种渠道的。当时班上有几个男同学是二代移民，成绩一塌糊涂，眼界倒是高得很，对这些拿学生签证的同学看不上眼。一日，当着大家的面，这几个男同学讨论自己身价几何："现在帮配偶办居留，少说也要十万纽币（新西兰货币）了。"他们估算着自己的市场价，颇为自得。

小艾瞥了一眼他们那背都挺不直的猥琐模样。

呸！

可是事到如今，猛地想起"商婚"这条路，仿佛阴天里传来闷雷，轰隆隆敲着自己的脑门，一阵阵，喉咙里有股难咽的干涩。

新西兰彼时已开始严查虚假夫妻的案子，两人必须要同居十二个月以上，并且有共同银行账户才可以申请签证，由此催生出许多乱象：支付费用的这一方，还要负责对方的日常开销连带做保姆。许多人为了能得到那薄薄一张纸，忍辱负重，做小伏低。

一个新闻案件掀开"商婚"皮下那血淋淋的真相：一位菲律宾女子为了获得永久居留权，和一个老男人同居数年，自己要打三份工赚钱给他，还得忍受男人醉酒后的暴力，当她想反抗时，男人只用一句"那你别想留在这儿"就能制住她。

男人拖着不肯替女人办签证，就这么过了三年，直到被深夜殴打声惊醒的邻居报警后，这段暗无天日的生活才敞开被人们看到。

"我猜那个杰瑞的女朋友也是这么给骗来的。"茜茜人脉宽泛，三教九流都有，我们讨论起这件事，她敏锐指出另一位可疑人物。

杰瑞是个四十出头的移二代，平素总是独来独往，自诩是奥克兰来的城里人，和小镇华人并不亲近。最先让他出名的是他妈妈：杰瑞有一爿小生意，由母亲出资，前一阵子招员工打理，杰瑞妈妈亲自上阵面试，七七八八谈得差不多时，她提出一个条款。

“你来工作的话，我们可以给你办理居留。”听上去非常有诱惑力，让面试者为之一振。

“可是……”老太太深谙谈判之道，此时需要停顿，喝口水，清个嗓子，为即将来临的转折铺垫气氛。

“你知道在奥克兰公司给人办永居的价位是五万纽币，我们就不收你的钱了，你也别找我们要工资了。”老太太已经年逾七旬，精明度丝毫不减当年。

其中一个面试者是个大嘴巴，将这条款曝光出来，从此杰瑞出了名。

紧接着，杰瑞的女友更是让他的名声扶摇直上。

“那次我们一起吃烧烤，杰瑞女朋友也来了，你猜发生什么事了？”茜茜最擅长传播八卦，所有是非经她的渲染都变得颇具感染力。

那次烧烤是非常普通的朋友聚会，不过是去超市买些鸡翅、鸡腿、玉米，回家自己腌制后拿BBQ炉子烤制就好。大家吃得兴起时，忽然听见抽噎声。

扭头一看，是杰瑞的女友，她咬着半块鸡翅，眼泪簌簌而下。

“我感觉……”姑娘噎着嗓子挤出一句，“就像过年似的。”

大家望望眼前这不算丰盛的食物，有种不真实的可笑，却笑不出来。

姑娘抹着眼泪，哭诉来新西兰大半年的艰辛日子有多难熬，每天要从杰瑞的早餐开始照顾，衣服全部拿到床头替他穿好。杰瑞抠门到夸张，一包辛拉面的调料要拿来冲两顿，平时去超市，怂恿女友去拿仅供儿童免费取用的水果。

眼泪打开姑娘的话匣子，她已经太久太久没有结交新的朋友，倾诉过心声了。

她的朋友圈里看不见这些苦，只有皇后镇的山和水，配上“又在暖暖的阳光里醒来”这样的内容。离开中国时，家人朋友祝福她旅途顺利，生活幸福。可是当镜头悠悠晃到后面，却从人间喜剧变成一出闹剧。

“可是啊，要不是冲着杰瑞能帮她办居留，她干吗吃这个苦啊，一个愿打，一个愿挨。”茜茜耸耸肩，她是个冷酷理性派，相信万事万物都有价码。

救命稻草从天而降

“商婚”这一选项只在小艾脑子里过了过就被否定了，她没这么多钱，也不愿以身犯险，就在不知如何是好之际，上天忽然砸下个馅饼给她。

以前在酒店打工时结交了几个南美同事，其中一个准备离开皇后镇，邀请朋友参加离别聚会。南美人一向热情，呼朋唤友召集一大群人，在那场聚会上，小艾认识了亚当。

亚当是个新西兰人，四十岁出头，有着棕褐色卷发，说话间隙会突然爆发出剧烈的大笑。不知怎么的，在一群西方面孔里，他注意到一张羞羞怯怯的亚洲面孔。

小艾和亚当出去约会过几次，每每回到住的地方，她总是带着神秘的微笑，甚至会主动和不熟的舍友们聊天，聊着聊着，时不时流露出自己有新西兰男友的信息。

等待许久的春天终于来临，小艾长舒一口气，她感觉自己的世界里第一次有了一点点依靠。她甚至在餐厅里也有了点扬眉吐气的资本，老板娘再次批评她弄坏吸尘器时，她大声回答："不是我，是这机器本来就有问题！"

老板娘惊异地看了看她。

可是东西方人恋爱，总有许多不确定性，比如亚当从不回复小艾的日常短信，也不送她什么礼物，甚至没有将她介绍给任何朋友。小艾试着理解种种迹象，自我解释是西方人更追求恋爱里的自由与空间。可这么一来，反而不知该如何表现得恰如其分，只有从看的美剧里模仿学习，要爽朗大笑，要洒脱。

小艾发现肚子有动静时，是在一个晚班。当时只觉得头晕目眩，本以为是地面太滑，可紧接着的反胃症状让她警醒起来，独自去医院检查，才发现是怀孕了。

拿到报告单时，小艾坐在社区中心门口缓神。一个新的生命，新的人生，新的世界……自己的未来彻底翻了天，一切都不一样了。

自己手上，终于紧紧握住一个筹码。

当她告诉亚当时，不像网上看到的那些男人激动到热泪盈眶，拥抱着自己的爱人，亚当的反应出人意料的激烈与暴怒，他用拳头奋力捶打墙面，愤怒到小艾以为他要杀了自己。

“不是要你去吃药吗！你让我恶心！”他睁大双眼直直瞪着小艾，眼前这个亚洲姑娘不是想象中那样简单，她竟然背着自己，偷偷怀了孕。

亚当只觉得恐怖，他判断出一个真相，这个女孩，是想利用这个孩子留在新西兰。

那天以后，亚当拒绝见小艾，他只是不断发信息，告诉她：去做手术。

小艾没有回复他，她如一头倔强的小兽，静静潜伏着，等待着，抓紧时间努力孕育肚子里的希望，就像当初拦住路边开过的车，贴着车窗，殷切跟上车轮驶过的速度。

亚当发给她的最后一条信息是：“我去澳大利亚工作了，孩子我绝对不要，你自己看着办。”

就这样，一溜烟跑了。

随着肚子越来越大，问题也凸显出来，小艾工作的餐厅要求高强度体力，对孕妇不算体谅。房东那边担心孕妇生产有风险，也不愿有婴儿在家中，于是在圣诞节前下了逐客令：这个时间点卡得刚刚好，圣诞节是皇后镇房屋最紧缺的时候，轻轻松松可以要到高价，只是对租客来说，也是最难租到房子的时候。更何况，一个大腹便便的孕妇。

小艾来求助我，我将数家房屋中介介绍给她，一番周折后，她终于找到落脚的地方。

小艾时常发信息给我更新自己的近况。其实我们并不熟，可我知道，她实在是太寂寞了，没有朋友，没有家人，独自面对孕期高低起伏的情绪与生理变化。如同那个嫁人辞职的同事，小艾也成了人们口中“为了居留不惜骗孕”的那种人，餐厅同事们望向她的眼神，带着意味深长的审视。大家都对她避而远之，以示自己人格的清白。

小艾的朋友圈里总是发些看起来积极的内容，在天气晴好时，她去韩国店买排骨汤，以此奖励自己吃点好的。

还有一次，小艾兴高采烈地告诉我，她预约了专拍孕妇照片的女摄影师，像所有孕妈妈一样，想留下这珍贵时刻的记忆。摄影工作室在弗兰克顿路上，小艾和另外一对夫妻排在同一天。她和那位妻子面对面坐在沙发上等待，丈夫去倒了一杯水给妻子，看了看小艾，给她也拿来一杯。

眼前这对夫妇紧紧挨在一起，互相低语着，小艾静静看着他们，笑起来。

惊动直升机的生产

小艾一直工作到临产前两周，常年的体力劳动赐予她一个强健的身体。最后一天上班，她向餐厅要了一份申请政府福利的表格，本地政府可以给持有工作签证的孕妇提供免费医疗服务，以及在产假期间支付同等薪酬的福利。

虽说钱不是餐厅出，可是老板娘给得不情不愿，她一直顺风顺水，活在云端之上，看不上小艾这样做事不够体面的人。

老板娘顺便通知小艾，产假结束以后，餐厅将不再和她续工签。

小艾回到家和母亲打视频电话，询问是否可以将孩子送回去请她帮忙带。那头沉默片刻，母亲为难地表示，自己年纪太大了，已经替两个哥哥带完三个孩子，实在心有余而力不足。

我猜，话里没有明说的潜台词，是小小村庄里，忽然多了个来历不明的混血孩子，是天大的事情，老实了一辈子的父母承担不起其他人的眼光。

小艾再一次陷入左右为难的夹缝，新西兰留不下，中国回不去，自己怎么总是打得一手烂牌。她的人生，总是处于不知如何是好的境况。

两周后，小艾生生从鬼门关走了一遭，惊动急救直升机送往相邻城市的医院，没有人陪她。

抱着一个小小生命回到皇后镇后，她沉寂许久，仿佛沉入水底一样消失了。我偶尔会想起她，有种复杂难言的情绪，一切都是她的选择，可是那个孩子，也要为这个决定埋单。

再听到小艾的音信已是三个月后，她发来孩子的照片，是个非常健康可爱的男婴，五官明朗深邃。问近况如何，她只是简明告诉我，自己拿到时效九个月的旅游签证，就做一件事：给孩子争取到新西兰居民的身份。

这是她背水一战的最后机会。

亚当在孩子出生后从未露面过，只打过一次电话，用尽所有能想到的恶毒方式刺激小艾。他告诉她，自己即将结婚，当初和小艾不过是玩笑罢了，他绝对不会让自己的名字出现在这个孩子的出生证上。

小艾平静地听他在那头咆哮十来分钟后，用一种近乎挑衅的冷淡语气陈述自己的计划，自己已经去内政部备案了，很快警察就会上门拖他去法庭，他不仅必须给孩子的出生证签名，还得支付抚养费到十八岁，以及留下案底。

计划周全，冷静，咬破热烈血管的獠牙，在空中闪出赤白的锋芒。

亚当颓然地摔了电话，原本只想去钓个鱼，谁知钓上一条鲸鱼，不过是玩玩罢了，怎知从此多了一脉血缘，还有数不清的麻烦。

夜已深，万籁俱寂，整个世界恢复平静。小艾将孩子环抱在臂弯里，轻轻摇晃着，将童年时常听的家乡民谣哼给他听。

“白米甜，白米香，今年不得饿慌慌……”

孩子沉沉睡去，她抬头望向窗外那轮明亮的月亮，等待着，等待着。

一不小心创个业

皇后镇每周会出版一本《湖区旅行指南》，其实就是广告大杂烩，各家酒吧的快乐时光和啤酒优惠，活动公司的本周特价，招聘告示，什么都有。我最爱看的是居民信息版块，里面时常深藏惊喜，有在酒吧惊鸿一瞥后就失去联系的痴情男女，在这里打广告找人："亲爱的玛丽，我是汤姆，那个想去非洲的家伙，那天和你的聊天很愉快，请联系我。"只可惜版块位置有限，联系方式给编辑不小心删了。也有倒霉蛋气冲冲地咆哮："偷了！我的！自行车！前座！混蛋！FXXX！！"气得说不出别的话。

有一次，一个不明国籍的男人斥巨资，登了半个版的信，主要是指责皇后镇太多女性爱穿紧腿裤出街，就是那种类似健身运动时穿的裤子，整条腿的线条被勾勒得非常鲜明。

"作为一个父亲，一个丈夫，我是绝对不允许自己的家人穿这样不雅的裤子出去的。"

这封信登出来以后，迅速成为各社交平台的热点，无论男性还是女性几乎都在怒骂这人的保守与偏激，大家统一战线攻击他的狭隘。在新西兰，男女平等与着装自由是两件政治正确的事，这个家伙偏偏踩了雷过了界，一下子成了众矢之的。

抓住机会

紧身裤信件让我对《湖区旅行指南》起了兴趣，每周必读，这本周刊充盈着活泼开朗的气质，让我产生一个奇异想法。

能不能和他们合作，出一本专给中国人看的旅行主题刊物？

那时距离中国的春节还不足两个月，适逢夏季，这也是整个小镇最期待的一段旅游旺季。可是在当时，皇后镇湖区及周边没有一本可供中国人参考的刊物，许多人来到皇后镇，不知玩什么吃什么，顶多上网搜搜攻略，挤在千篇一律的网红店里，窝在镇中心那一弯湖畔旁，错过许多小众趣致的地方。

为什么我就不能做一本中文刊物？这想法如晴空忽来一个滚雷，惊醒了懵懂的人，振奋我一整个下午。回到家，马上打开电脑，开始写企划书。

企划书洋洋洒洒写了两页，主要是关于这个想法的可行性、优势、发展前景等等，越写越激动，到了展望未来这部分，杂志已然遍布新西兰南岛，即将开天辟地震撼全场。总算理解那些创业人士的异常自信从哪儿来了，写企划案时的多巴胺分泌，让创业者个个都觉得自己会是未来李嘉诚，准备在一片浩瀚蓝海上扬帆远航。

将邮件发给周刊主编后，兴奋地去倒了杯红酒，我站在窗前，星空璀璨，银河横贯在头顶。心下想着，人果然还是要做真正喜爱的事情，哪怕是在追逐的路途上，也能感受到生命力的存在。

这种充满期待的感觉如此久违，我非常珍惜它。

企划书发出去两周后，就是漫长的圣诞与元旦假期，新西兰人每年最期待的就是这段日子，提前好几天就开始懒散度日，能逃班的绝不多待。我却有点焦急，因为粗粗算下来，距离春节也就一个多月了，我理想中的杂志必须经过详细严谨的调研，拥有可读性高的专业文字，优美大方的排版，这怎么也得需要两个月吧。

如今八字还没一撇，眼看期待就要落空时，我收到主编斯考特的回复："我对你的提议非常感兴趣，节后我将与团队商议可行性，再与你详谈。"

消息振奋人心，我的整个圣诞假期，在轻盈与期待中度过。

新西兰人的工作效率实在不敢恭维，长假以后，大多还需要一周才能缓过神来，真正开始认真工作，差不多已是1月中下旬。我试着发邮件询问斯考特，他才如梦初醒般记起这回事，大喇喇拍胸脯承诺，这周就讨论这事。

新西兰人的开会方式简单粗暴，一件事摆出来讨论，各抒己见，没那么多弯弯绕绕，简单的话一会儿就能出决议。我这个"开天辟地"的创想在他们眼里，不那么简单，团队负责人凯特有点担心时间紧张，而且效果不知怎么样。

还有一个夹带私货的顾虑是：大家手头的活已经够多了。

僵持不下，斯考特拍了板：可以试试。

斯考特是个很有创新意识的商人，十年前，还是酒吧老板的他忽然发现小镇没有一本刊物可以提供信息交流，于是自己凑点钱，再约上开印刷公司的朋友，俩人捣鼓出当时一周只有两页纸的周刊雏形。这么些年来，周刊逐渐加厚，成为小镇年轻人人手一本的杂志。能折腾的斯考特自个儿的社会角色也有了变化，从酒吧老板，到杂志社老总，再到箭镇议员，横跨商业、政界与传媒界。现在才四十岁出头的他精力旺盛，语速极快，脑子随时在转，永远在等待下一个机会。

周三下午，我与《湖区旅行指南》团队见面，除了管理层，其他人几乎都是二三十岁的年轻人，将与我密切合作的是巴西姑娘帕琪，她负责美术设计与排版，是全公司最重要的员工；圆眼睛的凯西负责物流部分，分头发派给各个陈设点，供游客取阅；其他几个金发碧眼或是黝黑皮肤的男男女女，则是负责联系客户，俗称销售顾问。

总之，这个即将出版中文刊物的团队里，只有我一个中国人。

凯特是个瘦削的四十岁女人，说一不二，在办公室里拥有绝对权威，其他大老板们只是偶尔露面，她则负责镇场子，大事小情都得征求她的同意。当客户推门而入时，她也是办公室里第一个站起来殷勤打招呼的人。

凯特和我谈起合作细节，关于项目薪酬，我表示自己接受一切分配方式，虽然在商务人士眼里是明摆着吃亏，可我心里有一种古怪甚至迂腐的想法：我做这件事情，不是为了钱，只是想做本刊物出来。

也许是想不到我这么豪爽，谈判最艰难的部分如此轻易就搞定，凯特站起身，非常愉快地和我握手。

我说：“但是我有个要求。”

她抽回了手，重新坐下，笑容收了收。

“我希望这本刊物有可读性，而不是纯粹的广告堆砌，更重要的是，希望它能给游客们提供许多吃喝玩乐住行方面的实用信息。”

凯特将两只胳膊环抱在胸前，眼睛微垂盯着桌面，思索着，考量着。

《湖区旅行指南》的办公室位于市中心一栋小白楼里，底下就是熙熙攘攘的街道与店铺，市声喧嚣。从会议室落地玻璃窗看出去，可以看见钟楼上飞起的海鸥。

真是奇怪，皇后镇明明只有湖，却有尖啸着划过的海鸥，它们性格霸道，谁要是扔一根薯条到半空中，会有一大群扑棱着撞到一起抢，甚至还会互相啄起来。

“我是这样想的。”凯特开口，将我从海鸥的思绪里拉回来。

她觉得我的想法很好，当然，这是西方人一贯的对话模式，首先肯定你，然后才进入正题。

只是每一张纸，都有印刷成本；每一个参与者，都需要工资；每一个老板合伙人，都希望分成。对这家公司而言，最大化地以广告填充版面，才会获取最大利益。

“但是，在广告客户需求满足的前提下，我会尽力给你腾出一至两页的空间，你可以尽情发挥，我们不会干涉。”

这个方案我可以接受，我也只能接受。

追逐，追逐

第二日，凯特发出一封长信给皇后镇湖区所有公司，推销信里热情洋溢地描述这本杂志的远大前景："作为本地区第一本中文杂志，我们有信心让你的业务覆盖更多中国游客。"

邮件飞到小镇大小公司负责人的信箱里，消息很快不胫而走，皇后镇将有中文刊物，这是个新鲜事儿。

我依然在药房正常上下班，对这事遮遮掩掩，担心被其他人误解不务正业接私活。两周后，我收到最终合作企业名单，金姆的名字赫然排在第二位——他买了四个版面。

帕琪根据"饮食""娱乐""购物""文化"几大主题将各公司广告分在不同区块，一一布排位置后，空余出来的地方全部由我撰稿填满。粗算一下，大约有二十一个大大小小的版块需要在一周内完成。除此之外，提供给杂志社的公司文案与广告也几乎都是英文，我需要翻译成中文。

时间紧迫，我休息的时间都守着电脑拼命赶稿，颇有点当年赶新闻截稿的架势，时常在埋首工作数小时后，走到窗前深吸一口气，才发现已是满天繁星，接近凌晨。这样全身心与文字打交道的感觉实在久违，我珍惜这样的丰愉。

自由发挥部分，我专门写了游客最需要了解的驾驶常识，本地特产蜂蜜的科学用法，防蚊虫小常识，用餐礼仪，紧急求助方法，等等。最困难的其实是广告客户文案，我非常希望可以写出神韵，可大部分英文文案简单直白，就那么三五个单词，直译出来格外无趣，于是绞尽脑汁追求信达雅，还得满足排版字数要求。

不过，最让人束手无策的是一些天真客户，通篇就一句：新年快乐！然后是自家的联系方式与地址，连自己是干吗的都不说，让读者摸不着头脑。

偏偏这样的公司还不少，我真情实感地为他们着急，出了钱却不好好说一说自家特色，很难给公司带来任何成效。于是我不厌其烦地根据公司特征，挨个儿提出对应的建议。比如做海鲜出名的餐馆，就要突出自家食材新鲜美味这一点；适合孩子的娱乐中心，就要突出好玩、安全与省心。

每当我写好一篇，就迅速发给帕琪。她看不懂中文，我需要将内容分割短小，每一行英文下对应翻译中文，就连“Phone：”也要认真地单独写一行，翻译成“电话：”方便她复制粘贴，直接拖进对应的版块。

原本每天六点准时下班的她，现在天天加班到八点多，这对新西兰员工而言，已经算是严重加班。常常是其他同事闹闹哄哄下班去酒吧，关掉整层楼大灯，独留她那个小角落亮着台灯与电脑荧幕。她费劲地将一堆看不懂的象形文字排入各个版块，当系统无法识别中文时，就会出现奇怪的正方形空格。

截止时间迫在眉睫，通篇令人不安的方块空白格子急急追在身后。

付印前最后几天，我每天来《湖区旅行指南》报到，和帕琪挤在桌前，一遍遍地调整所有内容：我的自由发挥部分都是标准字体，标题加粗加黑，内容为宋体字。难的是广告部分，每家公司原版都有不同的英文字体，极限项目公司往往是自在狂野的风格，儿童服饰店则是卡通可爱的，奢侈品店大多是端庄高雅的，如果我们只用一两种固定字体，不仅难看，也会削弱广告本身的美感。

帕琪是个专业尽责的美编，她不知从哪儿找到个网站，下载了许多中文字体供我选择。我们迷失在楷体、行书、细黑、幼圆的海洋里，她每调换一种字体，就扭头看看我，我点头了就算过关，我要是露出犹豫的神色，那就下一个。

我们合作流畅而高效，付印前一天，甚至还有半天空余时间调整细节，别有心意地将每页抬头加上小小的春节图像——喜庆的舞龙舞狮和举着鞭炮的福娃。

最后一步，我需要写一篇简单的卷首语。在英文版的《湖区旅行指南》里，这一部分一向是主编斯考特的主场，如今轮到了我。

我非常珍惜并重视这样的机会，这也许是我写的无数稿件里，少数一篇具有特殊意义的文字。

卷首语

当你阅读这篇文字时，代表此刻我们同在南半球美丽湖区，度过2016年这崭新明亮的一年。

不知你为什么选择新西兰作为新年目的地，也许是湛蓝天空与颜色鲜明的湖水吸引了你，或是星空下的教堂让人难以忘怀，也很可能是偶然遇到的一张照片令人动心。

无论是什么理由，你此刻一定会发现：这是一个无比正确的决定。没什么地方比新西兰更适合用来迎接新年了，无垠山脉赐你开阔澎湃，幽蓝湖水予你静谧心境，热情的当地人送上善意。

作为皇后镇最受欢迎的本地杂志，我们在中国新年之际专程制作了新春特刊，这也是皇后镇湖区第一本中文杂志。我们精选皇后镇、瓦纳卡与箭镇三地的实用信息，希望以此给你的旅行提供帮助。

在这本杂志里，你会看到最时兴的购物折扣信息，它们绝对能让你的购物清单完美实现。

你会看到受欢迎的餐厅推介，各国风情美食、顶级大厨汇集此地，何不让自己敞开肚皮饕餮一番。

你会看到趣味丰富，一流的活动项目资讯，无论何种行程，都能找到最尽兴的玩乐方式。

我们提供地道的旅行指南，一手前沿消息，希望它能为你的新西兰之旅带来便捷。

2016 年，我们在此与你相逢。愿你新年快乐，一切顺遂。

谢小丁（Tintin Xie）

一切行将就绪。等待排版系统生成文件时，帕琪瘫倒在靠背椅上，一口气叹得老长。

“以后我的简历里可以写：虽然不懂中文，但也担任过中文刊物美编。”

回家时，已是晚上八点，盛夏的皇后镇天黑得极晚，世界依然明亮，我慢慢地爬着一座小山，想与每一个遇见的陌生人微笑。紧绷数星期的神经猛地松懈下来，大脑一时无法适应，依然沸腾着无数想法：努力争取后终于实现的不易，皇后镇湖区第一本中文杂志，我的人生中第一本面向读者的“刊物”……

所有的想法撞击着那时的我。如今想来，那种赤诚而真实的喜悦，依然在数年后，泛起涟漪。

一周后，新春特刊《湖区旅行指南》准时出现在大街小巷，中国游客也与中国春节一起到来。满大街都洋溢着熟悉而陌生的新春气息，商店根据自己对中国文化的粗略理解，挂上大小不一的红色黄色灯笼。稍微讲究一点的，会贴上红底黑字印刷好的春联；至于不太用心的，比如肯德基，将“We have rice”（我们提供米饭）直接翻译成“我们有米”，大喇喇贴在临街窗户上，惹中国路人捂嘴偷笑。

我非常忐忑，不知道游客们对刊物的反馈如何，只要走在街上，就会观察有没有人去拿杂志。杂志派发在许多地方，我甚至在心里做好了B计划：要是真没有游客看杂志，我就自个儿去拿一堆放回家，不然一大摞当街摆一个多月，太丢人了！

所幸杂志很快被拿光，周刊团队每隔一两天就要补货一次，第一关算是过了。

我主动与几个认真看杂志的游人聊天，他们都是善良之辈，说的大多是好话，人在国外旅行时，面对同样在海外生活的中国年轻人，总是会愿意给予些朴素的鼓励。也有人提出宝贵建议，比如能不能增加地图，少一点广告多一点文字之类的。

还有不少店铺之前没有中文广告，这回直接从杂志里剪出来，贴在大玻璃窗上招揽顾客。

杂志也很快出现在箭镇、格林诺奇、瓦纳卡等周边地区，一时成为城中热话。

春节结束，喧嚣渐渐落地，斯考特邀请我去办公室坐坐。当走进周刊大门时，所有人都鼓起掌来，我站在那儿，看着眼前这些热情笑容，中国人的害羞本性让我不知如何是好。

斯考特拍拍我的肩：“我们打了一场不错的仗。”

自2016年开始，随后的每一年春节，这本特刊都成了《湖区旅行指南》的固定项目，我也一年年与他们合作下去。

有意思的是，在《湖区旅行指南》吃了第一只螃蟹后，紧接着第二年，第三年，皇后镇片区开始出现其他类似的中文刊物，都已成后话。

盛筵易散，良会难逢

皇后镇地处新西兰南边，被南阿尔卑斯山怀抱着，一年不到三个月时间可以享受到极为稀缺的二十摄氏度以上的温度，绝大部分时候，人们总在寒冷与等待寒冷里度过。时间久了，我会想念中国南方的苦夏，炙热淋漓，那种围裹周身的高温如同桑拿蒸汽，细细密密覆盖着每一寸毛孔。

当皇后镇街头餐厅将写有“MULLED WINE”的招牌挂出时，你就知道，真正的冬天已然来了。我时常在下班后去湖边小餐厅喝一杯，MULLED WINE是西方人冬天时常喝的热果酒，将红酒、水果、桂皮香料等混在一起煮，水果的甜蜜清新融进红葡萄酒的醇厚，热气腾腾喝一杯，周身都暖了。许多本地人会穿着棉被一样扎实的羽绒服，戴着绒线帽子围着羊毛围巾，站在露天花园里，缩着脖子跺着脚，一口口嘬着酒。

当初找到药房工作时，最庆幸的是店里暖气够足，裹着大衣走进来，会被暖个激灵，头发瞬间泛起潮湿微光，那是发梢凝结的霜凌子正在融化的感觉。

如今回忆起来，药房是漫长的冬天里最温暖的地方。异国他乡，能在某处找到些许归属感，体验到内心被熨帖安放的感觉，是一件难得的事。

这种温暖感，很大程度来自老板金姆夫妇，他们慷慨善良，几十年如一日地守住祖上传下的这爿店——如今新西兰最古老的药房。他们在本地口碑极好，无论穷人富人，政客商贾，都与金姆交情极好，大家来买药，如同走街坊一样熟络热情。药房里有许多工作数十年的老伙计，都是白发苍苍的老太太，家常得像是邻家奶奶，她们是最佳的八卦传播中介，爱分享家庭作坊馅饼，厚实的饼皮里流淌着用数小时熬出来的蜜酱，温暖，甜美。

这样日益稀少的品质，浓郁的古旧人情，是我们曾经拥有，如今正慢慢失去的宝物。

小镇之家

一日，一个年轻人来取药，由于处方有误，他在前一日没有取成功，第二天再来时，却又马大哈地忘记带证明年龄的证件。药剂师们公事公办摇头拒绝，年轻人即将离开皇后镇去荒无人烟的峡湾徒步，后面再也没有买到药的机会了。他忽然瞟见正站在处方台上发邮件的金姆，绝望地抓住一丝缥缈机会，激动地指着金姆道："那个穿白衣服的老头昨天见过我，可以证明我的年龄。"

金姆怔了怔，有点不可思议地指指自己："我？你是说……我是老头吗？"

所有人都笑起来，金姆有点不好意思地摸摸那的确已经稀疏的头顶，无奈地笑了。

许多老本地人定期来药房拿药，来来去去都是些熟面孔，他们也不见外，如果看大家正忙，就会自己找个椅子在角落坐下等待。记忆中有个总是戴礼帽的红脸老绅士，每次拄着拐杖颤巍巍独自来取药，总会礼貌地喊我们“Lady”。如果要取货架最下方的东西，我们还未来得及蹲下，他就会轻轻阻拦，自己费力地弯腰拿出。他年轻时曾是飞机师，据说还去过中国，对中国的面食印象深刻，认为一定是有神秘祖传佐料，才能做出如此美味而丰富的口感。

金姆与老绅士非常熟稔，俩人总能寒暄半天，有时金姆感慨自己年岁也大了，时常觉得腰骨酸痛，周身疲惫，老绅士就会笑哈哈地拍拍他的肩：“和我相比，你还只是个年轻人啊。”金姆似乎很受用这样的话，其他同事总笑话他，怎么年纪越大，反而越像女人似的格外注意自己的年龄了呢。要知道，当年的金姆可是连续参加过三届冬季“男扮女装”大赛的不羁浪子呀。

老绅士每次来取的药总是最多的，装满两个大塑料袋。我曾仔细看过清单，许多药名是简写，我只看得懂其中一样，是癌症患者使用的补充剂。

我将塞得又重又满的药袋子拿出来，关切地问一句：“一个人拿得了吗？”他举起拐杖，指指停在门口的车——一辆价值不菲的古董法拉利，保养得极好，黑色深沉如墨，在阳光下傲然发亮。白发苍苍满脸老年斑的老爷子戴着黑墨镜，开着老古董跑车，在小镇的马路上穿梭自如，常引得旁人不少喝彩口哨声，热闹得很，人人称他为小镇的黑马骑士。

我帮他将药放在车后座，老绅士用极缓慢的速度上了车，再花费几分钟调整好座位，不知是逗趣还是真的累，他夸张地大喘气了一会儿后，冲我笑着挤挤眼睛。

“谢谢你，下次见。”

别看他走路缓慢，可是踩油门的力气却不小，一溜烟开出老远。到了拐角处，他举起手潇洒地挥一挥，没有回头。

那是我最后一次见到这位老绅士。

六个月后，药房的柜台上摆着一张明信片，封面印着老绅士的黑白照片，熟悉的红脸庞上挂着极开朗的笑容，背后是一架老式飞机，相片底下，用烫金银色英文字母写着：Goodbye。

皇后镇许多老人固守旧式礼仪，去世后，会以信函形式严正通知友邻，家人在里面写上想说的话，如果有教堂或墓园活动，还会附上详细日程通知。

明信片是老绅士的女儿送来的，里面写着：“感谢维金森药房的员工们二十多年来对我父亲的关心与照顾，他在生命最后一段时间，度过了平静与快乐的日子。”

同事将它挂在处方台下的挂绳上，那里悬满了明信片，有圣诞贺卡，老同事发来的问候，还有老客人们的讣告。

药房“大地震”

在夏天即将结束的一天傍晚，适逢晚班，我与同事萨拉正叽叽喳喳讨论园艺中心的最新折扣。金姆笑眯眯地站过来，在一旁听了半晌，心思却明显不在我们的话题上，似乎在酝酿着什么。

老员工萨拉爱开玩笑，她逗金姆："怎么了？可别告诉我，你要炒了我呀。"

金姆哈哈大笑，摇摇头，顿了顿，笑容渐渐收去，他用力抿了抿嘴唇——当他想说什么不太好开口的事情，或是做艰难决定时，就会下意识做出这样的举动。上一次见到这样的神态，是他决定报警抓一个来药房偷窃三次的青少年。

据微表情专家分析，这样的神态意味着艰难，也蕴含着歉意。

"我要退休了，三个月后。"

我愣住了，有什么东西砰的一声撞在心脏，周围一切动静被隔在玻璃罩以外，发出嗡嗡闷响。我费力地在大脑里迅速分析了一会儿刚才那句话，是否有其他含义。

萨拉也有点被惊住了，可她却迅速反应过来。

"这对你是好事情，金姆，你一直工作太努力了，是该休息了。"

我此时的情绪，从震惊慢慢滑向难过，玻璃罩慢慢打开，一切如潮水般涌了进来，像被锁住的车子跌入海里，看得见水正在一点点漫升起来。上一次有这样的感觉，是初一时住校，周五晚上发现妈妈没有来接我，小姨站在校门口，神色严肃地告诉我，我妈意外晕倒，住院了。当时也是这样一个毫无异样的傍晚，周围人声鼎沸异常热闹，而我的世界正在轻微地崩塌。

金姆拍拍我的背："我虽然退休了，可是人还在皇后镇呀。"

是呀，但是，一切都不一样了。

金姆的退休引起药房内外漫长而持续的震动，作为小镇核心人物，这个话题迅速弥漫至整个镇子。本地人议论纷纷，许多人扼腕叹息，只要金姆再多坚持两年，维金森家族药房就成立一百周年了。

“一百周年算什么，金姆该考虑自己的人生了。”同事凯莉整理着手上的货物，慢悠悠地说，她不觉得一百年家业比潇洒的退休生活重要，哪怕只是晚两年而已。

凯莉比金姆还要大五岁，依然在药房工作，主要原因是想攒钱出国玩。每年夏季她都会消失几个月，再回来时，总能看见晒得通红的她，一脸自得地和大家分享某海岛的奇特经历。

很多人遗憾金姆为何不将药房传给自家孩子，药房是出了名的吸金大店，超棒的地理位置与永远不断的客流，英文俗称“Cash Cow”，什么都不做也能看见金子哗啦啦流进口袋，就这么白白退休转让出去，多可惜。

金姆的三个孩子与我年龄相差不足八岁，各自独立在外，只可惜没有一个人做药剂师工作，这也是金姆无法将家业传承下去的最主要原因，新西兰法律规定，药房的大股东必须是执业药剂师。金姆从未强迫孩子走这条路，大儿子和朋友去创业，二儿子做了IT，最受宠的是小女儿凯特，一个成天扎着脏辫，喜欢波西米亚风格的年轻律师，她继承了金姆夫妇的善良与责任心，从小就与父母一起参与社区慈善活动，如今主要负责的案件与女性权利相关。虽然金姆也曾抱过一线希望，也许凯特可以找到一个药剂师丈夫，从而延续药房的经营，但可惜她志不在此，一心只想帮助那些被丈夫家暴的妇女，金姆所想只得从此作罢。

对药房员工来说，最关心金姆退休后，谁将是下一任老板。那段时间，总有各路人马前来打探消息，有从远方闻讯赶来的其他药房老板，也有大财阀，谁都虎视眈眈盯着这块大肥肉。只要有西装革履人士踏进大门，所有人便盯了过去，上下打量，妄图从对方脸上预测出他是新任老板的可能性。

大家虽不奢求能再遇见像金姆一样温和慷慨的完美老板，可也不想落差过大，一时人心惶惶，流言四窜。消息灵通的几个同事很快收到风声，最具竞争力的是新西兰最大连锁药房品牌总部，势力极大，遍布新西兰大小城镇，旗下药房几乎垄断全国市场。他们诚意十足，出价诱人，几乎每隔几日，就会派人前来游说金姆。

没多久，络绎不绝的说客忽然没了踪影，大家都松了一口气。这家公司出了名的规章严苛，以模式化管理取代一切：员工必须将头发梳得一丝不苟，耳环只能是优雅风格，稍微出格一点都得被强行摘下；平时上班如果迟到一分钟，对不起，你就得在黑名单上了；每个季度还有细节烦琐的考核与业绩要求，完不成的人下场难堪。这一切，对于松散惯了的我们来说犹如噩梦，尤其是大部分员工家境丰厚，福利也很不错，来药房工作纯粹是打发时间，习惯了在人情和缓、嘻嘻哈哈的宽松氛围里度过快乐一日，才不愿被改造成工业世界的“流水蚂蚁”。

而我，也开始冷静思索自己的去向，理智与感性反复拉扯，双手互搏，彼此试图扳倒对方，一点点清晰勾勒出心意：如果不舍得药房，是因为金姆这个好老板，那么现在他退休了，岂不是某种天意安排？

我也是该做点别的事情了吧。

一日，金姆和某家大公司的市场部经理正在对话，见我走过去，专门唤了我，介绍给对方。

“丁丁是非常优秀的作家，也是负责我们药房中国市场的人，如果你们需要中国市场建议，可以问问她。”金姆热情地推介我，对方一听，马上堆了笑，连连握手。

我有点摸不着头脑，陈先生却一眼看破金姆的心思。

“金姆知道你不愿只做零售工作，他这是在临走前，努力给你推介更好的工作机会啊。要是能去这家公司做中国市场，这是多难得的机会。”

“希望每个人有更好的未来”，的确是金姆会做出来的事情。很久以前，一个性格自闭、羞涩内向的女孩被招进药房，所有人都不解，为什么金姆会接收这样一个人，来做这份需要面对不同客人的服务工作。

面试时，金姆发现女孩独自面对一两个客人时，会镇定许多，而且她很擅长化妆，总能给出合适建议。于是金姆出钱送女孩去学了美容化妆的课程，几个月后，女孩成为药房某品牌专柜的负责人。这个专柜面对的客人都是些挑剔贵妇，前后吓跑几个员工。出人意料地，这个沉默安静的姑娘很受欢迎，因为她能一边静静为你化个完美的晚宴妆，一边听你唠叨诉说打理几公顷农庄的苦恼。她是最深沉的树洞，也是最平静的湖水。

这个品牌的销售额直线上升，女孩越来越得心应手。一年后，该品牌的奥克兰总部有一个高薪顾问职位空缺，姑娘想去，但意味着从此和药房没了关联，之前金姆送她培训的金钱与时间都打了水漂儿，蒸蒸日上的销售额也从此成了泡影，颇有点过河拆桥的意思，她犹豫着不敢说。

金姆知道后，为她写了一封热情洋溢的推荐信，信里不吝赞美之词。

所有人都不解，可安到金姆身上，又可以理解。

在女孩的欢送聚会上，她第一次当着所有人的面上台唱歌，金姆笑着在台下听着，和大家一起举起啤酒为她欢呼。酒吧里灯光变幻，映得姑娘眼睛亮晶晶。

从那以后，我第一次发现，原来真的有人，可以将成全他人视为责任，他们无私的光芒如此耀眼，照得其他人心里的小九九无比羞愧。

说客没了踪影，药房迎来短暂平静，没有人再讨论关于未来的话题，只是每个人都知道，金姆去意已决。他已经开始筹备自己的退休晚宴了，活动定在一个月后的皇后镇纪念中心，请柬已全部发出。开弓已无回头箭。

就像很多电影里一样，主人公必须在某个时间期限内完成任务，才能打通关，救出关键人物，赢取胜利。金姆就是这部《药房风云录》的主人公，作为家中长子，大学毕业以后，环游欧洲回到小镇，从此成为这家药房的执事人。和皇后镇一同，起起伏伏经历无数寒冬，游客市场换了几拨，合作的品牌公司垮了无数；和数任总理觥筹交错过，也恭敬迎接过女王大人。

他一刻也不敢松懈，药房不仅仅是一爿生意，它关系着小镇与周边从幼到老无数病人，还有几十名忠诚员工的生计。四十年前那个意气风发的小伙子如今成了谢顶老头，腰骨也越来越不顶事，身边老友们一个个走了，宿命的阴影缓慢笼罩而来。

在六十岁这一年，他决意放下所有包袱，开始人生下半场。

金姆最后一班岗

金姆最后一班岗是在一个平常的周五。

这个清晨，我带上久未使用的单反相机，头一次提前十五分钟来到药房。员工室里一片忙乱，涂口红画眼影的，整理被孩子抓得乱七八糟发型的，缝补衣服扣子的，慌张吃早餐的，前晚宿醉后依然浑浑噩噩的。

今天不上班的雪莉裹着羽绒服，风尘仆仆携着寒气进门，眼角带着难掩的笑意，神神秘秘说："我准备了一个惊喜，待会儿我给出信号，所有人看指令行事。"

每天早上第一件事是开会，说说当天的安排，或是前一天发生的问题，和别的公司晨会的严肃面目相比，药房的会议轻松活泼得多，80%的时间都是插科打诨，没个正经。最初去上班的时候，我完全听不懂新西兰俚语与笑话，只能在一旁礼貌而尴尬地微笑，常常大脑放空，心里烦躁而无聊。游离状态持续将近半年后，在某一天忽然突破语言瓶颈，不仅可以听懂据说是全世界英语语速最快的新西兰口音了，甚至知道每个人的笑点是什么，自己还能跟着插两句嘴了。

大家和往常一样，吐槽小镇的公共交通跟不上发展，停车位也捉襟见肘，正好镇长太太来取预订的香水，听见大家讨论，她无奈耸耸肩："我今早也没找到停车位，现在挤在临时停车那儿，火都不敢熄，决定今晚不给老公准备晚餐了。"

也不知道这话里是嗔怪还是为老公开脱。

会议即将结束时，负责做账目的朱莉忽然拍拍金姆："今天是最后一天啦，以后你再来的时候，要敲门才能进办公室了哟。"

大家都心照不宣的事，此刻被轻轻端上桌面，每个人都毫无准备，谁也不知道此时该插什么话了，一时气氛凝重，像是一碗糖浆被搅拌得过于浓稠，有点举步维艰。

幸亏布莱德先生走进来，打破这沉默抒情时刻的微妙。

这位金发老先生也是小镇传奇人物，被称作药房最忠实顾客之一，他的存在，是药房不可或缺的一部分，如果某个星期没看见他，大家还会奇怪。虽然每次来都没什么要紧事，有时甚至只是从左边门进来，打一圈招呼以后，再从右边的出口出去。

偏偏他的嗓门还特大，笑起来中气十足，震得天花板微微落灰，我都担心药房这百年建筑承受不起如此回声。

布莱德先生和金姆一样，认识小镇每个老居民，谁家孩子读大学了，某家店铺失窃了，他都了如指掌，犹如小镇评论员，评头论足一番："你看见琳达家的新篱笆了吗，我真奇怪，她怎么没有遗传画家母亲的一点点色彩天赋？"

虽然平时牙尖嘴利，可也热心肠。镇上教堂门口的草坪，十多年来都归他义务清理整修。九十岁老太太萨利走丢的猫，也是他热心地四处张贴寻猫启事才最终找到的。

布莱德先生和金姆是老朋友，俩人一个高大健壮，一个文弱清秀，站在一起，总是有喜剧观感；他们俩性格也不一样，一个毒舌，一个温和。看起来布莱德先生总爱挑金姆的刺，今天抱怨药房的灯光太刺眼了，明天肯定要说货架哪儿乱糟糟，可金姆却不介意，任他抬杠。

俩人的渊源要追溯到十几年前。

20世纪80—90年代，皇后镇中心有两家大药房，一家是维金森，另一家叫作布莱德。

两家药房位于皇后镇两条主街的街头，相距不到二十米，无论是里面的货品还是服务，重合度都极高。小镇居民饶有兴味看两家药房如何共存，报纸也看热闹不嫌事大地画了漫画，标题取为“维金森与布莱德，战火一触即发”。可说来奇怪，两家和平相处了二十多年，常常是这一家缺了什么药，就问隔壁家借。

金姆是个和平主义者，也是个聪明的商人，他接手维金森药房以后，选择绕路而行，开辟另一片空白：旅游市场。

金姆是皇后镇最早注意到旅游市场变化的零售店老板之一，他与一直固守传统经营方式的老爹不一样，早在20世纪70年代末就利用间隔年游遍欧洲的他，深知旅游业正是皇后镇最有深远潜力的细分市场。20世纪80年代，来新西兰的以日本市场最旺盛，随后是欧洲、美国、澳洲，如今是中国。游客人群随着时间而变化，金姆也不断调整战略，他大胆引进许多市场仍在观望的新产品，甚至将宝贵的货架免费租给刚起步的小众品牌，让他们一展身手。而布莱德药房依然主攻处方药与本地居民日常服务。两者和平共处，相安无事。

2000年初，布莱德先生早早退休，将整栋楼租出去，自己回家安心当个富贵闲人。当初布莱德药房的员工们，纷纷转至维金森工作，一晃十几年过去了，也都还在这儿。

这一场“药房之战”始终没有如旁观者所愿打起来，反而合二为一，喜剧收场。

知道今天是金姆工作的最后一日，布莱德先生专门一大早过来，进门就开始嚷嚷了。

“怎么着，开始偷懒了？看见有客人进来也不接待了吗？”

大家哄笑着冲布莱德先生打招呼，他一拳砸在金姆的肩头，爽朗地说：“你看我多够意思，来让你赚我的最后一笔钱了。”

他买了一包一纽币的纸巾。

金姆笑呵呵给他结账，如往常一样，按照员工价给他打了个折扣。

“以后可就没有这个优惠啦。”布莱德先生不由得有点遗憾，仿佛这个皇后镇首屈一指的大富翁多在意这几毛钱似的。

金姆微笑着看着他，知道这个毒舌老家伙又要说点什么了。

“不过，金姆，我真心为你开心，以后终于不用来药房才能碰见你了，咱们可以去老船锚酒吧享受退休生活了。”

这可是头一次，从布莱德先生嘴里冒出点好话啊。

整个上午没什么可忙的，我拿着相机，在药房里跟踪金姆，拍他开处方的专注模样，拍工作台上贴的“今日药剂师：金姆·维金森”，拍他挂在椅背上的白制服。我忙忙叨叨跑前跑后，颇有点重操记者旧业的风采。

药房门前忽然传来一阵轻微嘈杂的喧哗，只见拿着一大串氢气球的雪莉鬼鬼祟祟溜进来，迅速清理出一片空地，几个明显是被拉来帮忙的路人壮汉费力地将一台巨大、古老的橘色钢琴推了进来！

这台老钢琴是皇后镇最早出名的网红，当年一张流浪琴师坐在瓦卡蒂普湖边弹奏它的照片，成为国家地理杂志年度摄影冠军。所有小镇访客，都在找机会偶遇这台钢琴。如今它就这么摆在药房里，挤在还未来得及拾掇的角落里，旁边胡乱堆满空纸箱与刚拆卸的金属货架。

流浪琴师也走了进来，扎着满头脏辫，穿着松垮破洞亚麻外套的他此时看起来格外羞涩，平日只见他在晴朗天际下的蔚蓝湖水边弹奏，此刻站在喷洒着浓郁迪奥香水的明亮店铺里，有点手足无措。

雪莉麻利地将打印着“金姆，退休愉快”的几张A4纸贴在货架上，再把孩子过生日才用得上的氢气球挂在四周，琴师坐在钢琴边，经理悄悄将药房的背景音乐关闭，我的相机进入拍摄状态。

一切就绪。

当《Time To Say Goodbye》的音乐响起时，金姆正在处方台上忙着处理药品，被声音吸引的他错愕地抬头看向这边。一秒钟后，明白发生了什么，笑着连连摇头，露出那种“你们啊，看看你们啊”的感慨表情，他唤上在办公室的太太玛蕊一起过来。散落在各个角落的同事聚到一起，就连不明真相的顾客也好奇走过来，这个弥漫着音乐，挂满氢气球的小小角落被人们紧紧围了起来。

大家跟着音乐合唱，有的人记不得词，唱得稀稀落落，还总有人笑场，金姆非常认真地听着，低下头，用指头轻轻擦了擦眼角。

音乐结束后，所有人高呼：“退休愉快！”

不知道是谁，尖叫了一声："WOOHOO，最棒的老板！"

金姆上前拥抱了流浪琴师。

一旦离开了钢琴，琴师就会露出那种不好意思的局促表情，他做这一切都是义务的。因为在零下的寒冷气候里，街头卖艺是件苦事，金姆允许他将钢琴摆在药房门前的屋檐下，让他也能分享药房里散出的阵阵暖气。

如今这位善心老板要退休了，流浪琴师可以做的，是为他献上道别曲。

雪莉还准备了另一份礼物，她珍藏了十五年的旧报纸，里面是当年小镇零售业改革时，记者以药房为代表拍了员工合影。泛黄老照片里的人看着都那么年轻快乐，意气风发，金姆眯着眼辨认其中每个人的脸。

"这个是露露，原来她以前是短发啊……你看山姆，那么朋克的人，现在都是两个孩子的爸爸了。"大家无心工作，脸贴着脸，挤在一起，任由回忆暖流包裹。许多顾客微笑站在一旁，拿着货品耐心等待，默默欣赏这场动情的剧目。

看着相机取景框里的人，我忽然明白自己一直不肯离开这儿的原因了。虽然皇后镇如此小，常住人口不过数千，镇中心开车五分钟就能逛遍；它没有被现代化冲击太多，至今只有屈指可数的几个红绿灯，就连购物中心也是这几年才开起来；它像个大农庄，山上有流浪黑山羊，路边常发现负鼠与野兔，人们穿的衣服也大多实用却不时髦。它甚至有那么点无聊，一点点小八卦就能传遍全镇。

可它温情脉脉，天真明亮。可爱的小镇人守着规矩，守着那点往日情分，慢吞吞地过着珍贵日子。它激发出你内心对善意的向往，让再坚硬的人也想卸下盔甲。

荟萃一堂

金姆的退休宴会如期举行。

傍晚时分还未日落，太阳闪耀的光辉挂在鲍勃山峰顶。纪念中心的礼堂已是灯火辉煌，站满西装革履珠光宝气的客人，空气里弥漫着混合香水的味道，在电力十足的暖气烘烤下，有一种奇异的微醺感。若是此刻你从寒冷的街上走进来，会被这热气浑厚包裹着打个寒战。数十名年轻的服务侍应穿着黑色围裙，穿梭在人群里，负责供应喝不完的酒品、饮料、小食与糕点。

饥肠辘辘的我站在蛋糕区吃了个饱，顺便装了一盘子最受欢迎的三文鱼小脆饼。在人群里挤来挤去的时候，我才发现金姆面子真大，这是我见过的最大型的皇后镇本地聚会：镇长穿着休闲西装和几个商业大亨站在一块儿谈笑风生。镇上最棒的咖啡师终于不用站在咖啡工作台里忙个不停，正轻松享受一杯金色鸡尾酒。性格古怪的孤老头子杰克穿着小西装，独自站在角落里喝啤酒。杰克的父亲曾是皇后镇最富有的人之一，财富被他挥霍一空后，如今独居在一间五十多平方米的小公寓里。要知道，当年他可是拥有大半个山头的人。还有不爱工作，常年领福利被人诟病的玛丽，现在也难得头发整齐，只是行为依然有点不那么好看——她正侧身悄悄往口袋里装饼干。还有镇医院的几名医生与护士，也正欢乐地站在人群里，眉飞色舞讲述今天刚收的一位年轻病人，摔断了左手后第二天坚持去爬山，又折了右腿。小报记者亨利则是全场最忙碌的人，嗜酒如命的他不愿错过来自奥塔哥最棒的美酒，却也不能忘记采访任务，顾了酒杯就得放下相机，手忙脚乱。

许多早年生活在此地的老居民此刻也从各地赶回来，大家热情拥抱在一起，彼此赞扬“你的气色看着真好”，现场传来此起彼伏的相认与重逢的尖叫声。

视线穿过热闹人群，大厅四周摆满金姆工作四十周年的所有照片，记录下所有过往重要时刻，四十年来的员工聚会，从褪色发黄到高清影像，人们的脸从青春到渐渐现出老态。我最喜欢的一张是金姆和员工们泡在齐腰深的水里，一群人高高举起拯救出来的药瓶子，面对镜头狼狈大笑。这张照片记录了21世纪初几乎摧毁皇后镇的那场暴雨。当时暴雨终日不歇，一向温柔的瓦卡蒂普湖疯狂涨潮，最终淹没半个镇子，所有人划着船来救灾。

人群里，我看见金姆的女儿凯特穿着黑色小礼服，正搀着一个拄拐杖的老爷子。在其中一张照片前，老爷子认真端详，伫立许久。

那张照片是金姆刚接手药房时拍摄的工作照，稚气未脱的他冲着镜头傻呵呵笑着，头发茂密旺盛，脸上充满对未来的明亮向往。

老爷子静静地与二十岁的金姆对视着。

他是金姆的爸爸，这家药房的第二代传人，正是他将药房大钥匙交给了金姆。老爷子是个传统的大家族掌门人，他的不少观念与做法，让我想起旧时中国家庭执事者。他辛勤培养长子，让金姆从小就接触药房生意，待一切准备妥当后，便将药房全盘托付出去。他珍惜维金森的大招牌，教育儿子最重要的事是维护药房声誉，赚钱是一码事，可名声是更重要的一件事，这是百年基业立足的唯一秘诀。在三个孙儿还未长大成人时，他就已经殷切期盼培养下一个接班者，得知没有一人有心从事药剂专业，老爷子气得直跺脚，躲回自家花园里生闷气。后来又服软，试图用慈祥软化孩子们，可是依然无果。

当金姆告诉他自己也要退休，准备出售药房时，老爷子不发一言。在最后那几日，腿脚已经不便的他难得来到药房，拄着拐杖颤颤巍巍，缓慢地绕着药房，审视一切。

药房墙上挂着19世纪末金姆祖父买下药房时，欣喜地在门前拍照留念的那张黑白照片。

老爷子低下头，微微叹了口气。

活动开始时，穿着蓝色西装的金姆看起来格外精神，他走向小演讲台，用叉子轻轻碰碰酒杯。喧哗平息下来，所有人望向他。

“非常感谢大家今天来参加聚会，我和玛蕊很开心与老朋友共聚一堂，一起庆祝我们的退休。”金姆开始致辞。

他认真地感谢了这四十年来为他工作过的员工、小镇居民、支持他的商业伙伴、他的家人。

“还要感谢我的父亲，是他将如此重要的药房交给了我，哪怕当时的我只是个毛头小子。”金姆侧过身，望向站在台边的维金森老先生。

“我知道你一直对我充满期待，”金姆顿了一会儿，声音低了下去，有一点哽咽，“希望我没有让你失望。”

宴会结束后，人们如鸟兽般散场。从热闹里回归清冷，冷意一激灵直冲脑门，寒星已经挂上天际，整片天空闪烁而清澈。踩在路肩的石子上，有点打滑，得放慢脚步，我和陈先生决定散步回家。

其实想想，当初是因为钱包空空，必须找份糊口营生，我才误打误撞来了药房工作。谁知一晃两年多过去了，它竟成为我进入本地生活的入口，为我打开一扇门，展现出真正的小镇世相。让一个无所适从的异乡人，品尝到故乡的温情滋味。

“你知道吗，我非常庆幸，曾有过这么一段记忆。”

很久以后，和药房老同事们喝下午茶，大家聊起当初那个谜团：为什么金姆没有将药房卖给财大气粗的大公司？

万事通凯莉神秘地告诉我们一个答案。

原来，当初所有条款经过双方律师反复斟酌，没有什么问题，可是金姆却决定添加一条：善待老员工。

大公司有自己的规矩，没见过大型商业买卖里来这么一招，这条语焉不详感情用事的条款，谁知道未来会带来多少麻烦。反复多次拉锯战后，金姆不肯让步，最终不了了之。

大家都沉默了，各怀心事地低下头轻轻啜小瓷杯里的红茶。

我在心里笑起来：嘿，还真像是金姆干得出来的事。

敬勇气一杯酒

新春特刊《湖区旅行指南》出版以后，许多小镇市民认识了我，他们大多是各行各业的企业负责人或小经营者，邀请我为他们的活动宣传册、餐单与网站做中文翻译。

有一天，一封邮件悄然而至："你好，我是AJ Hackett蹦极公司销售总监麦克，请问可以见一面吗？"

我上网搜了搜这家公司，来头不小，全球商业蹦极起源地卡瓦劳大桥就属于他们，在皇后镇与新西兰都有许多知名极限项目。

我们约在镇上一家提倡健康饮食的果汁店见面。麦克背着黑色双肩包，穿着AJ家的员工T恤，看起来活力十足，一点也不像近五十岁的人。在这场四十五分钟的对话里，我真正发言不超过五句，全程是话痨麦克噼里啪啦说个不停，他的语速快，发音黏稠，再加上音调压低，我努力捕捉所有听得懂的单词，总算是费劲地拼凑起完整的信息。

AJ公司每年都会进行一场中国文化培训，由中国专家向员工们介绍关于中国人的文化、习俗、礼仪，往年由他家的亚洲市场经理，一位华人女士负责这个项目，但是今年她刚辞职，我是麦克唯一认识的中国人，所以找上门来。

我脑海里蹦出一个更合适的人选：陈先生。

我告诉麦克，自己是擅长写多过说的慢热者，需要深思熟虑与仔细琢磨，再加上英文演讲时容易紧张，担心影响现场效果。不如让我男友试试，他目前是一家信息咨询中心的负责人，平时工作就是给各国人士提供信息，再加上从事商业外贸多年，英语非常流利。

本以为麦克要仔细考虑，想不到当时他就拍了板，没问题。这是新西兰人的淳朴特点，用人不疑，既然你说可以，那我就全盘接受。

回到家，我特别兴奋地告诉陈先生这个消息。

我与陈先生自2012年相识至今，一起共度高低起伏种种境遇，他在中国时，有一份体面的办公室工作，每年出国旅行几次。也许是因为在海边长大，对远方总有着天然的执念，打工旅行来到新西兰后，做过各种辛苦的工作，餐厅，客房打扫，洗衣部，到现在的公司负责人。

他是个非常入世的人，没有我那么多矫情，即使做客房打扫时也心无杂念，每天最期待的就是“今天退房的客人会不会在枕头下放小费”这种事情，而我那些文学女青年的妄想与敏感情绪，总能被他一一消解。

在准备培训内容时，麦克发来新西兰商业发展中心的中国市场分析报告，里面权威描述了中国游客的偏好、特征等，他建议以这些数据为辅助资料，再进行延伸。

我俩坐在桌前，打开国外网站上各类关于中国游客的卡通片或演讲，发现西方人对中国人有着如此多的误解，比如，不少人以为，中国人说的“普通话”其实就是“广东话”，因为在海外有大量广东移民，于是潜移默化地，大家就以为粤语才是国语；还有很多人说到中餐，都以为是糖醋味和炸食，就是因为海外太多中餐馆为了适应当地人口味，改良做法，几乎所有肉和面食都下油锅炸一炸，炒菜不放盐都没事，但糖一定得足量，所谓的辣炒菜里也能吃出可疑的甜味。

还有一些人，说起中国就是成龙、长城和兵马俑，当我告诉所有新西兰朋友，我从来没有爬过长城时，他们总露出不可思议的表情。

陈先生非常重视这次培训机会，每天下班回家，总能看到他在客厅里走来走去，声情并茂反复琢磨每一句，有时发现我在看他诵读，自己会不好意思地用纸在面前空气中扇一扇，背过身去继续练习。

我其实心里明白，他这么认真地准备，不仅仅是为了那一点培训费，这也是他等待许久的，做点“不一样”事情的机会。

来新西兰的数年里，陈先生从未有过什么雄心壮志，许多年轻人刚出机场，就直奔各大公司投简历，目标直指经理这类高级职位，他们初生牛犊不怕虎的勇猛，从现实角度来看，有一点妄自可笑。新西兰是看似平等，其实内里充满或明或暗的各类规则的国度；新西兰人看似随意开明，可是职场里的保守与固执有时远胜于亚洲国家。

没错，人人都欢迎来投简历，可是你若是没有足够显眼的履历，优秀的英文水准，再加那么一点运气，一个外国人要从无数人里突围，实在困难。

陈先生是个脚踏实地的人，他不像我有那么多矫情的自矜，也不像其他二十出头的人那样好高骛远。当初我们俩刚抵达皇后镇时，由于我的签证还有一年到期，他只剩三个月，为了我，他努力在冬天的皇后镇挨家挨户投简历，做什么都可以，只要能为他担保一份工作签证。顶着漫天大雪，一次又一次推开希望渺茫的门，得到的回复永远是“有消息再通知你”“目前是淡季，不好意思”之类的拒绝。

当时我们蜗居在一个幽暗的小旅店，旅店前台是个态度恶劣的日本女人，明明前一秒面对白人住客还是满脸笑容，看见是我们就会堆起怨气，甚至有几次，我转身离开时听见她在背后小声嘀咕：“呵……中国人……”

非常难堪又窘迫的日子。

有一次下暴雪，纷纷扬扬落了一个多小时，整个世界昏白一片，天气预报说，这是近十年来最大的雪，学校停课，居民也要做好安全措施。我独自在屋里，忽然听见窗外有动静，是陈先生接电话的声音：“嗯……我理解……如果有机会请一定告诉我。”断断续续，混着风声，从窗户缝里钻了进来。

陈先生顶着一身雪花进了屋，只字不提刚才的事情，只是将一袋热乎乎的栗子拿给我，是他去投简历回来的路上顺便买的。

我没有问那个电话。两个人静静地剥着栗子壳，噼里啪啦的碎裂声里，坚果天然煦和的温暖轻轻迸出来。熟悉的，令人怀念的家的味道。

后来好不容易找到一份辛苦的洗衣部工作，经理是个高大的岛民女人，对待员工永远是简单的呵斥语气，就像面对不听话的宠物狗一样。虽然不喜欢她，可是毕竟在这里拿到一份工作签证，来之不易。陈先生每天工作十个小时，回到家需要休息很久才能站起身，和他同期的人都陆续离开，只有他依然坚持着。

到了第二年需要续签证时，经理久久未给回复。我俩知道她喜欢小恩小惠，平时谁送她点甜品或是小礼物，这一周就能偷不少懒。于是我买了一瓶香水，选了那种她平时喜欢的浓烈刺鼻的味道，特意包装好，打上一个小小蝴蝶结，和陈先生一起去送给她。

那天晚上，我们来到她低矮的小屋门前，两个人从未做过送礼的事情，都有点踌躇，找不到合适的表情。我躲进一边黑暗的灌木丛里等待着，陈先生敲门，过了半天，才有人拖拖拉拉来开门。吱呀一声，屋里的灯光洒出来。

那个经理甚至没有让他进去，只在门口拿过礼物，转身进去了。

我俩有点尴尬地在门口怔了一会儿，心里泛起酸涩，后来还是陈先生转移话题：“今晚听说有极光，我们去看看吧，据说看到的人有好运气。”

有一日清晨，在去药房的路上，我等在斑马线边准备过马路，一辆小货车从隔壁小巷子里开过来，喇叭嘀嘀叫了一声，扭头一看，陈先生正开着洗衣房的车去酒店，摇下车窗笑眯眯望着我。

早上八点，光线温柔，整个世界是金色光芒将来未来之时，马路上没有其他人，只有我俩，在数秒的擦肩里，笑着望向对方，努力挥挥手。

这些事情如今想来，遥远又悠长。

蹦出我天地

中国文化培训当天，我有另一个会议要参加，陈先生独自赴约，他提前一天搭配好衬衫与裤子，我专门在他额头用手掌鬼画符一样绕了两圈：这个印符代表好运气！

其实是瞎掰的。

第二天，我一边开会一边紧张地看手机。心里知道，这个会议压根儿不重要，完全可以推掉，但我只是害怕。

可是害怕什么呢？害怕目睹他的失败吗？还是害怕看到失败后他的沮丧呢？

我也不知道。

大概两个小时后，一条信息蹦出来："刚结束，很顺利。"

我回："好的。"

长吁一口气。

从当天现场视频里看到，培训现场在卡瓦劳大桥的数层高的空旷大厅里，底下坐了上百人，公司高层坐在第一排，陈先生穿着衬衫，流畅地说完之前准备的一切内容，甚至还临时发挥讲了些笑话，提了些即兴问题。下面的员工几乎都是年轻人，全神贯注听着，没人低头玩手机。

当演讲结束时，现场传来口哨声与掌声。陈先生靠在讲台边，露出释然的笑容。

培训结束后一周，麦克直接联系到陈先生，向他提出下一个邀请。

"你愿意来做亚洲市场开发经理这个职位吗？"

在关于新西兰的所有官方或私人的旅行攻略里，AJ蹦极几乎都榜上有名，它已成为新西兰极限运动的代表，也奠定了皇后镇"极限之乡"

的名号，是许多勇者心目中的新西兰心愿清单之一。这个职位负责AJ新西兰公司的亚洲国家市场战略与客户维护，主攻中国与东南亚市场。

毫无疑问，这是一个更高级也更高薪的职位。当时已有不少人竞争这一职位，但是麦克始终没有遇到合适人选，那次中国文化培训后，他瞄准了陈先生。

面对如此一个大好机会，陈先生却犹豫了，他所在的信息中心的老板是一个华人，性格和善，每天朝十晚七，整体氛围轻松。离开这里，意味着要去面对更多挑战，当然也会累得多。一方面，担心跳槽无法面对现在的老板；另一方面，也是对现状很满意，心里那么一点点对舒适区的流连，桎梏了脚步。

就这样犹豫踟蹰好几日。

三天后，他终于坚定地作出决定——去AJ公司。

“怎么想通的？”我问。

他有点不好意思，吐出一句心灵鸡汤：“人生……就是要不断挑战自己嘛。”

我看着他，庆幸那个当初辞职远行无所畏惧的小伙子，在异国的艰辛生活打磨里，内心的宝贵勇气依然存在。

一个月后，陈先生入职AJ Hackett蹦极公司，开启全新的职业生涯。

报到第一天，麦克带着他走访皇后镇几个项目点，分别是位于市中心的Ledge蹦极、世界商业蹦极发源地卡瓦劳、悬崖峭壁间的滑索、南半球最高的内维斯蹦极与世界最大的峡谷秋千。

走访的方式非常简单粗暴——挨个儿玩一遍。

于是，可怜的陈先生就在“千万别认栽”与“第一天入职要留下好印象”的复杂情绪里，一次次站上蹦极台，绑上绳，在众人的鼓励与起哄中，眼一闭心一横，跳了下去。如此重复五遍。

这份入职礼物彻底开启了陈先生的AJ工作。他比以往忙碌多了，每天要阅读大量的往年数据分析与战略报告，了解团队里的每一个人，给每一个老客户发邮件自我介绍。我们每周两次外食从此取消，他需要争分夺秒快速融入工作，与其一边吃饭一边埋头看报告，不如干脆别出去了。

融入，意味着磨合，摩擦，一棵新的树苗植入一片土地，尚未扎根的时刻，外表看不出任何异样，可是内里困难重重，缺氧、缺水、缺少其他同伴的支持。

入职一个月，陈先生的新鲜劲与冲劲削弱了，取而代之的是如潮水般涌来的失落。

与药房的家族式零售店经营不同，AJ公司是标准新西兰企业，条条框框规矩多，内部组织庞大冗杂，一个报告要一层层审批，每个人各司其职，界限明确，却也有暗流涌动的潜规则，比如邮件里的称呼与格式，也比如每个人截然不同的工作方式，未经一年半载的熟悉，难免会碰壁。

每次开会时，大家都要轮流发言，轮到陈先生时，他总是不知该说些什么，因为大脑里缺乏清晰完整的脉络，在思考与组织语言的过程中，其他人静静等待着，注视着他。

空气里，轻轻地荡漾着那么一点不耐烦，碰撞着，破裂着。

作为全公司唯一一个中国人，陈先生压根儿听不懂本土俚语，摸不清笑点，大家茶歇聊天时，他压根儿就融不进去。所有人在大笑时，他却无法露出合宜的表情，自尊心横亘在那里，时时刻刻折磨人。

时间一久，陈先生越来越抗拒在公司吃午饭，他宁愿每天开车来回半个多小时回家吃饭，然后坐在沙发上看文件，时间差不多再磨磨蹭蹭回去。那种逼仄的，被人潜性排斥的感觉令人窒息。

“我想回原来公司。”一次午饭过后，坐在餐桌边，陈先生颓唐地告诉我。

他有点不想坚持了，开始怀念旧公司那零压力的愉快日子。

我心里明白，这是磨合期必有的低潮期，建议他再坚持半年，如果半年后，情况依然没有任何改变，那就放弃，回原公司也好，给自己放个长假也好。

他同意了，再坚持半年。

陈先生的工作需要与几个项目点的经理密切合作，当有重要的中国客户来时，为了配合他们的行程，必须调整蹦极时间，有时就得靠项目经理来协调。其中一位老资历的经理总是采取不作为的态度，三催四请也不动弹，这边眼看客户就要来了，急得要命，她电话不接，邮件不回。若是多说几句，那边甩来一句“我很忙，不是专为你工作的”，噎得人没话说。

这时，麦克的态度非常关键。

当初是他将陈先生招聘进公司，如果陈先生工作成效不佳，他自己脸上也挂不住，更何况，帮助自己的下属更快进入工作角色，也是他的职责。

一日下班前，麦克叫住陈先生，问他工作还顺利吗？

陈先生斟词酌句，只说了一句话："我需要你的支持。"

麦克做的第一件事是解决那位项目经理的拖拉毛病，会议上的发言，他开始采取点名制，不再是每个人轮流发言，而是谁有话谁举手，不想说的不勉强；每个季度的员工聚会，他一定会盛情邀请陈先生参加，一大群人喝得脸通红，抱在一起贴脸玩自拍，不分部门、年龄、职务的同事们在音乐声中疯狂蹦跶玩笑。不知不觉里，关系拉近许多，陈先生也总算搞明白了，大家平时闲聊话题里的那些名字，到底哪些是自家老公，哪些是自家的狗。

两个月后，陈先生无意中发现在刚入职第三周时，总经理发给麦克的一封信函，是关于自己工作能力的询问。在信里，总经理委婉表示听到一些传闻，说是新来的亚洲市场经理非常内向，交流不多，是否真实。

麦克的回复清晰简明："我认为这是亚洲人的共性，他在积蓄能量，他只是需要时间。"

时来运转

也许是能量真的积蓄到一定程度，陈先生的好运终于来了。

在接下去的那个中国新年，中国市场相比前年同期增长25%，大部分都是他接手后对接的新客户带来的。他主动要求去一线，繁忙奔波于蹦极点与办公室，接待一批又一批中国游客，耐心给每个人讲解蹦极的历史，有一些人本来不敢参加，可是看到其他人蹦下去的英姿，当场报了名。

那位不甚配合的经理看见越来越多的中国客人，慢慢收敛起自己的脾气，说话时也会礼让三分了。

有一天，总经理罕有地从自己办公室出来，专门绕到陈先生的座位旁边，拍拍他的肩。

坐在正对面的麦克和陈先生对视一眼，抬抬眉毛，笑了。

那个新年过去后，陈先生明显松弛许多，成绩是最好的说服力，难熬的磨合期眼看就过去了，之前撒的种子，终于在等待期后慢慢发芽。由于对公司整体战略的把握，加上之前在一线的亲身体验，那个在做中国文化培训时自信盎然的人回来了，他开始在会议上发言，开始反驳一些对中国市场的错误判断，甚至提出完全不同的解决方案。

团队的人终于结束对新人的审慎观察，能够坦诚认真听取他的意见。

一日，一个北美客户来拜访团队，会上不知聊起什么，那人忽然用手拉扯眼角，将眼睛变成细长模样，大笑着说："亚洲人是不是都这样？"

现场陷入一阵微妙的寂静，没有人配合着玩笑。

啪的一声，陈先生将会议记录本摔到台面上，身子向后仰，下巴翘起望向那人。

也许是这才发现会议桌上竟还有个亚洲人，意识到过了火，那人赶紧补充一句："只是玩笑，开个玩笑。"

团队里有人耸耸肩嘀咕了一句："不好笑。"

其他人都不接话茬，将那人晾在一边，把他的尴尬端端正正给放得更大了。

世界是自己心境的一面镜子，当陈先生放松下来时，公司里的真实一面渐渐展露。一切都没有原先想象的那么糟糕。

每周，公司会进行一次甜品大会，由员工带自制的点心来分享，我俩提前一天花整个下午制作蔓越莓饼干与巧克力杏仁饼，第二天满满一盒带过去，只带回来一个空盒子。

AJ公司的企业文化非常人性化，给每个大小员工发的制服都是高达七百纽币的防水防风大衣，绝不含糊；平时鼓励员工带宠物来上班，猫和狗在办公室四处溜达，比人还悠闲；谁家院子里的水果结果了，很快就会出现在员工室的大木桌上，满室清香。

西方社会鼓励自由精神，工作时间很灵活，陈先生公司销售部有个高大同事马克，每隔几个月总会消失几天，干吗去了？去参加自由搏击大赛了。这个浑身肌肉的小伙子是新西兰小有名气的搏击手，平时是拿着公文包到处跑市场的销售精英，可一到赛季，立马变身成赛场上凶狠勇猛的"光头马克"。他邀请我和陈先生去看现场表演，只见他将对面那个一百二十公斤的壮硕对手一把扛上肩，轻而易举摔下台。

吓得我俩在心里暗自发誓，千万别惹他。

那一年的圣诞节，在抽礼物的环节，陈先生从圣诞老人的红麻袋里摸出一份卡通拼图和贺卡，不知是机缘巧合还是上帝安排，上面印着一行字：“哥们儿，你做得很棒。”

新树苗终于成功地立了足，在土壤里悄悄伸出根须，向周围攀爬开来。

我俩终于有时间去外面吃饭了。不过，吃饭时陈先生也没闲着，等上菜的间隙，热情地向我推荐他们公司的最新视频。

公司成立三十周年，团队邀请一群有故事的人来蹦极。其中有一个银发老太太，她与丈夫有一份遗愿清单，里面写满两个人要一起去做的事情，其中一项就是蹦极。

遗愿清单只剩最后两项时，丈夫走了。视频里老太太双手拿着他的相片，独自一人站上蹦极台。悬崖上的风将头发吹乱，夕阳打在脸上，如同来自天堂的凝视。

她深深呼吸。

闭上眼，跳下去，旷辽的音乐响起来，镜头拉远，是寂寥的山谷，磅礴的河流。

他与她同在。

吃完饭已是日暮时分，我俩已经很久没有在镇中心散步了，俩人边走边闲谈。我回忆起他最初入职时的沮丧。

“所以，挑战自我成功的感觉什么样？”

他考虑了一会儿，说：“大概就和从蹦极台上跳下去的感觉一样吧。”

当你站上蹦极台的瞬间，低头看看脚尖与台子的细小边缘，恐惧，紧张，想扭头就跑的本能，内心那个畏缩胆小的自我。放弃是容易的，直接举手说我放弃，我认输，就好了。

可是，在未来人生的漫长岁月里，回忆起自己缺少的那一点点坚持的勇气，还是会遗憾。

跳下去，自己迈出那一步，将恐惧与怯懦抛在身后，在那一瞬间，人才能触碰到真正的自我。

拥有这样的时刻，拥有做抉择的机会，是珍贵的。

特卡波小镇

时隔九个月又回到这里，上次来，是工作开始以前。这次来，是结束了在新西兰的工作

Chapter 02 虚妄的绮丽

已有的事，
后必再有。
日光之下，
并无新事。

当春天到来

香港姑娘春最初来药房工作时，是填补我回国度假的空缺，当时已是她打工旅行的最后三个月，本想着结束后就回香港，谁知药房里温暖的工作气氛让她留恋，在临走前的最后一周，我建议她向金姆申请工作签证。

春稍许犹豫后，鼓足勇气提出了申请。

“回香港还不如漂在这里。”她笑着说。我以为是句调侃，后来才知道是实话。

等待，等待

春的运气一直不太好。比如我们去酒吧，她往往会成为被侍应不小心泼酒上身的那个；以前读书时，走在操场边被球砸到也常发生。如今办签证也是如此，新西兰正逢选举节骨眼儿，每每此时移民局就会小心翼翼磨磨蹭蹭，谁知道下一任大老板对移民是何态度呢？于是所有签证流程被拖至遥遥无期。春只好先回香港，再等通知。

在等待签证的数月时间里，我俩时不时地问候彼此，我总是不断鼓励她：再等一等，签证很快就批了。

其实我也没什么谱，在新西兰，等待签证是一件令人焦灼的事情。你永远不知道自己会碰见什么样的签证官，不知道自己提交的厚厚一叠资料里，是否有哪个笔误不小心被抓包，成为诚信污点。据说有个人在登记自己的教育经历时，不小心写错一个字母，就此被盖章为可疑人士，从此不得入境。

运气不好的春，碰上了一个挑剔的签证官。对方要求她出示解释信，说清为什么要留在新西兰工作。焦头烂额的春与金姆提交了无数材料，证明随着旅游业的中国市场扩大，药房非常需要中文员工。金姆让我帮忙看看文字内容，是否有需要修改的地方。

看着那些逻辑清晰，充斥着“市场”“开拓”“商业需求”等硬邦邦的词，我却忽然恍神了。

“你为什么要留在新西兰？”

这个问题问倒了我。

我自己呢，为什么要漂洋过海，去那么远那么冷的地方选择另一种孤独的生活，就为了仰头可以看见的漫天银河吗？为什么曾经意气风发的记者，要穿着印有绿十字的黑制服站在商店里，问每个人同样的问题：“请问你的感冒症状是什么？”

我渐生倦意，曾经的流浪梦幻褪去色彩，凸显出底下的嶙峋真相。

可这样的生活方式，却是春在当时珍惜的——这是她推翻旧生活的最佳机会。

一个三十岁没有光鲜外表的单身女孩，顶着香港那全球闻名的生活压力，没什么太适合的工作，这样的生活，实在不算太好。再加上两个性格泼辣的姐姐，全家五口挤在逼仄屋子里，互相埋怨。

家庭在一个人身上留下的痕迹，哪怕时间已逝，相距遥远，却也会在某些时刻露出曾经的微微锋芒，刺痛人眼。

漂在这里，更好

春拿到签证回来后，分外卖力工作。许多同事懒散靠在一边闲谈时，她总跑来跑去找事情做，无论是抬十几公斤的箱子，还是爬梯子到最高货架上取重物，她从不推辞。一些人见她勤快，立马靠了过来，说着甜言蜜语喊着亲爱的，活儿就此给了过去。

某天傍晚下班后，我因为有事耽误了一会儿，二十分钟后到员工室拿包，小小房间里没有开灯，只有天顶透明玻璃里透下一点黄昏的暗蓝光线，在幽暗里，还没有换下制服的春瘫在沙发里，微微喘着气，犹如一个疲惫的、无力的沙袋。

可春不是个性格内敛的人，药房里总能传来她的朗声大笑，一点小事就能让她快乐得不得了。比如凯瑟琳问春的中文名字什么意思，春就机智地示范给她看了一招“咏春拳”，这是她中文名的谐音。还有一次韩国明星玄彬来药房买唇膏，春见到他后，愣了两秒开始尖叫，玄彬温柔地和她握握手。那天，春一整日都没有洗手，见到熟人就举起手，骄傲地说这可是被男神握过的，只许看不许碰啊。

她对我格外好，时常带一些红豆沙与咖喱鱼丸给我，要是我说好吃，下一次她会带双倍。“不要吃独食，记得给陈先生分一点哦。”虽然我俩都心照不宣，这些美食最后总是落进我自己的肚子。

她看起来是如此的快乐、爽朗，乐在其中。

直到有一次，一位老女士来找春退货，嘴角眉梢压不住的傲慢，皱着眉头，等待春办理手续的时候，她不断用手拍打衣服上粘的狗毛，以表露自己的不耐烦。我留意到前几分钟还在哈哈大笑的春，开始语无伦次，瞳孔不自然地放大，额头微微冒出细密的汗——当时是零下二摄氏度的冬天。

从那以后，这样的场景又反复出现，碰到刁蛮顾客，或是醉酒挑衅的年轻人，甚至是因忙碌而焦急敷衍的同事，春就会立马六神无主，迅速死机。她犹如一只敏感的猫，当气氛里出现微妙不和谐时，总能最快感受到变化，作出僵硬姿态。像某种小动物，意识到危险时，就会一头栽倒晕过去。

我尝试去问候她，可她总是干涩地哑着嗓子说："我没事，我很好。"随后便是数小时的沉默低迷。

深冬来临时，我约春来家里吃火锅，以答谢平日的"喂食"之恩。我和春嘻嘻哈哈扯着最近的八卦，直到时机差不多，我问："你在药房工作开心吗？"

"开心啊，金姆人超好，你偶尔也不错啦。"春快言快语地轻松答道。

"那你想家吗？"我问，这其实只是打开心扉时的柔软话题。

她的紧张神色竟然再次露出端倪，在无助与戒备冒出头前，我轻轻握住她的手。

春偶尔还是会想家，想念香港小巷里肉滑汤浓的牛腩店，想念曾经做幼教时教过的活泼孩童。那个本应是最亲密的家，偶尔浮上心头，却又不愿细想。如今再谈起，也不是什么太愉快的记忆。

春的父母一直疲于工作，无暇管教三个女儿，可传统的脾性又让他们对女儿们要求多多，就是那类自己不愿付出太多，却又希望孩子长成理想形态的父母。在春的童年，妈妈下班回家，发现她没有写完作业，劈头盖脸一顿骂以后，妈妈气呼呼地甩下一句话："你怎么那么笨！"

后来这句话，反复出现在春的人生里，她成绩一般般时，工作不尽如人意时，恋爱失败时，她的妈妈一次次提醒她："你怎么那么笨！"

不被父母疼爱的孩子，拥有人生原罪。这句咒语，仿佛是春后来所有不好运气的开门密码。

即便如此，春依然履行着应尽的责任。家里三个女儿，无论工作与现状如何，每个月都会定时给父母打生活费。有一次由于财务系统出现故障，工资晚发了几日，春的大姐直接打电话斥责她："不要以为随便找个借口，就可以躲开给钱。"

桌上的火锅已停止沸腾，低温让锅里的油开始凝结，几块牛油缓缓地、慢慢地移动着，以极微妙的速度轻轻碰在一起，像冬天的冰与冰相遇。春无声地流着泪，用一大把纸巾在脸上胡乱擦着，眼线晕到下眼角，丧气又狼狈。

我怔怔地做不出任何反应，心里全是诧异。春的家庭里，充斥着冷冰冰的揣测与怒气冲冲，家的温情，烟消云散。

可让我更惊讶的是，即使在这样的家庭里长大，春却长成了一个内心虽胆小怯懦，却不失温暖的人。她所有的刺都是向内的，自我惩罚，自我否定，可是别人的一点点好，都能让她满怀感激。她卖力工作，不浪费一秒钟时间，隐隐怀着对金姆的报答之心；她对我非常好，每每我说背痛时，她就会迅速过来帮我捶捶，因为当她被无礼对待时，我会站出来帮忙，可是这些事情，在我看来实在不算什么呀。

直到有一次看综艺节目，马东微微沉吟说道：“心里苦的人，一丝丝甜就能填满。”

温暖如春

火锅之夜后，我与春比以前更亲近一些，也许因为心里藏着的委屈说了出来，她的紧张僵硬时刻少了不少，有时碰见一些傲慢的客人，她甚至能小心翼翼试着说几句笑话，缓和气氛。她依然卖力工作，我则开始考虑重回老本行的事。

那时恰逢我与《湖区旅行指南》杂志社合作的春节特刊出版，一向捧场的金姆专门腾出最显眼的位置摆放杂志，我看着怪不好意思，却又暗自开心，虽说不是什么精致作品，甚至只能算是广告黄页，可在这异国他乡，有了一本自己独力主编主笔的中文杂志，多少算是安慰。

可是皇后镇却掀起小小涟漪，时不时飘来几句“做得也不怎么样嘛”之类的风言风语。我虽然很明白，无论是什么样的成品，总免不了类似的评价，可心里却有点沮丧，向春诉苦过几次，她没说什么，只是拍拍我的肩，让我别介意。

有一日下班后，我低头边发信息边缓慢地向外挪动着，后来索性躲在货架背后打字。忽然几句断断续续的对话传来。

“你想不想了解皇后镇吃喝玩乐信息，看看这本杂志啊。”

是春的声音，两个刚买完东西的客人拎着袋子，正往外走，没有停留的意思。

她手里拿着两本杂志，紧追几步递过去：“这是我朋友做的杂志，做得很好，不看后悔哦。”

不知是真的怕后悔，还是迫于春的恳切推荐，俩人勉强接过杂志。

她开心地冲客人挥挥手，爽朗地说：“谢谢你们！”

春不擅长与陌生人或普通同事寒暄，常常会说些不合时宜的冷笑话，让气氛更加尴尬，常让嘻嘻哈哈热闹的气氛瞬间冷却，人们需要时间去分析与思考她说的是什么意思。我知道这一点，所以当她不小心说出什么古怪内容时，我就会在一旁打哈哈。

我曾以为比起保守的亚洲人，西方人更加活泼外向，包容度更高，比如皇后镇时常有奇装异服怪人出没：身着粉色内衣戴着火鸡尾巴的胡须男，永远穿得像是个18世纪骑士的小年轻，还有常年画着吸血鬼妆的爆炸头妹子。

每当他们走进药房，一些同事就会围上去，啧啧连声称赞着“酷”，一群人嘻嘻哈哈打成一片。虽然我并不知道酷点在哪里，可此情此景，还是令人不由得感慨包容度真高啊。

直到一个中国留学生出现在药房。

她只是看起来内向而已，刘海遮住眼睛，一直低着头，急匆匆买了东西就走，不与人交流，可引起大家关注的却是她手上抱着的洋娃娃——一个二十岁的女孩子，手里永远抱着个陈旧的卷发大眼洋娃娃，时常在选货品时低头与娃娃对话。

每当女孩来购物，几个同事总扎堆站在一边，观察着女孩的一举一动，见她一边选口红一边和娃娃商量的样子，围观人士时不时互相对望，眼神复杂，嘴角带点微妙的笑。我一下子生了气，这些人啊，明明昨天还夸那些丑兮兮的怪人很酷，今天看见这样一个明显是心理有缺陷的可怜姑娘，就变了模样。

他们只是对看似出格的人士包容，那些人寓意着某种程度的自由，在安全范围内跳出正常人范畴，可面对因为心理疾病而作出古怪行径的人，他们一点也不愿费心思去理解，反而抱团去嘲讽。

女孩一个人站在货架前，她也许已经意识到身旁投射而来的眼神，开始露出一点如芒在背的窘迫，随时做好逃跑的准备。

就在此时，春走了上去，她来到那个女孩身边。女孩闪烁慌乱地避开她的眼神，扔下手上在选的东西就想跑。

“你娃娃很可爱哦，我很喜欢啊。”春笑呵呵地说。

女孩低着头紧紧抱着娃娃，回避着春的眼神。

“我觉得这几支口红都很适合你哎，你看看。”春迅速转移话题，利索地从货架上选了几支，随后将她带去化妆室，关上了门。

围观的人们一脸讪讪地散了场。

爱情小插曲

镇子一小，无聊的流言蜚语就多，人们花费大量时间讨论其他人的生活。有些人对春的性取向存疑，因为从未见过她与什么男生同行，甚至连来药房找她的朋友，也大多是女孩，为数不多的异性，还都是有家室的人。

面对流言，春也不去解释什么，她笑称自己的爱情生活已遁入空门，一切随缘。

如今，谁都知道随缘不过是一种托词，是对自己被动等候的一种解读方式，也是对遥遥无期的爱情不抱指望的无奈。

可你若要说春不渴望爱情，似乎也不是那么回事，有时走在路上，看见那些甜甜蜜蜜出双入对的情侣，春还是会流露出些许羡慕。终于，在冬天来临时，一个在皇后镇读书的韩国男孩总来药房找借口见春，今天是需要感冒药，明天则是需要鼻炎喷雾，甚至连梳子也要来药房买——他是个平头，哪里需要梳子？每次来，还总是捧着热气腾腾的蜂蜜柚子茶，生怕凉了，用保温袋装在书包里，再裹上一层毛线帽子。

春的态度很模糊，这些优待令她脸红，却对男孩子那昭然若揭的态度不置可否，朋友们打趣春的春天真的来了，她也只是淡然挥挥手，调侃那个男孩子恐怕是恋母情结，自己比对方大五岁，怎么可能是真的喜欢。

终于有一天，韩国男孩开口邀请春下班后共进晚餐，约的地方是镇上新开的一家高级餐厅，据说主厨是从纽约请来的星级大厨，镇上食客趋之若鹜，一位难求。谁都不知道这个看起来朴素的学生是怎么约到位置的，大家纷纷给春提各种赴约建议，比如穿个略正式的裙子，画个得体的淡妆，吃饭时收敛狂放的大笑，以免影响轻声细语的氛围。

春的兴致却不高，心事重重，当我们乐呵地讨论此事时，她便借故走开，甚至还答应了另一位同事当天调班的请求，这也就意味着，她没有任何时间回家梳妆打扮，下了班就得赴约。

这不得不令人怀疑，她是故意的。

到了当天，春和平常一样背着书包来上班，并未像其他姑娘一样拎着塞有高跟鞋、裙子与化妆品的“约会包”。

果然，下班时分，经过一天工作的春满身疲惫，眼线晕了淡淡一圈在眼周，口红褪得深浅不一，粉底也黯然无光，不要说得体妆容了，即使带着这样脱了大半的妆来上班也是不合格了。她慢吞吞换上浅色松垮的毛衣和运动鞋，背起书包，去镇上最受瞩目的高级餐馆赴宴。

看着春离去的背影，我在心里一声叹息，她要将约会搞砸了。

后来，我们再也没有见过那个韩国男孩。

这段无疾而终的感情小插曲后，春再也没有发生和爱情沾边的故事。她照常过着日复一日的药房、家、超市三点一线的日子，照常独自在家煲一大份汤与糖水，分给朋友们喝，照常羡慕在身旁经过的恋人们，幻想着遥遥无期的爱情。

在很久以后，我与很多恋爱高手聊天时，发现他们无一不是满怀不惧失败的自信，虽然不是每段感情都有好的结局，可他们总能在下一段感情来临时，迎头而上。他们能够迅速从伤害里好起来，满血复活后奋力投入下一段新的爱情。他们懂得如何去爱，更重要的是，知道自己值得被爱。

“有些傻瓜，就是因为害怕坏结局，才不愿意开始啊。”

就在这篇文章即将写完时，我收到春的一条短信：“今年冬天怎么那么冷，来我家喝汤吧，今天是枸杞桂圆鸡汤哦。”

请投我一票

有段时间，新西兰一个市长出名了。由于收了企业家送的礼物，被下属爆料给媒体，市长不仅公开道歉，还差点饭碗不保。这事一时间闹得沸沸扬扬，报纸用大号加粗字体触目惊心地写了：“警报！腐败！”新闻主播们在晨间黄金时间段用了一个小时探讨，他的行为如何让人们对政府公信力失去信心，如何破坏新西兰引以为豪的“全球政府廉洁榜”前三名的形象，如何令当地选民们失望。

这个礼物价值多少呢？一千纽币。

我不以为然，没错，收礼物当然不对，可这名市长一向以务实勤奋出名，功劳足以抵过，如果因此就要下台，是否因小失大？更何况，互赠礼物在商业社会也是很常见的，它是礼貌与维系情感的工具，人们的反应着实过激。

在本地待得时间越久，越是明显感觉新西兰人有种天生的“大惊小怪”的本事，大事可以连篇累牍报道数年，小事也能炒得热火朝天，拿着放大镜看芝麻。我以为这次“腐败事件”也是如此。

“当然不是！”朋友莎莉热心政府公益，经常去给议会组织的活动义务帮忙。这次事件，她是严厉派，认为市长的行为令人羞愧，她也对我的老好人式谅解态度表示不可思议。

“你想想看，他被选民选到这个位置，却利用职务之便获取利益，也许将来他会回馈给那个商人更大的好处，比如修建道路的机会，那岂不是直接影响我们了？”莎莉愤愤然分析着，恨不得敲敲我那懵懂脑壳。

新西兰人对政治家，有着比普通人更严格的监管标准，他们认为，这些西装革履的家伙每个举动每个决定，都直接影响人们生活。

选我，选我

小镇有个网络群组，是一个民间公告栏，大到暴雪即将来临的预警通知，小到丢了宠物，谁都可以在里面发言。一日，一则新闻被人截图放到公告栏里，是本地社区报《山景》的报道，封面是一位政府议员，她正站在一个事故多发弯道那儿，忧心忡忡地形容自己此刻心情：“这儿太危险了，每次想到孩子们可能会受伤，我就觉得心急如焚。”

新闻看似平平，可是底下的评论倒是意味深长，有聪明的看客讥诮地指出：各位市民们，这篇新闻告诉我们，精彩的选举年开幕了。

小镇每隔三年会选举一次，从市长到主要负责人，全部大洗牌，这事的重要性犹如每隔三年喷发一次的火山，大动作来临前，已经可以看见山顶硝烟升起。时任市长凡妮莎已经明确表态，自己将不会参与新任市长选举，坊间大热的几个人选此刻却异常沉默，无人轻举妄动，接受采访时，也个个含蓄表示“自己尚未做决定”。倒是竞选其他部门的人已经开始作势，在街头竖起自己的竞选招牌，每天开车经过，总能看见一个个咧着嘴露出八颗大白牙，拼命自卖自夸的候选者：选我！选我！

报纸也开始行动，每天总有一整版是候选者竞选宣言，今天是倡导将主要资金投入交通建设的X先生，明天则是认为应该提高教育医疗系统的Y夫人，唇枪舌剑热闹得很，大家轮番登场，争夺版面，控制话语权。

我对本地政治生态完全不懂，常常今天读这篇报道觉得很有道理，第二天却会被截然相反的对台言论给说服。

“选人可真困难啊。”午餐时间，我读完一篇论述上台后将如何整顿旅游市场的宣言，放下报纸感慨道。同事露露正慢条斯理吃着自制的牛油果鸡蛋三明治，她代表很大一部分新西兰人对待政治的态度：不研究不热衷，但却一定会投票。

“好戏还在后头呢。”她叉起一块儿面包，狡黠地冲我挤挤眼睛。

在每周的“市长日记”专栏里，凡妮莎意味深长地说了这么句话：“我相信竞争将很快进入白热化，而流言蜚语也将充斥整个小镇。”

当市长人选公布时，重头戏来了。

原先沉默或暗示自己不会参与选举的几位大热人选，此时都出现在候选者名单里，街头迅速竖立起更多的牌子。我饶有兴味地观察了一下，发现拍政治宣传照也是个颇有讲究的事情。

首先你得让人感觉到亲切，必须是自然而友善的微笑，才能赢得第一观感，那个参选的大律师就不行，板着脸像上庭输了似的，这可怎么让人投票呀。但又不能笑得太过，毕竟竞选的是市长一职，得有点权威感与让人信赖的感觉，所以拍照时务必要穿着正统西服，挺胸抬头，双手环抱在胸前——成功人士必备造型。有几个明显看着气场不够，笑呵呵憨憨厚厚的，当个社区议员没问题，可要是当上市长了，总觉得没法处理好一团乱麻似的政务。

很快，火山峰顶传来隆隆之声，有人开始动作了。

皇后镇大热人选有三个：一个是优秀企业家，掌管多家大公司；一个是奥塔哥省资深政客，在政坛摸爬滚打多年，深得老居民信赖；还有一个是现任副市长，工作能力突出，勤勤恳恳当了多年副手。

几天后，老政客的牌子悄没声消失了，前一天还看见立得板正，在路边冲着人们竖大拇指，第二天那儿就空了，只留下插牌子的坑。如此反复几次，引起人们注意。

接受采访时，老政客表现得极有风度，混合了委屈与一点可控范围内的愤怒，义正词严地表示自己不会被躲在角落里的阴暗给打垮，牌子肯定是要继续竖的，竞争也不会停止。

老人们对他的遭遇表示同情，有人用A4纸打印他的照片放在自家花园前，做义务宣传员。

年轻人却不置可否，众人哈哈大笑："喂，自导自演这一招早就过时了好吗。"

后来牌子重新竖起来了，可却被好事者（也有一说是竞争者）画上胡子与犄角，还有一座奥斯卡小金人奖，"你最信赖的老朋友"宣传语被涂抹掉，写上"你最棒的奥斯卡演员"几个字，歪歪扭扭，滑稽又可气。

风头正劲的企业家是下一个流言蜚语的风暴核心，这一回事态严重，有人举报他的某间公司税务有问题，隐瞒实情。很快，就有部门上门谈话与查账，不知是谁拍下企业家与一名当地警长对话的照片，发给小报，就成了“A先生被警方传唤”。

也许是懂得了枪打出头鸟这么个道理，企业家竞选团队没了声音，但他却开始频繁出现在街头，与选民们聊天谈话——他知道自己最大的弱势是不少人眼中的“富人派”，现在得拆掉高高在上的台阶，让人们真正看见他。

副市长安全得多，该干吗干吗，走的是实力派路线。市政府不少拥趸也为他站台，在社交网络与各公开场合大力赞扬这位“未来市长”业务能力强，倒是他自己，一直保持沉默。

我在家整理旧报纸，发现这位副市长先生永远出现在市长背后，拍照时也远远站在最边上，鲜少有显眼的机会。

看来是个谨慎保守的人，我猜。

省报政治评论员有着同样看法，他认为副市长先生能力的确不错，但却少了掌控局面的自信感，即我们常说的“霸气”。企业家则令人瞩目得多，他有成功掌控企业的经验，会给经济低迷时期的地区带来新气象。相比起略显油滑的老政客，没有从政经验的他别有一番清新之感，格外讨青年选民欢心。

彼时的皇后镇，正处于十字路口交界处。

2013年5月抵达小镇时，只觉得这里冷清萧条，主街几乎见不到什么人，商店老板们有一搭没一搭地做着生意。可是两年后，皇后镇时运来了，在多家世界级旅行媒体的推动下，它爆发出巨大的生命力与活力，猛地被推至前台，站在世人面前。小镇发展速度快到令人炫目，街头络绎不绝摩肩接踵的各国游客，高速路上一辆辆疾驶而过的旅游大巴，深夜酒吧门口聚满了为酒癫狂的年轻人，越来越多其他地区的人移居此地，寻觅机遇。

可是经验已经告诉我们，问题伴随着繁盛而来，如阴影紧随其后。过快的发展让习惯了慢节奏的新西兰人措手不及，大家习惯了一条路修十年，一间超市等五年才开张，可如今世界变了，必须要快，快，快。

游客与居民每天焦躁疲惫地堵在狭小主路上，嘀嘀催促的喇叭声打破小镇的宁静；住宿设施不足直接导致周边森林与湖滩出现大量露营帐篷，留下一地垃圾；至于警察，也不得不缩减假期，来应付喝醉闹事的年轻游人，以及井喷式的交通与安全事故，时间一久，各位大佬们闹起了罢工。

摆在新任政府班子面前的皇后镇，是千载难逢的机遇，也是烫手山芋，而市民们对这次选举，慎之又慎，大家深知，自己将亲手把小镇命运放在赌盘上。

我很好奇本地人会选谁，这些候选者除了面熟的药房常客，我一个也不认识。可是问同事们，平时事无不谈的他们却三缄其口，不愿透露自己的喜好，人们称之为“选民隐私”，不互相影响对方的选择。不过，更重要的原因是镇子太小，抬头不见低头见，选谁不选谁都不方便，不如闭嘴。

其中一个候选者是某位同事的亲戚，平时关系亲近，她却从来没有帮忙拉过票，连一句帮腔都没有，原因很简单：一点也不赞同他的政治理念。

选票很快寄到家里，市议会所有职位所有候选者照片都印在巴掌大的折页上，每一版块下面会告诉你可以选几个人，只需要打钩即可。我郑重地整理出一块儿桌面，将整张纸摊开，数十张笑容展露在眼前。

勾完自己心仪的市长人选后，面对其他版块却犯了难，这些人对我而言是一张白纸，就连对他们竞选头衔的事务范畴也所知不多。赶紧翻出之前投递到信箱的竞选宣言，一一对照，仔细研究，仿佛成了决人生死的判官，在名字下勾勾画画。选到后面，有种买乐透的赌徒心理：猜猜我选的这个人能不能中？

陈先生则简单很多，他选完最核心的几个部门领导后，剩下的均以看着顺眼与否来投票，我批评他不负责任。

他摊摊手："最核心的领导者选对了就够了，其他人的政治宣言你真信？还不如信面相学呢。"

没过多久，统计结果出来，报纸以头版头条刊登所有获选者照片。新一任的市长也新鲜出炉了——是那位企业家。

奥塔哥省报对此评论："从新班子可以看出，皇后镇地区的人民迫切期待一场巨大变革。"

窃听门

时任新西兰总理约翰基是个非常得民心的老好人，永远挂着喜庆开朗的笑容，在任期间将经济弄得有声有色，时常飞赴全球推介新西兰，被称作第一销售员。他很开明，每年必参加支持同性恋的彩虹节。在外国移民的节日时也会努力学几句外语，录下祝福视频，皆大欢喜。总之，是个有能力有头脑有情商的好总理。

一日，我去机场接出差归来的陈先生。皇后镇机场极小，接机的和候机的都挤在一个一百多平方米的区域。只见机坪上有中型客机缓缓降落，我站起来张望。十分钟后，下来几个公务员打扮的人，走在最前面的男子穿着衬衫毛衣，被机舱外的冷空气刺激得一哆嗦，这点戏剧感让我注意到他。

他手里拎着一套刚熨烫好的西装，随行的几个人夹着公文包，说说笑笑走了出来。

我只觉得那人眼熟，便一直看着，努力搜索有限的记忆线索，直到两个接机的人迎上前与他握手，飘来“欢迎你，约翰基先生”几个词。

这是总理！自己拎行李和衣服，没有安保，没有清场，甚至接机的人也只有两个？

陈先生也在同一班航班上，这班飞机不大，就连商务舱也没有，所有人坐在一块儿，飞行全程没什么异样。

我特别兴奋地跑回药房，告诉同事们我刚才见到总理了，谁知大家都是一副司空见惯的模样，金姆轻描淡写地说：“哦，我还和他一起吃过饭呢。”

凯莉则告诉我，自己去年在咖啡馆就见过他，上初中的儿子还和约翰基来了个脸贴脸自拍，互称“哥们儿”。

“官老爷”在新西兰人眼里，压根儿没什么特别，更不是什么特权阶级，个个不过是拿工资的打工公仆罢了。再加上一些偏激的普通人对政客们有偏见，觉得这是一群只会耍嘴皮子的道貌岸然的家伙，于是对他们有着更严苛的道德要求。在新西兰当官，犹如踮脚走冰上钢索，又险又冷，稍不留神，就会狼狈地跌入冰窟窿。

在新一届全国大选前数个月，总理府扔出来一个重磅炸弹：约翰基辞职了。

就连他的副手也是在辞职报告大会的前两日才收到消息，备受爱戴的约翰基先生去意已决，理由是想用更多时间陪伴家人——虽然不少人认为这只是个好听的借口罢了。

电视广播开始滚动播出约翰基辞职的画面，消息席卷全国，每个人都在谈论这个惊天消息。走在路上，熟人见面第一句话是："你知道约翰基辞职了吗？"酒吧里坐满高谈阔论的政治爱好者们，大多是中老年男性，他们端着一杯冒着乳白气泡的啤酒，侃侃而谈这对新西兰意味着什么。

政评家们乱了阵脚，领带都还没系好就被揪到电视台录节目。国会里也是一片忙乱，约翰基所在的国家党忙着选出临时总理，打对台的工党则开始虎视眈眈盯着总理之位了，工党领袖对着镜头自信满满发表宣言：国家党占据总理之位已经太久，是时候轮到我们了。

民间也有各类人士出马。华人社区有个出名的风水先生，平时总给报纸写运势专栏，偶尔去给某个餐馆开业剪彩，不知怎么对国运也有点研究，如今也穿着中山装拿着罗盘上了中文节目，表示约翰基今年是犯了太岁，必定要低调做人方可避劫。

总之全国都乱了套。

没过多久，第二个重击国家党的炸弹扔了出来，打得人措手不及，一片狼藉。

九零后陶德是国家党内最年轻的国会议员，二十四岁时成功高票获选南岛地区议员一职，一直被认为是国家党内最有前途的政治人物之一。人们喜欢他身上那股年轻人的干劲，亲切称他为邻家小子。而我也与他打过一次山长水远的交道：当时家人要来新西兰旅行，将所有资料交给某旅行社代办，怎知工作人员漏了材料，导致拒签。按照惯例，一般被拒签后三个月到半年内最好都别再申请，可我当时已经与家人有两年没有见过面了。

无奈之下，我只得求助万事通金姆。

金姆找到地区议员陶德，希望他能帮忙求求情。陶德的秘书很快联系了我，我告知她具体情况，紧接着再无消息。

我焦急地等待，却又不敢去打听，心里也未抱太大指望，议员平时公务繁忙，这点蝇头小事实在不值得动用他的时间。再加上他并不认识我，怎么能凭只言片语就相信我说的是事实呢？

怎知一周后，一封来自议员办公室的邮件飘然而至。

“嘿，丁丁，关于你家人签证的前因后果我已全部知悉。移民局拥有独立工作的权力，我们无权干涉他们的决定。我与移民局相关人员通过电话，告知你的具体情况，他建议你们重新递交申请。祝你早日与家人在美丽的皇后镇相聚。”

署名：陶德·布莱利。

我快乐地跳起来，马上给家人打了电话，要他们这回准备齐全所有资料，我再写一封解释信。

半个月后，新的签证申请批了下来。

我写信感谢陶德，他回复得很快："真为你与家人高兴，我听金姆说你是个中国作家，一直在积极推广我们的地区，非常感谢你所做的一切。"

我暗想，下次可一定得投这位热心肠一票。

谁知还没等到我投票，他就出事了。

陶德所在的选区办公室里有不少工作多年的老员工，他们在一个岗位待了十几年，耐心尽责，尤其是对前任议员格外忠诚。这些老公务员保守死板，陶德这么个二十多岁的毛头小子突然成了顶头上司，还不时跃跃欲试冒出些新想法，让墨守成规的老古董们头疼。其中一位关键职位的女士年龄和陶德妈妈差不多，很不服气听命于他，陶德年轻气盛，本有一腔热情，大好宏图等着展开，却被这么个老臣子挟制，俩人的矛盾愈演愈烈。

其实就算到这里，也有许多更巧妙的办法可以解决问题，陶德却被怒火烧昏了头，选择了其中最愚蠢的一种：为了抓住这名员工工作漏洞的证据，他派人装了个窃听器在她的办公室里。

女员工将此事投诉给上级部门，无孔不入的媒体也得到消息，其他党派乱入其间，煽风点火，一时间闹得沸沸扬扬。

新闻节目里，听证会结束后的陶德被记者们围堵，话筒戳到他脸上，衬衣领角胡乱翻了起来，他慌张地试图突出重围，这个曾经志得意满的青年政治家此刻狼狈不堪。

我和金姆聊起这件事，他遗憾地连连摇头："还是太年轻，太年轻了。"

陶德其实是个很有抱负的人，这个小镇青年大学还未毕业时，就毛遂自荐进入本地议会办公室做志愿者。能力突出的他很快被发掘，并迅速得到选民信任，接管后来成为总理的比尔英格利史的选区。在任时，他积极推进地区最老大难的交通、医院与教育问题，直至他离任前几日，困扰皇后镇数年的某个交通关卡终于被打通，犹如淤塞水管好不容易通畅起来，造福了居民与游客。而这就是他历时数年积极推进的项目之一。

许多支持者呼吁重新调查，在社交媒体上，许多人愤慨留言：明明是那个女人更过分，她占着位置不做事，陶德只能用这种方法来抓住她工作失误的证据。真不敢相信，我们就要因此失去这么优秀的议员。

可是点赞最多的一条评论是："违规就是违规，这才是公平的法律。"

这场"窃听门"事件给了即将大选的国家党致命一击，最终以陶德辞职，远走伦敦作为结局。这位二十八岁的小镇青年的政坛梦就此结束。

看着邮箱里他曾经回复给我的两封邮件，一句话浮现脑海：

大政治家也只是杂技表演者，一不当心，就眼睁睁看着自己最美好的建筑物倒塌。

马路风云

决定在新西兰长期生活后，一个难题如拦路虎般横亘在前：我不敢开车上路。

虽然在国内考了驾照，也顺利拿到新西兰认可的国际驾照，但是数年来，我唯一一次开车上路还是在深圳的家门口练车，仅仅从小区出来就花了十五分钟，硬着头皮忍耐不耐烦的喇叭催促声，随后短短的二百米路程里，歪歪扭扭斜开上了公交车道，等红灯时刹车当油门，将雨刷器按钮当成转向灯。路人们一脸惊恐地慌忙跑开，甚至有人拿出手机随时准备记录，送我上新闻热搜。坐在副驾驶监督的老爸一身冷汗，回到家以后，严禁我再碰他的车。

因为这个阴影，在小镇头两年的生活里，包里那张允许驾驶的证明形同废纸，我犹如自废武功自断双腿，哪怕一脚油门就能到的地方，也不得不花上半小时步行。有时冬天路滑，我磨磨蹭蹭在砂石路上滑行着走，心里还自我安慰：没事，就当减肥了。

只是苦了御用司机陈先生，负责上下班与日常接送，如果他下周要出差，这个周末就得帮我将所有食物与日用品准备齐全，以免我寸步难行，在家断了干粮。

皇后镇虽然小，可是购物中心、机场、医院都分散设置在镇子东西南北不同方向，前些年公共交通极不发达，一趟大巴可以等上一两个小时。有趣的集市和活动，往往设在遥远的某个山旮旯里，陈先生一旦罢工，我就束手无策。不会开车，成了挟制生活的重要阻碍。

做了许久心理建设，我终于决定去考本地驾照了。

日光之下

新西兰考驾照无须上驾校，有国际驾照的考生只要通过笔试，就可以预约路考。如果你对自己没信心，花几百纽币请教练上路练习也行。抠门如我，决定每一关都自己来。

笔试对擅长考试的中国人而言易如反掌，网上随处可见题库，还有中文版可选，几百道题最终抽35道题来考。我翻着题库，粗粗看过一遍，注意力被一些奇形怪状的题目吸引。

“开在路上，碰见羊群经过怎么办？A.冲过去。B.停下来耐心等候。C.摁喇叭驱逐。”

这道题还真有新西兰特色，即使在城市里开车，也很可能撞见农场主赶羊的壮观一幕，几百只卷毛羊浩浩荡荡磨磨蹭蹭横穿马路，两侧停满汽车长龙。之前有几个年轻人醉驾，车速狂飙甩开警车，最后却被一群过马路的羊给逼停了，成了当日小镇头条新闻。

新西兰交规大部分与中国类似，但是有一个知识点却很独特：在路口，你应该如何让路？

中国司机开到十字路口，根据红绿灯指示行驶即可，新西兰却不一样，大部分城镇至今没有一个红绿灯，许多游客从机场取车出来，还没开多久，碰见这类摸不清头脑的十字路口，懵懵懂懂不知如何是好，索性碰运气一踩油门就过去了，常常引发不少交通事故。

其实新西兰让路规则很简单——让右，永远是右边来车优先，所有人遵守这一规则，即使没有红绿灯，道路依然正常运行。

考点设在报名中心的柜台隔壁，随意得让人没法紧张起来：唯一一个考位是一台电脑和一个小桌子；相隔两米是工作人员的办公桌，凌乱地放着一堆文件夹，甚至还有没吃完的汉堡；距离电脑桌不到五米是前台，一群人排着队等待办理车辆相关手续，不时传来闲谈的声音。

我茫茫然坐下，一个白发老太太过来帮我打开电脑："你可以切换中英文，我多给你十分钟吧。"她热心地自作主张给我四十分钟考试时间后，留我自己在那儿考试，她则继续去接待柜台前的客人。

打开系统噌噌开始答题，都是背过的内容，答得很快。不料，一道关于小车车顶可以放多长的东西完全没有印象了，随便选个答案，错误。我在心里暗自抱怨：谁没事在车顶放东西啊。

后来开车开多了，才发现新西兰人什么都能放在车顶：自行车、滑雪板、小船……

中途不小心手滑摁错选项，被扣一分；另一题是与罚款金额有关，几个数字混淆在一起，又被扣了一分，这时我才开始慌了，考试规则是35题至少答对32题才行，已经没有错的余地了。

终于手心冒汗地答完所有题目。我举手示意考官，她忙着和一个纠缠不清的印度人解答保险问题，来不及搭理我，喊了一句："你可以走啦。"

就这样结束了笔试。

平心而论，题目的确不难，我为自己擦边过线而懊恼——实在有愧中国人擅长考试这一声誉。谁知，几个新西兰朋友得知后，大呼小叫“天啊你真棒，一次考过”，一问才知道，他们中有人已经考了三次。问他们认真看题库了吗？没有。背题了吗？还是没有，完全凭运气和实践经验去考。这么一对比，才令人哭笑不得，难怪人们说，即使是中国的普通学生，来了新西兰也能享受学霸待遇。

路考需要预约，可以选择在新西兰任一城镇考试。考试自备车辆，考试路线就是镇上的主路，考官坐在副驾驶位置不断给出向左、向右、前进转弯的指令，全程三十至五十分钟。

许多人传授经验说隔壁的亚历山大镇更简单，考官好说话，道路宽敞，车少，出现幺蛾子的状况可能也少。陈先生却不以为意：“如果你要在皇后镇生活，就得学会在这儿开车。”

硬着头皮，还是预约了三周后的皇后镇的考试。

等待路考的过程里，每一次练习开车我都想象身旁坐着严厉的考官。网上攻略说，考官会拿一面小镜子放在车前窗，观察你开车时的视线是否“标准”——司机每隔数秒必须观察前后左右镜，确保安全。

一个过来人传授经验：你想象自己是个万众瞩目的明星，在镜头下开车，动作幅度夸张点，才能让考官意识到你正在开车。

考官考查的细节很多，比如开车时转方向盘的手法不能有误，两只手搅在一起是扣分项，你得作出轻松自如灵活掌控的样子；转弯时提前三至五秒打灯，还有在路口刹车时必须轻柔，否则被急刹车弄得晕头转向的考官会直接给不合格。

要求虽然又多又细，却对新手司机很有利，像我这类极少摸方向盘的人，没有常年累月积下的坏毛病，反而更容易养成良好习惯。就这样谨慎小心地练习几周，很快到了路考的日子。

路考约的是周三上午十点，这是我精心挑选的“黄道吉日”：早上八九点和中午十一二点是上下班高峰期，十点的路面还算清净，少了被其他车辆影响的不可控因素。而且我猜测考官当时心情应该也还行，没有即将下班的匆忙感。

考官是一名矮个中年男子，头顶依稀只剩薄薄一层毛发，穿着宽松T恤，神色做作，自以为是身着高级西装的詹姆斯邦德，一举一动都有种花花公子感，见面握手时故意压低嗓音说“你好”，挤个眼睛抛个媚眼。

上车后，他调整座位，摆好传说中的小镜子后，扭头对我说：“这小车子里就只有咱们俩了。”

听得我恨不得跳车逃走。

上路以后，和网上攻略差不多，“邦德”考官提前五秒给出下一个指令，时不时鼓励一句“刚才那个弯过得不错”。我们一路开过超市、加油站、小区，走的都是繁忙路段，中间遇到一个随意变道的家伙，吓得我一个急刹，被惯性带着往前一蹿的“邦德”紧张得摸摸秃顶，安慰道：“没关系，是他的问题。”

途中在人行道准备拐弯让路时，一个穿着短牛仔裤的金发女昂首阔步从车前走过，“邦德”盯着人家的妖娆背影，打开窗子吹出一声嘹亮的口哨。

我倒是庆幸刚刚忘打转向灯的事没被他发现。

三十分钟后，我们开回考点，邦德认真在平板上写写画画半晌，我紧张地盯着他，心里却止不住开始盘算，刚刚几个细节都没做好，如果这回没通过，又要再考一次了。

“邦德”终于总结出分数，他严肃地看着我：“你想听好消息还是坏消息？”

我哆哆嗦嗦，计划下车就重新预约下次路考。

“好了，你现在是有新西兰驾照的人了。”他的脸终于绷不住了，扑哧一声笑出来，平板上写着大大的“通过”。

后来和其他朋友聊起这位考官，才发现这人早就声名远播，大家都知道，如果是年轻女孩，在他手上的通过率极高，对男性则格外苛刻。一个身材火辣的朋友就是如此，考试当日故意穿着露肩连衣裙，“邦德”全程用小镜子偷瞄她。后来出了几个小错，还被额外豁免多开二十分钟，美其名曰是多给她个机会——要知道，另外一位男考生还没开出考场五百米，犯了同样的错误当场被判失误，打道回府。

而另一位穿着朴素，只是礼貌性画了淡妆的女孩，也被这位考官赞扬“你口红颜色真美，不知道亲下去什么感觉”，听得人毛骨悚然。

虽然人人都抱怨像吃了苍蝇般恶心，却没人对这种近似骚扰的轻浮表达抗议，包括我自己，每个人都寻思着别惹怒他，反正也就几十分钟，稍微忍耐一下就好了。甚至有女孩表示“其实没什么，他就是比较幽默”，来帮忙开脱。

朋友伊丽丝从英国回来，顺便考了个驾照，一路上被“邦德”赞扬美貌，还提出约咖啡的诉求，她当时笑眯眯打了个哈哈，下了车，径直去前台投诉考官骚扰。前台是个三十多岁的女人，听完全过程，看起来并没有大惊小怪。她起身送伊丽丝出去，说：“谢谢你的坦诚。”

大家都赞佩伊丽丝的女侠行为，只是可惜，那位“邦德”先生至今依然做着他的考官。看来，性骚扰在哪儿都是难题。

新手司机生存指南

拥有一份合法的驾照是上路的基本标准，新西兰人开车讲究道路公德，自有一套司机默认的行驶语言。比如行驶在路上，对面车辆忽然对你闪两下车灯，要么是提醒你的车子有什么不对劲，要么是善意告知前方有警察查车，注意减速；如果行驶在夜间高速路上开着远光灯，看见前方有来车，几乎都会自动转为近光灯，待其他车辆开远后再重开远光灯。

一日结束夜班，下着倾盆暴雨，我开车回家，夜黑风高，一门心思只想赶紧走，车速高达八十迈，雨刷拼命刷着哗哗打在车窗上的雨点，偏偏电台又断了信号，车里只有沙沙的电流声，徒增几分紧张感。这时，只见所有对面来车都冲我急速闪着前车灯，正纳闷什么原因，从后视镜发现后面的车也在闪灯，就这样一头雾水开回小区，从后视镜发现有辆皮卡尾随着我。

我故意多绕几道弯，那辆车依然紧紧跟随，此时正是晚上十点半。

脑海里浮现出看过的美剧，雨夜杀人狂魔专门跟踪下班独身女性，副驾上放着一把铁锯，后车厢里藏着的棕褐色木箱渗出滴滴鲜血……

就这么在路上绕来绕去可不是个事儿，我硬着头皮回了家，刚开进院子，那辆车吱的一声在院外急停，一个戴着鸭舌帽的中年男人下了车——手上没有锯子。

我迅速锁上车门，准备打电话叫人。

雨依然很大，他弯着腰用手遮住头匆匆跑过来，敲敲我的车窗。

“这位小姐，你知道你刚才一路都没有开近光灯吗？这是非常危险的！”他有点生气地冲我喊着。我大惊，发现自己果然没有开灯，顿时哑然无语，只得连连说“对不起”。

“下次要注意了！”他加重语气，又冒着雨跑回车上。

我一脸惨白地坐在车里，为刚才的危险驾驶行为后怕着，也讶异于这人的热心肠，这么晚的雨夜竟然尾随如此之久，就为提醒一句。

有迷信的朋友说，新手司机必得经历意外，才算毕业。说来也巧，经过那次小事故后，我开车水平真是如同开了窍，进步神速，再也没有发生什么乌龙事件了。

可是在路上的时间一多，我却发现一种新的变化正在小镇发酵着，酝酿着。

皇后镇中心一家停车场平素对上班族有“早鸟”优惠，只要你在早上九点以前停车，直到下午六点也只要五纽币，只要时间合适，我总会停在这里。

可是这家停车场什么都好，就是出口不太科学——驶出来正好是大马路，偏偏停车场两边的柱子挡住视线，看不见有行人经过。

那日，我正愉快地开车出来，用极慢的速度开着，不知从哪儿窜出来几个本地姑娘，都是十七八岁模样，正在出口那儿追赶打闹着，我一个急刹，车轮发出尖锐刺耳的声音，那几个姑娘吓了一跳，望了我一眼，没有一句道歉，嘻嘻哈哈往前走。

我气得摇下车窗，只见一个穿着水管公司制服的男人经过，他拦住那几个姑娘，不知说了什么，转身就怒气冲冲直奔我而来。

那个男人用力地拍打我的后车厢，指着我："嘿！你开车不长眼吗，差点撞到那几个小女孩。"

姑娘们扭头得意地冲我笑笑，撒腿就跑。

这位正义人士看着挺热心，可惜眼力不好，也不打算好好说话，于是我一踩油门，懒得纠缠。

第二天和本地朋友们聊起这件事，大家批评那人不分青红皂白，却也有人半开玩笑来了一句："谁叫你是亚洲人呢?"

这事虽然翻篇，却给我留下阴影，再开车时，总是有着小心翼翼的紧张感，担心会触怒什么人。可是事情总是这样，越是紧张则越是状况多多。那日，我穿过镇上的露天广场，正好是橄榄球日，广场里停满了车，还有不少巨型房车也插缝摆放在狭窄的停车位里，半个身子伸出来。

我慢慢通过格外拘谨的道路，即将出去时，车头不小心碰到一辆房车的屁股，我赶紧下车查看，碰触的地方无大碍，但保险起见，还是得留张字条告诉车主。

在新西兰，一旦发生类似的小型交通意外，肇事方必须留下电话号码，方便被撞车主联系之后的维修事宜。头几年，大家都老老实实遵守这一民间规矩，可惜近几年年轻背包客与游人多了，许多人撞完就溜，或是留个假电话。皇后镇的社交媒体经常出现类似“寻找肇事方”的帖子，将事发时的监控录像摆上网，由网友们人肉寻找。

我回到车上，准备找纸和笔写联系方式，从后视镜看见有车要经过，我正好挡在路口，于是赶紧发动车辆打算挪个位置。这时，一个一直在旁边观察的路人司机走过来，挡在我前面，手上举着手机，似乎正在录制视频。

“你！不能走！”她大声喝道，将手机贴到车窗边拍摄我的脸。

心里腾地升起愤怒、委屈、无奈混合的复杂情绪，我打开车门，探出半个身子，大吼：“我只是想把车停好！你如果再拍我就报警了！”

也许是被我的怒吼镇住了，那个女人往后退了好几步，放下手机，却依然没有离开，监督我写下自己的联系方式贴到房车车窗上后，才算罢休。

晚上回家以后，我闷闷不乐许久，脑海里回荡着那句话：“谁叫你是亚洲人呢？”

这句话虽然令人不悦，却是事实。

每每开车在路上，总会听到比别人多的不怀好意的喇叭声，哪怕我并没有任何问题；在停车场里找车位时，稍微慢一点点，就会被身后司机伸出脑袋催促，可那些慢好几倍的老人们却能得到大家温柔的耐心。

之前以为只是碰到路怒症狂人，后来才发现，有些人就是对亚洲司机的忍耐度更低，无论是本地居民还是游客，只要你有一张黄色脸孔，就会被人以更严苛的态度对待。

没有硝烟的战役

新西兰人对亚洲司机的不满由来已久。这些年，新西兰以“人间天堂”的形象在全球打响名声，旅游业呈井喷式发展，其中又以亚洲游客居多，走在路上，常会误以为自己身处北京、东京、首尔。

新西兰的行车方向与中国相反，且多是双向两车道的狭窄道路，由于天气多变，还有不少黑冰路、砂石路与悬崖羊肠路；目的地之间相去甚远，司机由于驾驶时间过长而容易感觉疲惫。种种原因，导致海外游客驾车撞伤人的新闻频频见诸报端，甚至有不少死伤惨重的案例，看着新闻里那些心碎的失去父母或子女的受害者家属，大家心痛又恐慌，人心惶惶。

最初几年，媒体只会使用“海外游客”的措辞报道事件，可是不知为何，近几年开始越来越频繁使用“亚洲”这一词汇。记者采访受害方会描述细节“坐在后车座的孩子吓得哇哇大哭”，可对肇事方呢，则是轻描淡写一句话：这名司机英文不好，无法采访。

到了后期，记者也会采访当地人对某事件的看法，人们情绪激动，一些偏激话语直接成为新闻标题，甚至开始出现“应该禁止亚洲司机开车”这样的言论。民间声音一多，政府也有议员提出这一议案，一时之间，报纸上纷纷扬扬讨论的都是海外驾照是否允许行驶，偶有几句反对的声音也显得虚弱。

作为曾经的媒体从业人士，我认为这样的报道方式偏离了正常轨道，将会带来不良的社会后果。可是本地人却爱看这类新闻，它迎合大家对游客们的种种不满：好吃的餐厅总得排长队，超市里一些受欢迎的商品很快被抢购一空，各家店铺总是挂着中文日文韩文广告……

不少人认为，生活质量下降，一切都归咎于海外游客。本来只是客观讨论行车安全，却升级成了本地人与游客之间的“战役”。从舆论角度而言，海外游客并没有话语权，人们来新西兰旅行，坐在餐厅品尝美食时，不知坐在身旁的老人正在阅读的就是一篇批判游客危险驾驶的新闻。

战火愈演愈烈，开始出现肢体冲突：一名游客违规停在高速路边拍照，被身后愤怒的大车司机拔下车钥匙，扔到悬崖下面去了。民间对这类“暴力”方式叫好，警方大声呼吁请双方克制克制再克制，如果发现违规行为请及时报警，而不是采取偏激方法。

我开始焦虑，甚至有一丝恐惧，开车在路上毫无安全感，变得格外敏感。有时转弯忘打转向灯，都会害怕地四处张望，担心被其他人发现惹来怒目。

而一些游客也开始意识到这类不友好的目光，大家战战兢兢不知如何是好，开车在路上，只要看见身后有人想超车，立马胆小地让道，一路上光顾着千万别违规，无心看风景。

原本是正常合理的行车安全诉求，却渐渐发酵成别种味道。

真正激起我反感的是一篇报道。

在药房工作时，曾认识一个活泼的打工度假女孩，她在小圈子里非常受欢迎，是那种幸福家庭长大的孩子，不谙世事，以一颗热忱之心拥抱世界。每次见面，她总是所有同伴中最先开口说“姐姐好”的那一个，令人印象深刻。

她在皇后镇待的时间不长，做了三个月的短期工作后就北上旅行。从朋友圈里陆续得知她找了一份果园工作，与朋友合租房子，工作地点在镇子边十几公里的郊区，果园要求工人们清晨抵达，于是姑娘总和朋友一起拼车上班。

她对新工作充满憧憬，专门去杂货店买了一块儿全新的彩色床单，枕头边歪歪窝着从家带来的小布偶。

“新的生活，加油哦！”她在朋友圈里写道。

没几个月，那几个当初总与她同出同进的小女孩忽然集体发了一条朋友圈：希望另一个世界的你一切都好。

直觉告诉我哪里不对劲，抓住其中一个女孩追问。

原来，清晨还未露出天光，姑娘与朋友一起开车去果园开工，一个刚结束夜班的疲惫工人开车逆行，直接撞上两个姑娘的车。那人受了轻伤，两个姑娘当场身亡。

姑娘的朋友都是一群大学刚毕业的年轻人，大家哭哭啼啼配合警方处理所有后事，每个人的间隔年记忆都蒙上了阴霾。姑娘的父母千里迢迢过来带她回家，捧着女儿的布偶，妈妈几度昏厥。

我被震惊了，那个几个月前还在喊“姐姐好”的小女孩就这样消失在人世间。

但是更让人吃惊的事情在后面，新西兰某权威媒体报道这一事件，新闻很短暂，只简单描述×地×时发生车祸，警方在继续跟进后续事宜。在新闻最后，以这样一个信息点收尾：

据了解，身亡的两个亚洲女孩才来新西兰没几个月，驾龄很短，是新手司机。

我非常愤怒，写了一封长长的邮件给那家报社，指出几点谬误：首先，两个人在新西兰已经生活了快一年，均持有合法驾照，从未出过任何交通事故，不应定性为新手司机。其次，事故责任方完全是逆行的相向来车，报道结尾指向具有非常明显的偏颇，违背了新闻公平公正的基础道德。

没人回复我的邮件。

这件事让我开始认真思索，面对如暴风一样的舆论排斥环境，我们是否该做点什么了。我询问几个华人朋友，如何看待现在铺天盖地的抱怨。

他们的回复大同小异：我们做好自己就行了，管不了那么多。

而几个平时酷爱组织华人聚会，一直自居为小圈子里话语领袖的人此时也都沉默了，虽然平日里总说“中国人要帮中国人”这类口号，可面对这事，没人觉得和自己有关系。

有一天，和朋友去镇上吃完饭，几个人在街边散步，闲谈。一辆车从旁边哧溜一声开过去，朋友定睛一看，哈哈笑起来，招呼我们也去看。

“小心，车里是亚洲女司机。”车屁股上贴着这么一行字，白底粗黑字，分外刺眼。

大家只觉得这是句挺幽默的车厢装饰，我却真正生起气来。

那辆车停在路口，我疾步追上去，较真地要看看到底是什么人，被朋友拉住。

“嘿，只是玩笑而已，别当真。”朋友山姆是个乐天的美国小伙子，也是他最早发现这个标语的，看着他碧蓝色眼睛闪耀着天真色彩，我心里更气了。

“是的，你们认为是玩笑，可是我作为亚洲女司机，觉得一点也不好笑。”我一边甩开他，一边快速往前走，依然想追上那辆车，迫不及待想追上那司机理论一番。

朋友们这才慌了神，知道我是真的生气了，大家纷纷过来打圆场，一圈人围着我让我无法突围。眼前这些来自西方国家的年轻人，金发碧眼，是开车在路上尖叫时也会被其他人微笑颔首赞扬“年轻真好”的幸运儿，他们从没经历过这样的“玩笑侮辱”，也无法明白我在较真什么。

“你追到司机难道要打一架吗？这附近就是警察局哦。”山姆尴尬地说着俏皮话。

从人群里用余光瞥见那辆车继续往前开，追不上了。

我泄气地摇摇头，冷着脸再也不肯说一句话。

他们什么也不懂。

总该做点什么

那天，我正趴在沙发上无所事事地看帖子，一张下班时分大排长龙的照片引起我的注意，评论说：镇上这该死的交通堵塞问题什么时候才能解决！

照片与吐槽都很平常，可是一个头像是络腮胡的小伙子的评论却是点赞第一位：如果禁止亚洲游客过来，就会缓解这个问题了。

点赞数超过五十个。

我一下子坐起来，快速翻看一下那个小伙子的页面，是一家活动公司的司机，平时负责开大巴接送游客去景点。

“1.请注意你的措辞，这是非常恶心的歧视。2.交通堵塞问题不关亚洲人的事，这条路本身设计就有问题，麻烦你自己查看一下政府的公告。3.没有亚洲游客，估计你现在已经失业了。”

我愤慨地敲打出这些话，重重发出去。“好吧，你们来攻击吧，真是受够了！”

我内心积郁许久的怒气与委屈此时全部爆发出来，是的，全世界都在听你们说海外游客有多差劲，可是谁关心过事实到底是什么样？这样单方面发声的舆论环境一点也不公平。

我去泡了杯茶，看着水壶咕嘟嘟冒出热气，心脏也随着它一起沸腾着、煎熬着、愤怒着。

大概十五分钟后，页面显示二十多个提醒。

估计都是攻击吧，这样也好，一口气回个痛快。打开一看，愣住了。

二十多个点赞，五条评论。

评论都是赞同我的说法，出人意料的是，看头像几乎都是西方人，还有几个中老年人跟着我的话题，继续表述自己的看法，他们都是皇后镇真正的老居民。

“我赞同这个女孩的说法，游客给我们社区带来的影响利大于弊，一味排他只会让新西兰这个小国家落后，我们应该更冷静、客观、理智地思考。”一位本地企业主回复了很长一段话。

那个络腮胡不吭声了。

真正让舆论悄然发生转变的是一个皇后镇人。

一天，皇后镇最受欢迎的社区报纸头条刊登了这样一篇报道，是报社编辑戴维的故事：他在正常行驶时，被一辆因躲避路边砂石而越过中线的中国司机撞到，戴维受伤，而他六岁的儿子当时就在后座，车祸造成的阴影让孩子总从噩梦中哭醒。

按照报道惯性，这本该是又一起可以让人大做文章的车祸，可是戴维却换了一种记录方式。

他是车祸当事人，也是一名媒体人，在法官宣判结果前，他同意与肇事车主进行一场“修复式司法会议”，尝试沟通。

修复式司法会议是非常有新西兰特色的一种和解方式，即受害人与被告见面对话，交流彼此感受，是温和柔性的司法模式。部分司法专家认为，这种调解方式可以实现对受害者及其家属的抚慰，也可以让罪犯认识到犯罪行为的危害性，给罪犯一个道歉和补过的机会，往远了说，可以起到修复社会关系的作用。

两个人见面时，戴维主动伸出手，握了握那名中国司机的手。

在这篇半报道半自述的文章里，戴维冷静客观地记录下所有对话与细节，字里行间带有一丝鲜见的体谅。

我很专注地读完这篇文章。

文章里提到肇事司机也有一名五岁的孩子，第二个孩子也刚刚出生。“恭喜你再为人父。”戴维说。

他很关注肇事司机发生车祸时的瞬间反应，问题是出在哪儿：道路、天气，还是驾驶技术？

肇事司机来自一个繁忙的中国城市，平时开车少有高速行驶的机会，在新西兰租车上路前，就总听其他人说起本地司机对海外游客的苛刻，比如开得太慢会被别的司机投诉之类的，于是一路上个都很紧张，车子陷入砂石路时更是慌不择路，打方向盘过度，遂撞上戴维的车。

戴维表示理解这种被挑剔时的紧张心情。“我们都会犯错，”他说，“但是我们应该明白，危险驾驶对自己和他人家庭将会产生巨大影响。”

两人最终在法官见证下达成和解，肇事司机缴纳罚金，诚挚致歉。戴维也为自己有机会当面交谈，告知对方自己的感受与心情，感到释然。

这篇报道刊出以后，引发许多讨论，被其他媒体纷纷转载。许多人开始思索，我们除了指责以外，是否应该再做点什么。

经过一段时间的规划，政府开始行动起来，积极邀请明星拍摄优质的交通安全宣传短片；租车公司更严格地审查司机资质，进行简单的考核，提供的宣传册有多国语言翻译；道路上纷纷竖起崭新清晰的标牌，警察在易发生事故的地段增加巡逻班次，一旦发现超速或逆行，便及时拦截。

交通管理部门负责人接受媒体采访时，给出一个权威数据：新西兰的交通事故里，责任方为海外游客的不到三分之一。

一场清爽大雨，浇灭那场即将燎原的火。人们冷静下来。

华人社区那事不关己高高挂起的态度，如今也悄然有了变化。行驶在路上时，看到不守规矩的亚洲同胞，大家开始善意提醒，比如摁喇叭，闪车灯，比手势，或是在下一个路口拦住对方。我和陈先生曾在一条双向单车道的山路上遇见两辆并排行驶的租车，他们占用了双向两条车道，在羊肠小道上快速行驶，左侧就是悬崖。我们一路紧跟，不断闪动车前灯提醒，终于在加油站截停他们，告知刚刚的行为是多么危险。

我这个亚洲女司机依然每天行驶在皇后镇的道路上，和其他新西兰司机一样，依然被堵塞的道路烦扰着，偶尔发生点小意外。

那日，苦于没有停车位，只得去湖边挤进一个极小的车位，我的靠边停车技术极差，由于对倒车距离判断失误，轻踩油门力度也掌握不好，只听轰一声，车屁股挨到了什么。

扭头一看，后面那辆车里还坐着瞠目结舌的司机，他也刚停好，还没离开车子，就被撞了。

我想，这下可惨了。

那位司机是个上班族模样的中年男人。他下了车，弯腰仔细检查撞车的位置，幸好只是挨着了，没有大毛病。

他走过来，笑着安慰脚软的我："别紧张，放松点儿。"

我不知如何是好，狼狈地站在那儿，车子歪歪斜斜横在路边，左屁股紧紧贴着后方车辆，前也不是退也不行。也许是看出我的窘迫，中年男人笑笑，问："你介意我来帮你停车吗？"

他将手上拿着的公文包与饭盒放到马路墩上，勉强挤进我的小白车，左拐右扭调整一分钟，顺利停好。

"祝你今天快乐。"

他将钥匙还给我，迎着晨光，走了。

小镇终于恢复往日平静。

王小姐的爱与愁

王小姐有一个好记好叫的全名，可小镇华人圈里总以“王小姐”三字作为她的代称。据说是很久以前，她初到皇后镇试图打入本地华人圈，与一位左右逢源的交际大王熟稔起来，顺其自然参加了一场周末饭局。气氛正好时，东道主顺势给她机会自我介绍。

她细声细气抿嘴一笑，轻轻挽了挽耳后秀发，甜笑着自我介绍：“大家可以叫我王小姐。”

她是用英文说的，Miss Wang。

在满桌的中国面孔里，这一句英文仿佛往热气腾腾的火锅里登时泼了一碗冰，四下寂静无声。在座的各位心里冒起无数微妙气泡，过了许久，才有好心人重新热起气氛。

自那时开始，大家便称呼这位初来乍到的姑娘，王小姐。语气里带有一丝微妙与戏谑。

奇特专长

王小姐是永远想做小姐的那种女孩，才会这么在意地让大家称呼她为miss，而这个称呼，也蕴含着某种深层意味：未婚。后来，王小姐在人才济济的皇后镇打出名声，是因着她驭男有术的奇特专长，大家聊起她，总是语焉不详，透出复杂意味。

不少男性眼里的她乖巧迷人，毫无杀伤力。可在女孩口中，她则是个心机很重的花蝴蝶。王小姐对好坏评价并不在意，她从不掩饰张扬的魅力，流言蜚语正好帮忙昭告天下，省得自己敲锣打鼓寻找目标。

王小姐的招牌动作是用小指头挽一边耳后的头发，再辅以低头柔笑，直至数年后，网上流行的“撩男大法”里才有专家提到这一套路，据说是直男斩的必杀技。

资深践行者王小姐保持着一贯形象：齐膝收腰碎花连衣裙，不重样的小发卡，乖巧可人。另一边厢，她又热爱旅行，走遍许多地方，朋友圈里一派落拓潇洒气息，常常是海藻长发配热裤，或是站在卡车顶棚逆光手指比V，加上爱写旅行心得，满目的“自由”“探险”这类词汇，引来点赞无数。

这是王小姐的驭男术第一招：让异性看见你的不同面。

平时如果走惯了温柔乖巧路线，偶尔来个潇洒帅气风，绝对让人眼前一亮。大抵是这样明显的差异，反而引起男士们的好奇，明明刚刚见面时是个温顺小白兔，竟然还有这样硬朗的一面。

王小姐深谙此道，拉开她的衣柜，里面除了碎花连衣裙，还有风格各异的战袍，光是旗袍就分长的短的素的艳的好几种——出国前专门从网上买了好几件，就是备着各种场合用，给那些没见过世面的外国男青年开开眼界，让他们感受一下东方的靡靡风情。

王小姐的旅行照片里总有各国同伴的身影，大家勾肩搭背，在夕阳下，篝火旁，热切地贴脸自拍。可奇怪的是，在皇后镇待了四五年的她，女性朋友竟然屈指可数。不过，对于主要目标是异性的她来说，同性的存在只有一个意义——衬托自己。

王小姐曾经有一位相处时间最长的女友，因一场小小“误会”，自此分道扬镳。

这故事说来也简单，王小姐与朋友去逛超市，女友略年长三五岁，爱着黑衣黑裤，王小姐则是一贯的粉红玫红加身，结账时老板笑问：“这位是你妈妈吗？”女友虽然面露不悦之色，但也没放心上。

过了数日，这一小误会传遍了小镇，源头是王小姐将此当作笑话说给众人听，叙述方式也很高明，颇有为朋友打抱不平的意思。

“你说那人是不是过分，我怎么可能看着比她小那么多，真是气死人了。”

从此以后，再也没有看见两人结伴同行。各位女性朋友也不由自主通通往后退了一步，与王小姐的距离又多了几分，生怕被错当成什么长辈，徒增笑柄。

后来王小姐也不是没有什么女性朋友，她在超市工作，有机会结识小镇的新人，可总是亲近一阵子，就又见她落了单，原因都是相似的。她永远做好孔雀开屏的准备，同性之间隐秘的竞争互斥令双方都不悦。

我也曾与她做过短暂的朋友，初相识时只觉得这个姑娘姿态略略矫揉造作，但却没什么坏心肠，说话时必定挽着你胳膊，半个身子倚过来，哪怕才刚认识不到十分钟，这种火速的亲密无间虽然让我有点不自在，却也无大碍。可一旦有异性出没在方圆五米，王小姐就会下意识开始扭捏，时不时拿眼角瞟瞟其他人，用兰花指扒拉发尾，完全忽视此刻身旁朋友的感受。

那日我们在超市选购食材准备一起吃晚饭，我俩一人拎着两个袋子，走向停车场时，碰见一个只是眼熟却不知姓名的男生。王小姐眼睛一亮，小碎步上前，娇嗔道："你帮我们送到车上嘛。"

本是北方姑娘的她此刻不知为何带上了港台腔。

男孩沉吟一会儿，也许是这等美差来得太突然，看起来并不太乐意。

我赶紧推辞："还好还好，不沉，我们也快到了。"

王小姐拖长音调，贴过去："可是我觉得好沉哦，你看我的手都红了。"她嘟着嘴伸出手掌。

最后当然是如愿以偿，男孩帮忙将东西提到距离不过二十米的车上，逃也似的跑掉。

坐在车上，王小姐得意扬扬教育我，女孩子要适当展现柔弱一面，给男生一点表现机会嘛。

我沉默不语，听着王小姐传授的驭男术第二招，却在心里叹气，可惜刚才那位仁兄不解风情，实在没有想表现的欲望啊。

简单的两个小招数足以让王小姐行走江湖。下班时分，常有不同身影等在超市门前，可这么久以来，却鲜少听说她与谁真正在一起了。她总在深夜发朋友圈感慨形单影只之苦，却又表达出"等待着那个与我心灵契合的你"，如同午夜情感电台，一点惆怅，一点鸡汤。

直到一次聚餐，桌上竟有两位王小姐的追求失败者，两位难兄难弟痛定思痛，八卦群众才大致摸清脉络。

初相识时，王小姐不会要求去昂贵的餐厅，她喜爱周末到公园里野餐，或是去山顶看星空。月色皎洁，明眸闪烁，气氛暧昧到让男孩子以为自己即将赢取爱情这场胜利。皇后镇的夜晚寒冷，她总是忘带一条披肩，需要你殷勤地献上外套。

第二次约会时，她会选择镇上的日本小酒馆，点菜计算得恰到好处，绝不会让男生破费太多。一壶温热清酒是必然的，酒香缭绕，日式酒馆里的微醺气氛令人沉醉。此时，王小姐对约会男士的工作与人生计划颇感兴趣，她才不会问时薪多少这类庸俗问题，她愿意与你共同探讨人生未来，比如，你的工作是否有可能拿到永居签证？

到了这里，人们大概可以一窥王小姐那招数背后若隐若现的狐狸尾巴，可沉醉在美酒中的男士们哪有这般聪明，规规矩矩全盘交代。殊不知，这正是面试最关键的核心问题，直接影响到能否进入下一环节。

两位难兄难弟，一个因回答“目前没有拿永居的打算，赚点钱就去旅行”而惨遭淘汰。其实他还是动过脑筋的，毕竟王小姐朋友圈里展现的就是这样一份“若为自由故，两者皆可抛”的洒脱劲。谁知道此话一出，这场原本迷离暧昧的酒馆之约也就成了两人最后一次单独相处的机会。当晚送王小姐回家后，发信息道晚安，再无回音。

而另一位在某小餐馆当厨子的仁兄竟然通过了考验，他的答案很务实：“老板承诺过，我再努力工作一年，就帮我留下来。”

据说王小姐当时眼睛一亮，俩人关系急速发展，厨子先生每天为王小姐准备午餐与宵夜，她通通笑纳。作为恩赏，她也会在朋友圈里若隐若现发点暧昧照片，比如用粉红滤镜重重渲染的便当盒，旁边飞舞着小心心，配文是：今天又有爱心午餐哦。

厨子先生以为自己即将成功，只等最后那纵身一跃即可跳过龙门。天杀的移民局却忽然改了政策，年薪必须达到某高标准才有望居留，他的老板也因生意清淡，准备关张了。

厨子先生一时陷入失业低谷，天天焦头烂额面试新工作。失去了爱心午餐的王小姐悄然与他拉开距离，从此朋友圈里再也不见厨子先生的身影，继续开始往昔的午夜呓语。

“狩猎”之战

没过多久，厨子先生被抛之脑后，新的目标很快出现。

新加坡男孩汤米刚来皇后镇，迅速成为小镇单身女青年们的目光焦点。他的履历一摆出来，会是人民公园相亲角里最受欢迎的那一个：金融从业者，家境优越，身高一米八，爱健身会弹琴，性格开朗和善，笑起来有两个酒窝。

汤米刚结束手头一个项目，想给自己放个假，于是背起行囊来到这座边陲小镇，住下来，就此掀起一阵腥风血雨。

作为小镇最受瞩目的黄金单身汉，只要是汤米组织的徒步活动必定吸引众多异性报名，王小姐是其中之一。据在场人士回忆，王小姐志在必得，有点用力过猛的意思。比如去参加两天三晚的徒步活动，晚上大家抵达休息的木屋，其他人从包里翻出干粮和户外用品，只有她，带着化妆包和香水。

要是有汤米出现的饭局，王小姐一定会展现厨艺，做的都是新加坡菜，看得出练习过许多次，极好践行着“征服一个男人，就要先征服他的胃”这一世间真理。

没过多久，汤米经常出现在王小姐工作的超市，数次被人目睹他俩谈笑风生，势头极好。那段日子，王小姐春风得意，发型一日一换，脸颊上永远扑着粉嫩腮红，笑起来羞怯温柔。大家感慨，这回王小姐的驭男术总算用对了地方，用对了人。

好景不长，汤米很快离开皇后镇，和他一起走的，还有新女友——王小姐的同事，也在超市工作的小娜。

大家跌破眼镜，小娜相貌平平，性格内向，唯一优点大概是白净。和精明娇俏的王小姐相比，小娜略显笨拙，她原本也是收银区的工作人员，但是数次擅自离岗，被总管一气之下调去辛苦的上货区。

小娜离岗的原因很好笑：她去帮不会说英文的中国游客找东西。超市经常有中国游客来买菜，尤其是吃不惯西餐的老人家，来买点食材回住宿的地方做饭。可是他们不会英文，只得求助超市里为数不多的中国员工，娜娜有时解释半天老人们也听不懂，索性直接跑过去帮他们拿。

相比娜娜的傻，王小姐聪明多了，用手指指大概方向，头也不抬，就此打发掉了。

被调去上货区的小娜每天哼哧哼哧费劲推着小车，站在货架间一层层摆东西，枯燥乏味，却不抱怨，看着脾气挺好。

大家并不了解小娜，因为她很少参加社交，更与镇上的流言蜚语保持着适度距离。休息时去湖边骑自行车，一个人在丛林间静静穿行。我和她偶尔聊过一次，得知她还和几个朋友一起上日语课，因为喜欢京都的风土，希望未来再去那儿看看。

我想，也许就是小娜的笨拙与平静，吸引了光芒四射的汤米。他是真正聪明的人。

经此一役，王小姐消停了很长一段时间，也许是有点受伤，又或许是皇后镇暂时没有新目标，剩下的都是知根知底的家伙，她一时兴味寥寥，安分了几个月。

直到有一天，朋友圈里忽然被一张照片刷屏：一男一女坐在高档餐厅里，桌上摆着蜡烛与精致的银色餐具，女士身着黑色露肩小礼服，梳着油头的男士则打着领带，俩人礼貌相视碰杯，看起来是个完美约会的模板。照片下的备注是：相亲大作战 Miss Wang与Mr Williams。

定睛一看，还真是王小姐。

小镇杂志经常举办一些社区活动，比如馅饼大课堂，邀请主妇们围坐一堂一起烤馅饼；绿色垃圾处理讲座，由小镇园丁教大家怎么将花园里的杂草树叶变成肥料。如今举办的这个相亲大作战，则是面向广大青年男女，大家报名以后，由杂志社抽签配对，餐厅提供场所与免费晚餐，来一场“闭眼约会”，谁也不知道自己会被与什么样的人配对，与其说是认认真真相亲，倒更像轻松博弈。

好事者将照片翻拍后放到朋友圈，配文“王小姐重出江湖，此次将目标瞄准了Kiwi小伙”，既有看八卦笑话的意思，还有那么点揶揄味道。

王小姐很享受重新受到瞩目的感觉，她细细描述当时场景与心路历程，上千字看下来，大意是小伙对自己有意，可她却没有心动感觉云云。也算是交代了这场玩笑般的相亲是什么结果。

相亲大作战给王小姐开启了一道新世界的大门。她开始频繁参加各类相亲会，今天是亚洲青年联谊会，日本、韩国、马来西亚的年轻人们之间展开的社交往来。去了一两次，王小姐就觉得无趣，那帮人只想找玩伴，今朝有酒今朝醉，没几个能踏踏实实坐下来和她细聊未来规划。太幼稚了，她想。

过几日则是农场主见面——一群住在偏远地区却富有的农场主在报上刊登寻找另一半的广告，见面时会约女士们到农场参观。王小姐精心搭配的旗袍与小高跟此时完全派不上用场，别人都穿着高筒雨靴，快乐体验挤牛奶和给马刷毛的农家乐活动，只有她独自在一旁与陷在马粪里的高跟鞋搏斗，狼狈得很。

如此几个回合后，就连旁观者看着都辛苦。

那天晚上活动结束后，农场主将女士们放在镇中心就走了，大家四散着回家，只有王小姐一个人没有车，独自往租的地方走。

王小姐住在镇中心附近，和一帮背包客挤在一个陈旧木屋里，环境不太好，对得起低廉的租金。狭小的厨房常常堆满啤酒瓶，王小姐的小电饭煲总被溅满奇怪液体，时间一久，她索性把自己的东西全部藏起来。舍友们晚上彻夜笙歌，令人难以入睡，她起来倒水喝，从醉醺醺瘫倒在地上的人缝里踮脚走过去，生怕踩着谁——内心又有点狠毒地希望假意没当心地踩着谁，这帮人真是非常讨厌。

王小姐筋疲力尽地走在回家路上，终于结束鸡飞狗跳的喧闹一天，相形之下，心里反而升起一种格外的冷静。

自己，是怎么走到这一步的呢？

往事如烟

万花丛中过的王小姐，也不是没有过片叶沾身的往事。

读大学的时候，谈过一场恋爱，男生是同班同学，两个人同进同出，就是最普通的校园情侣，会在下雨时用书本挡着头，一边笑一边跑向宿舍楼。

那时王小姐没什么理论基础，懵懵懂懂随着心意去恋爱，该发脾气的时候，也没有个细打算盘的理性小人出来阻拦她。打扮也是在不断练习中成长，阅读日系杂志和时尚博客，在摸索中发现自己适合的风格。

男友学习成绩很好，一门心思要考广州某所高校的研究生。王小姐一直有点小聪明，在学生会里做得风生水起，很清楚自己适合工作多过继续读书，于是也开始着手找广州的工作，并顺利得到一家大公司的合约。

畅想的未来很美好，南方有温暖气候，丰盛美食和他。

谁知道，计划很美好，现实却出了岔子。

男友因为临场发挥失误，被调剂后留在本校。王小姐犹豫着想和他一起留下，但又有点舍不得大公司的合约。

男友如她所愿地强烈反对："我以后也肯定要去广州的，你先去打打基础，等我过去。"

就这样半推半就，王小姐开始了异地恋。

刚开始的头一年，一切都是新奇的。去吃了哪家特别火爆的肠粉也可以在电话里描述大半个小时："外面是红色的软糯面皮，裹着一层酥脆的油网，再里面是虾仁，而且还要蘸酱油吃，你说是不是很神奇！"

男友在那边听着，感觉得出带着笑意地微微点头。

南方的一切都是那么与众不同，梅雨季节，会因为湿润而在墙角生起细细密密的霉菌，王小姐戴着口罩用厨房纸一点点擦去。有时不知从哪儿蹿出会飞的巨型蟑螂，她一边惊恐尖叫一边挥舞拖把去驱赶。

王小姐渐渐适应广州的生活，男友的象牙塔日子倒是乏善可陈，他本身也不是很会聊天的人，问起来，永远是“在做实验”“准备写报告”“帮导师准备课题材料”。

第二年，王小姐从研发部转去市场部。她原本就对自己的专业不太感兴趣，也不擅长枯燥的数据分析，她更喜欢和人打交道——深谙人心的天赋在此刻渐渐明朗起来。

初去市场部的第一周，部门老大提点她，把那些格子长裙、粉红发卡都扔掉，换点精干专业的服饰。

部门老大是个四十多岁的女人，波浪大卷一丝不苟地用定型喷雾固定好，走起路来恰到好处地微微跳跃着，耸动着；永远涂着明亮红色系唇膏，说起话来有一种敏锐的逼视感。虽然是个明艳美人，但工作够拼，早上八点准时抵达公司，晚上九点才离开，高跟鞋噔噔噔的声音响彻格子间，不知疲倦。

王小姐向往成为那样的女人，于是咬咬牙，也去品牌店买了一身西装，穿上的确干练多了，拍照给男友看。那边过了很久才回：挺像白领的，有点认不出了。

有了西装，还得搭上合适的包、鞋子、配饰，如此一发不可收拾。王小姐的虚荣心缓慢膨胀着，变形着，努力靠近想象中希望成为的自己——体面张扬地生活在大城市里。

男友也越来越忙，常常是早上发的短信，到晚饭时才回复。清晨去挤地铁的路上，拍到美丽朝霞，忽然很触动，发给他，到了晚上才叮一声收到回复：“挺美的。”

真是意兴阑珊。

有一天，两个人视频，这是三个月来头一次看见活生生的对方，都有点不自在，好像网友见面似的，开头都还挺不好意思。

手机那头的他，戴着厚厚的镜片，头发有点微微凌乱，背景是堆得乱糟糟的书与纸。信号不好时会卡住，正好定格在男友闭眼张嘴说话的时候，卡了三秒，有种令人为难的狼狈感。

王小姐自己为这次视频精心准备，提前一个小时化妆，坐在屋里光线最好的地方，还将背景好好摆上一束花与一杯咖啡，让一切都看起来完美无瑕。相比之下，男友简直是写作业中途被打断似的随意。

男友并没有为王小姐的妆容惊艳。他不懂欣赏地提了一句："工作时天天化妆，周末让皮肤好好休息一下吧，你原来的样子就挺好看。"

言下之意很明了。

异地恋难就难在这儿，两个人的生活轨迹渐行渐远，喘不过气但却努力维持，总觉得快看到曙光了，不如再坚持一会儿，也许一切都会好起来呢。

王小姐对未来两人重聚的日子充满期待。她认真考察过广州就业市场，男友读的专业属于市场需求大的高精科研类，薪资不菲，如果没什么大开销，两个人一起工作个四五年就可以买房了。

一步步脚踏实地向光明前行的憧憬，使人忽略了所有预言般的蛛丝马迹。

临毕业前半年，男友决定留校工作。他审慎考量未来种种，评估自身能力后，作出决定。告知王小姐时，更像是通知，让她必须接受。

王小姐挂了电话，瘫坐在座位上。

弹簧椅子轻微地晃动着，像一艘船，停泊在日照时分的海面，无风无浪，不知去往何处。

广州的日子继续这样过下去，看见蟑螂时不再有恐惧，因为知道必须直面这一切，咬着牙恶狠狠拍下去。朝霞依然美丽，抬起头看看就罢了。

王小姐的业绩很好，俗称的“会来事儿”，机灵聪明，一点就通，部门老大也许是从她身上看到年轻时的自己，邀请她来家里做客。

王小姐喜欢部门老大家的风格，明亮简约，好似样板间似的高级冷漠。一问房价，粗粗算下来，自己还得再工作二十年才能付得起首付。顿时吓了一跳，拘谨起来。

两个单身女人坐在厨房吧台喝酒，聊起感情话题，老大摆摆手：谈恋爱麻烦死了，认认真真对感情太累了。

她有个理论：爱情如一杯茶，开始时浓烈，到了后面，越加水越淡，喝到末尾，就是一杯白开水了。

据说老大在二十几岁时差点步入婚姻，却不知为何，订婚前夕被男友悔婚，从此成为一个单身贵族，身披盔甲刀枪不入，游戏人间，情海沉浮。就像歌里唱的，从此收起真心谁也不给，赚的钱全部拿来取悦自己，是这帮年轻人眼里又美又酷的范例。

但是说真的，王小姐偶尔会觉得她是在硬撑，抽屉里塞满一堆止痛药和脚后跟创可贴；给客户打电话，气得脸色发青却又要声音甜美；最惨的是，忙完一天回家以后，冷冰冰的屋里一个等待的生物都没有，也难怪她喜欢加班了。

“要是有个伴，至少能省点拼搏的力气。”

王小姐在计算人生得失这一块儿，有个清清楚楚的账本，一条条加减乘除，精明无误。

工作第五年，王小姐正回复一堆乱麻似的邮件，客户越来越多，但是麻烦也与日俱增。

手机屏幕忽然跳出一条信息，是熟悉又陌生的前男友名字。

心里惊了一下，已经快两年没有联系了。看见他的名字出现在屏幕上，刹那还是有一丝丝期待。

信息不知是群发还是怎么样，没有称呼也没有私人化寒暄，只是一条链接，点开一看，是电子版请柬。

前男友要结婚了，婚期定在三个月后。结婚对象是同校的师妹，看着也是学霸脸，戴着眼镜，梳着乖巧的刘海发型，穿着朴素，笑起来有一种善解人意的知性。仔细盯着看，怎么也算不上美女。

王小姐觉得呼吸急促，她站起来，跑到员工休息室里去接水喝，努力在通信录里想找人说说话，消解此刻无法言说的复杂感。

大学同学也都收到请柬，大家调侃着前男友：“哎哟，你小子藏得很深嘛。”“总算吃上你的喜酒啦。”“单身狗哭着给你送上祝福。”

她盯着群里一条条冒出来的话，句句都没提到自己，却又仿佛句句意有所指地指着自己。

不是没有想过，怎么出现在前男友的婚礼上。网上有许多人分享心得，穿着靓丽去艳压全场啦，穿一身黑去煞风景啦，什么都有。

可是有什么意思呢，婚礼现场，镁光灯下聚焦的一定是新娘，你越是用力，就越是可悲。

都过去了。

那些往事，随风飘走了。

王小姐曾经自我猜测，是否大学男友最后娶了那么个平淡无奇的姑娘，对自己是某种否定，于是再三证明自己其实挺受欢迎；又或者，自己只是运气不够好，没有遇到那个能再次让自己心绪缭绕的人。她没有答案。

深夜走在异国街头，忽然想起这些事，带着陌生的气息，好像不知从哪儿吹来的风笛声，遥遥地诉说衷肠。

走到小屋附近，隔了二十米就能听见里面传来的喧闹声，能想象到又是满屋的疯狂。她犹豫一会儿，没有进去，在附近找了个石礅坐下。

一颗真心裸露，无论在哪儿都是件有风险的事，用技巧则要简单多了，条条框框照着做就能看见效果，就像是某种操纵练习似的，自己撩撩头发，就能换得几声称赞，易如反掌地获得内心满足感，如果多花点时间，结束单身也不难。只可惜这些在水里游来游去的鱼，最诱人的是在水里的时候，钓上以后就厌倦了。

这样的情感方式令人感到安全，但是走了这么久，如今看看筐子，里面竟然一无所获。

叹了一口气，用指甲慢慢抠高跟鞋上沾着的硬泥，泥垢已经风干了，一片片掉下来，碎成屑。想起李宗盛那首歌，恋爱它是个难题，让人目眩神迷。风情万种的部门领导，受过伤后独自生活，自给自足；什么都不做的小娜，轻易收获万人迷。每个人有每个人的爱情命运，无迹可循。

一颗真心，一点技巧，谁会赢？恋爱这种玄学，谁又说得清呢？

买房记

一日，和朋友小尼吃饭。作为曾经的五星酒店大堂经理，他平素拾掇得极光鲜，皮鞋永远油光锃亮，白衬衫熨得一丝褶皱也没有，常让我们这帮女孩自愧不如。几个月没见，小尼带着一圈邋遢胡楂儿匆忙前来，整个人疲惫又憔悴，神采全无。

一问才知道，最近他在忙着搬家，每天疲于奔波找房子。只是小镇的住房环境实在逼仄，要么和好几个人同住一个屋檐下，忍受彼此不同的生活习惯；要么付高昂房租独居一屋，换一片安宁。可是，即使你心甘情愿缴纳贵房租，也不一定能租到——“现在的房东招房客就和面试员工一样，要求一大堆，不抽烟不聚会没宠物有工作，还得要前任房东推荐信，就这样还一群人挤破头抢呢。”他戳着碗里的肉丸子，无奈地长叹一口气，“这就是无房户的悲哀啊！”

和小尼道别后，他急匆匆赶往下一个面试地点，据说有七个人和他抢那一个小单间。

我看了看手表，时间还早，于是慢悠悠晃荡在大街上，天晴时小镇洋溢着暖融融的踏实感，冬天的阳光真是自然恩物，令人舍不得离开它半步。走到地产中介橱窗前，我停下脚步。

四扇落地玻璃窗上贴满房源，每栋房子与花园设计完全不同，在专业摄影师的镜头里，个个都显得那么敞亮体面，无论是桌上插满鲜花的花瓶，还是厨房里摆放整齐的调料瓶子，都犹如家居杂志一样不断召唤着你：住进来吧，你也可以拥有理想的生活。

动心起念

我和陈先生在皇后镇租房已有三年，只是和小尼相比，我俩算是幸运儿，当时正巧有朋友离开，于是将原先租住的独层一室一厅转租给我们，就此省去东奔西跑找房的麻烦，还是难得的独立空间，不用与其他人混住。

女房东是个中年会计，条条算得清楚明白，该他们承担的绝不推脱，我们要是忘缴房租了，第二天窗户上就会贴一张言辞客气的催款单。男房东则是个高大羞涩的毛利人，平时在家的时间大多是锯木头、除草、整理花园，见到我们也只挥挥手，一年到头说不上几句话。

大家彼此尊重各自的隐私，他们每次经过楼下的落地玻璃，总是刻意低着头，从不往里窥探。如果不得不来敲门，也只是直视我们说话，不像有的人，视线犹如X光一样迅速扫描全屋，东张西望。我有时做了糕点与他们分享，也就上楼敲敲靠走廊的窗户，递进去，寒暄几句就走。

总之，我们保持着礼貌而安全的距离。

唯一的缺点是房子位于皇后镇山的半山腰，所有阳光都被后山挡住，一年四季寒气逼人，回家就只能缩在毯子里，压根儿没法舒展。加上那时在药房工作，时常需要站一整天，疲惫与寒冷使膝盖开始出现问题。

我们的家人虽然开明包容，最初支持我们辞职远行，哪怕数年才回一次家，可他们骨子里也有着传统中国人的一面，一直认为租房太受制于人，有自己的房子才安全踏实，于是时不时唠叨几句。反复几次后，我们开始有一搭没一搭地拿几本“本月房源”杂志回来，翻看几眼后垫在餐桌上——这类房产杂志纸质极好，光滑厚实，是放置食物残渣又不漏油的好工具。

晚上回到家，我和陈先生将暖气开到极致，勉强可以取暖，俩人窝在沙发上看电视。新西兰的频道最爱播美食烹饪和家居装修节目，A频道是某个美食达人在敞亮的开放厨房里教你制作看起来极诱人的鲜嫩烤鸡，出炉时撒上一圈新鲜香草，犹如一个闪亮的感叹号。B频道则是设计师让空房涣然一新的节目。

节目间隙，房产中介公司的广告蹦出来，一个西装革履的男人咧着大嘴，热情洋溢地冲电视机这头的观众挥手，愉快而又洪亮地说：“期待属于你的真正的家吗？现在就行动起来，寻找你的‘它’！”

我俩对视一眼。

猎房之路

英语里，将找房子的“找”戏称为“hunting”，打猎，猎捕的意思。形象说明找到一间合适房屋的难度不亚于在丛林里捕猎，买主需要犀利的眼神，敏捷的身手，当机立断的决心，还有十足的运气。

当我们决定买房后，在网上快速搜索前辈们的经验，发现坑还不少，必须有如扫雷一般的细心与经验才可。于是，找到一个可信赖的引路人成了首要任务。

我俩四处询问周边朋友，有没有靠谱的中介推荐。中国的房产销售入行门槛低，而新西兰的卖房中介需要经过数月课程培训，通过专业考试后才算初入门道，再跟着导师学习打杂半年多，才可以正式执业。考试内容涉及方方面面：建筑材料、地税计算、不同街区的综合指数分析，等等。

很快，在众人举荐之下，珊迪成为我们的中介，她曾在金姆的药房工作过数年，后来更改职业轨道，成为一名房产中介。她为人诚恳爽朗，说话语速极快，办事效率也很高。根据我们的预算与现有房源，珊迪用一个下午开车带我们四处转悠，先对本地房产市场有个大概了解。

第一个房屋是皇后镇山上一栋独立木屋，面朝湖水，两层楼的落地玻璃足以让阳光倾洒。我们抵达时，屋主刚离开，客厅里还烧着熊熊篝火，柴火噼里啪啦热闹得很。几个房间方正敞亮，小阁楼的屋顶甚至有个斜窗，晚上躺在这儿可以看星空，完美的“隐居空间”。房屋内整体装修风格简约大气，我站在厨房里，想象自己在这儿准备晚饭。

我难以掩饰自己的喜爱，连连赞叹。陈先生很冷静，绕到花园外仔细查看整体。

“这栋房子建了多少年？”他问。珊迪迅速翻阅平板电脑里的资料：“20世纪80年代末建成的。”

陈先生皱了皱眉。

新西兰市面上许多房屋建筑年份长，内部常有许多痼疾，买下来后修缮费用不菲，银行对此顾虑重重，不愿发放贷款。珊迪很诚实，直接调出记录给我们看：这栋木屋地理位置优异，构造美观，价格不高，但房子建筑材料有严重的问题，如果自己维修，大概需要额外支付二十万纽币。

好吧，下一个。

第二栋房子在银蕨山上，这是另一座紧邻皇后镇镇中心的居民区，有着成百上千栋房子，相对价位较低——大部分地区秋冬时分没有阳光。我们开车上山时，主路依然结满寒霜，市政府虽然铺盖了一层防滑石子，可是依然感觉到车轮微微打滑。不少步行的人常冒着摔跤的危险上下山，走得再小心，也还是避免不了事故频发。

这回我们看的是两栋连体公寓的其中一间，可爱的橘色外墙，三层楼乖巧地藏在一排篱笆后，客厅里的棕绿色沙发被人坐出一个微微下凹的形状；墙壁上摆满主人收藏的雕花瓶罐，小餐桌上正正放着个竹篮子，里面堆满硕大的烤面包。整个公寓，就像美剧里的小康之家那样俏皮、温馨。

我迅速抛弃对第一间房子的恋恋不舍，爱上了这栋小楼。

这回倒没有严重质量问题，只是和第一栋独立产权的木屋不同，这间公寓产权限制较多，比如你想修改外墙的颜色或篱笆造型，都得征求另一间公寓房主的同意，两家保持统一才行。

可我却不介意这一点，此刻这个屋子已经非常完美了，哪里需要修改！？犹如相亲时遇到心仪对象，方寸大乱，荷尔蒙澎湃，什么附加条件都愿答应。

此时，理智的陈先生摁住迫不及待开口说“我愿意”的我，抛出一个问题：“这栋公寓除了产权限制，还有没有其他需要注意的呢？”

珊迪翻了翻资料，客观数据上倒没什么大问题。“只是……”她领着我们走到阳台上，指指两边邻居的房屋。

“只是这一带大部分房子都是供出租的，住的几乎都是年轻人，背包客啊打工族啊学生啊，等等。”顺着珊迪手指的方向，我看见两边房屋门前，堆满不少啤酒瓶子，还有大袋的未整理的垃圾。

银蕨山由于毗邻镇中心，房租相对低廉，许多年轻人在此扎堆，夜夜笙歌，可以说是聚会动物们的天堂。之前曾发生过一件新闻，一个豪爽的年轻人邀请五十多个朋友来家里聚会，想不到呼朋唤友一个带一个，最后来了数百人，现场一片狼藉，摇滚乐开得惊天动地，醉鬼们呕吐到邻居家花园里，还互砸啤酒瓶子，凌晨皇后镇全部警力出动，才将他们驱逐。

小屋的温馨如雾一样渐渐散去，就像相亲对象随地吐了口痰，让人大惊失色。

第三栋房是某间酒店对外出售的一套三房两厅，没有花园没有独立空间，在一排密密麻麻相同面目的门里，只有一扇铁门属于你，就像儿时记忆里的普通宿舍，不过是个栖身之地。

这与我想象里心仪的“家”不一样，就此作罢。

此时已经日落西斜，天很快就要黑下来，我们与珊迪作别，约好下一次看房时间。

我们随意买了两个墨西哥卷饼，坐在湖边心事重重地吃着。相比出发前的兴致高昂，恨不得当天就捧一串钥匙回家的斗志满怀，现在的心情沮丧又疲惫。

夜幕降临，星光闪烁，皇后镇山与银蕨山上的万家灯火次第亮起。

不知道什么时候，才能拥有真正属于自己的那盏灯呀。

人的欲望犹如潘多拉魔盒，一旦打开，就犹如被心魔操控，急于获得。明明过去几年租房也好好的，此刻一动起买房念头，就像坐上了永不停歇的列车，任它疾驰。满心满脑子的烦恼也就平白无故升了起来，裹挟在里面动弹不得。

第二次看房时间还未到，珊迪急匆匆给我打了个电话，如连珠炮般说了一长串信息，我只勉强捉住几个关键词：独立产权，建筑，镇中心，划算。

皇后镇中心附近有一片荒地刚刚被来自邻城因弗卡吉尔的开发商买下，开发商打算在此修起三十多套独立房屋出售，正好委托给珊迪公司代理，我得知消息时是开盘第三日，已经有九十多个买家递交了意向表。

我和陈先生匆匆赶去现场，那一片地毗邻小学，紧挨山坡，山上还有几只黑山羊悠然地吃着草，据说曾经有野猪出没，但是随着人类活动增加，野猪们逃去更远的山林了。

我俩看了半天，在几块相对地盘大一点、规整点的土地中考虑，决定碰运气选择其中一块儿，它身后有条小溪，正好和邻居隔开，在这块家家户户挨得极密的地段，隐私性好点。填完表格，珊迪和我拥抱：“祝你好运。”

最终有三百人来争夺这三十余块地，决定权交到开发商手上，所有人唯有等待。

我紧张又忐忑，不知胜算几何，每天在期待与失落里度过。陈先生宽慰我，得之我幸，失之我命，买房子是看缘分的事。

将一切答案归结为冥冥之中，心态倒是好了些。

两周后，珊迪打电话来报喜——开发商选中了我们，那块地是我们的了！

紧接着就是马不停蹄地申请银行贷款，请律师看合同，敲定房屋建设细节，如果一切顺利的话，半年后，房屋一旦建好，我们就可以在新家里迎接夏日了。

我开始在网上搜罗装修图，保存了上百张喜欢的风格图。陈先生则隔三岔五地跑去工地，晴天看太阳移动角度以判断房屋日照情况，雨天看溪水是否会上涨到地平面，雪天则看结霜严重程度。

总之，我俩忙得不亦乐乎，已经开始畅想美好未来了。殊不知，一个地雷在不远处，静悄悄等待着给我们一个“惊喜”。

抱歉有什么用

签完合同三个月后，那片地依然没有动工意向，原先是一片露营地，此时依然有不少背包客住在里面，在密密麻麻的树林里随意横起几根粗树枝晾晒衣物。问他们有没有接到通知搬走，个个都摇头。我觉得不对劲，赶紧打电话给珊迪，她劝慰我们多点耐心，开发商正在向政府申请建造资质，一旦批下来就可以马上动工。

我心想，既然几百万新币的土地都买下来了，想必是做了充足准备，政府只要走走过场就能批。谁知道，这一等又是三个月，眼看夏天的脚步已经临近，荒地依然平静如初。

再打电话给珊迪，她叹口气，依然劝我们再等等，只是这回语气不如之前笃定了。

开工计划遥遥无期，拖延使不少买家失去耐心，他们懊恼自己押了一笔定金，同时也无法再向银行贷款，这意味着失去了看其他房子的机会，其中几个急着买房的家庭投诉给报社记者，没过多久，这一引人注目的项目登上新闻首页。

这篇报道主要是替开发商叫屈，原因倒不是记者有失偏颇，而是政府不愿透露更多信息，只说建筑许可还在商议中。报纸刊登了开发商的照片，是个中年男人，略微秃顶，在阳光照射下反着光，他皱着眉头站在荒地上，脸上堆满怨和愁。

“我们根据政府的要求提供资料，不断进行调整与修改，至今已多花六十万了，可他们还不满意，再这样下去，我们都要丧失信心了。”

政府的顾虑来源于许久以前的一场洪水，二十年前的一场大暴雨让皇后镇整个被湖水淹没，而这一片凹地当时正是一片洪荒。如今数十年过去，自然学家分析再出现类似情况的可能性极小，可就算是1%的机会，也让负责人迟迟无法摁下同意键——开发商情绪化地认为，是政府中有人故意为难他这个外来分子。

眼看开发商都有偃旗息鼓的意思了，我们全慌了神，赶紧和珊迪商量应该如何是好，她掌握的信息和我们一样多，不好拿主意，只是将两种可能性一并告知：此时退定金与解除合同是零惩罚，可是要面临建筑许可一旦被批准，之后在市场上想买到这么划算的房子完全没可能的遗憾；若是不取消合同，照这样拖下去，在皇后镇房价飙涨的今时今日，恐怕要错过许多时机。

开发商组织所有买家开会，告知我们发生的全部事情，我俩竟然是里面最年轻的一对，其他人几乎都是三四十岁的，个个心事重重。坐我旁边的是一个菲律宾女人，带着孩子来参加，感觉她英语并不是很好，整个人绷紧了，背往前弓着，皱着眉似乎在努力抓住每个字眼。孩子在她怀里钻来钻去，不耐烦地哼唧着。

会议内容依然是老调重弹，将报纸内容口述一遍罢了。感觉开发商把握全无，他匆匆说完“你们可以选择取消合同”，又摊了摊手。会场静了静，酝酿片刻，嗡一声爆发出所有不满，现场一片混乱，有人叫嚣，咒骂开发商毁了他们的买房梦。

我和陈先生不知该说什么，只是坐在一边思索着，邻座那菲律宾女人一直紧绷的背忽然松弛下去，瘫软着弯了腰，她捂住脸开始摇头：“这不公平，这不公平。”

她的孩子从腿上滑落下去，跌坐在地上，有点惊愕地扭头看着妈妈。

我俩回到租的房子，分头坐在屋子里和花园中，整个世界一片沉默死寂，对未知风险的考量萦绕心头，生怕行差踏错，更怕从此埋下遗憾。

陈先生拿出他的吉他，每当遇到什么暂时无解的难题时，他就会弹弹吉他和缓心弦。

我坐在沙发上，看着眼前瓦卡蒂普湖在清风里荡漾，想起木心那句话：人生就是时时刻刻不知如何是好。

欲望的讨厌之处就在这里，它艳丽诱人，犹如山洞里那闪闪发光的财宝，吸引人们不顾一切披荆斩棘，可它却从未给你一分耕耘一分收获的许诺，有时行了万重路蹚过千条河，依然一无所有。

我俩最终决定，放弃这次机会，另寻他路。

不再让你孤单

有时人必得折腾几番，才会知道平常生活的可贵。经此如过山车般的大半年，我俩对买房一事淡定许多，不再着急忙慌拼命地四处看房，重归以前的平静生活。

和我们同期开始看房的朋友丽娜却一直没有放弃，她和丈夫已经来新西兰将近五年，攒了一点积蓄，眼看房价水涨船高，他们心急如焚。

丽娜是非常典型的湖南姑娘，吃得苦霸得蛮，最高纪录是每周有三份兼职，常常这边刚下班，来不及换工作服，就要赶去下一个。每次见到她，总是匆匆忙忙，背着大包，里面塞满所有的东西，一根马尾胡乱扎着，松松垂下几缕发丝。

她在国内曾是办公室文员，据说已是经理级别，手下管着好几个人，如今远赴他乡做辛苦的工作，却也毫无怨言，这一点令人敬佩。大多数人，包括某段时间的我，总是自怨自艾感慨往日的风光，对此刻做的事情看不上眼，心态失衡得厉害。

她却不觉得有什么，想得很开：人在他乡，就要做好吃苦准备。

相比而言，丽娜的丈夫就不那么直白强悍，他在酒店做前台，却有着不切实际的理想，希望未来自己当老板。可是具体怎么当，做什么，积蓄可有，把握几何，通通都不知道。“想那么多干吗？”

两个人一直租住在韩国房东家里，平时没什么摩擦，只因丽娜小心翼翼维持着关系。我们去她家聚过一次生日餐，五六个人不敢在客厅聊天，缩在她和丈夫的小房间里，几个人坐在地铺上，身后挨着他们的床，旁边是衣柜与行李箱，起初都觉得不好意思，可是一会儿也就习惯了。只要大家聊得声音稍微高一点，丽娜就会赶紧嘘一声："房东家小儿子已经睡啦。"所有人顿时轻声细语，虚着嗓门说话。

房东太太爱做饭，却不喜欢和人共享厨房，仿佛多一个人就会打扰她的烹饪水准，所以丽娜只能在晚上九点以后才可以准备第二天的便当，有时房东太太过来烧水，闻见炒菜的烟火气，皱着眉头，发出不耐烦的小声嘀咕。

每每此时，总在提醒丽娜，她是寄居在他人屋檐下。

这也是为什么丽娜拼命兼职攒钱的重要原因，虽然丈夫一心有个老板梦，可她心里清楚得很，有一个自己的房子才是最保险稳妥的。

丽娜焦急买房还有另外一个原因：她怀孕了。

丽娜不希望孩子生在"别人的家里"，只愿孩子能在属于自己的空间里，心无旁骛地长大，那才是踏实扎根的感觉。

看房是件幸福却折磨人的事情，丽娜乐在其中，她和所有女人一样，也喜欢鲜花争奇斗艳的花园与开阔体面的大房。她最喜欢皇后镇山上一座有着小游泳池的房子，房子后面有个独立书房，墙面堆满大部头的书籍，屋顶开着个玻璃窗，阳光照进来，犹如圣光一样笼罩着自己。丽娜非常渴望拥有自己的独立空间，这意味着她不用再与其他人分享，不用再退让。在新西兰这几年，逼仄与劳累，常让人产生强烈的自我怀疑。

“我也曾是很厉害的职业女性啊！”她轻轻摇着头和我说。

每次看完房，丽娜都会将房源写在纸上，做出表格，横向竖向比较优劣势，丈夫窝在旁边看电视，自己太太能干，于是心安理得当甩手掌柜。

积蓄总数，银行汇率，贷款金额，经过与漫天数字搏斗后，丽娜发现他们只能承受一栋小公寓，就是那种与邻居紧密相连的联排公寓，不要说独立书房了，就连花园也只有一个转身的小距离，聊胜于无。

可是丽娜依然保持着往年职业女性的干练，认清现实后，迅速调整战略，将目标锁定在可承受范围内，最接近心理预期的一栋正好在两周后要拍卖。

在新西兰买房除了直接报价，最常见的就是拍卖。卖家设定个价格范围，大家轮流举牌喊话，现场竞争非常激烈，你追我赶，无限逼近彼此心理价位，不断有荷包不足的人落败，最终决出赢家。

丽娜请中介办好一系列手续，见我对拍卖感兴趣，便邀我一起参加。

拍卖在当地一间五星酒店会议中心举办，当天有十栋房子同时拍卖。在酒店门口看见丽娜，她穿一身米灰色裁剪合体的西服，踩着黑色高跟鞋，一向胡乱扎起的马尾此时被梳成光滑的发髻，仿佛要去参加某个国际谈判。

她的丈夫临阵退缩，理由是怕现场太激烈，心脏受不了，全权委托丽娜。

我和丽娜进了拍卖厅，里面已有五六十人，互相交头接耳，略微扫一眼，就能大致判断出各自身份：抱着胳膊翘起下巴，露出志得意满表情的一定是卖家，在来参会前已摸清竞拍大致底细，心里有了数；紧张焦灼的则是买家，谁也不知道待会儿会碰上个什么程咬金，抢走自己心头好；还有些挤在最后面看热闹的，往往是来打探情况的未来买家卖家与中介。

总之，现场各路人马都有，各怀心事。

如愿以偿

拍卖开始，头几个房源都是过百万新币的豪宅，开头举牌者济济，一旦过了“一百”这个坎儿，迅速落马一大批，最后搏杀的就那么几个，每举一次牌就会引起所有围观者的轻叹，数字不断刷新，拍卖师嗓门高亢，硝烟滚滚。

其中一栋房子拍到二百万，最终在一位西装革履的老人与一个电话买家之间厮杀。没人吭声，大家都屏息凝神，仿佛观看一场绝地逃生真人秀。到了二百二十万时，看得出老人开始犹疑，连续数次在拍卖师问到第三次“还有人要举牌吗”时才示意，电话那头的买家真人不露相，全权委托给自己的中介，中介只负责喊出数字，不负责表露情绪，这更给老人增加了压力，不知对方是何方神圣，摸不清底细。

最终，一槌定音，二百三十万成交，电话买家成功拿下豪宅，老人颓唐地拿出手帕擦擦汗。大家长吁一口气，情不自禁为这场精彩的真人秀鼓起掌来。

下一个就是丽娜要竞拍的公寓，一同竞拍的大多是衣着朴素的年轻人士，应该都是和丽娜一样辛勤攒钱的普通人。

随着数字飙涨，放弃的人逐渐增加，丽娜依然牢不可摧地不断举牌子，我却为她捏一把汗，知道已经逐渐逼近她的心理数字了。

最后只剩丽娜与另一个亚洲买家。和刚才那几栋豪宅竞拍时，举牌五万起跳的阔气人不同，这栋公寓的单次举牌价降成五千纽币，俩人依然不松口。

我悄悄看了看丽娜，她的神色坚韧，犹如一头猎豹，死咬着自己的猎物，怎么也不肯放手。

想要自己的房子，想要随时随地可以在厨房里做饭，想让孩子不再重复那寄人篱下的感觉，想在异国真正地落地生根。

所有的想法此时都逼迫着丽娜独力奋战，拼尽全力去争夺。

不能失败，绝对不能失败。

当数字刚刚跳过丽娜心理价位时，我顿时紧张起来，另一个亚洲买家也放慢喊价速度，开始频繁拨打电话，似乎在询问什么人。

丽娜捕捉到这个信号。

“再加一万。”她高高举起牌子，语气坚定地喊起来。

这一次，对方没有跟过来。

我俩走出酒店大厅，一下子有点不适应日头下白晃晃的光芒，离开人群，空气猛地清新起来，俩人头晕脑涨，缓不过神来。

丽娜忽然大叫一声：“我有自己的房子了！”

她快乐地将我一把搂住，飙出眼泪。

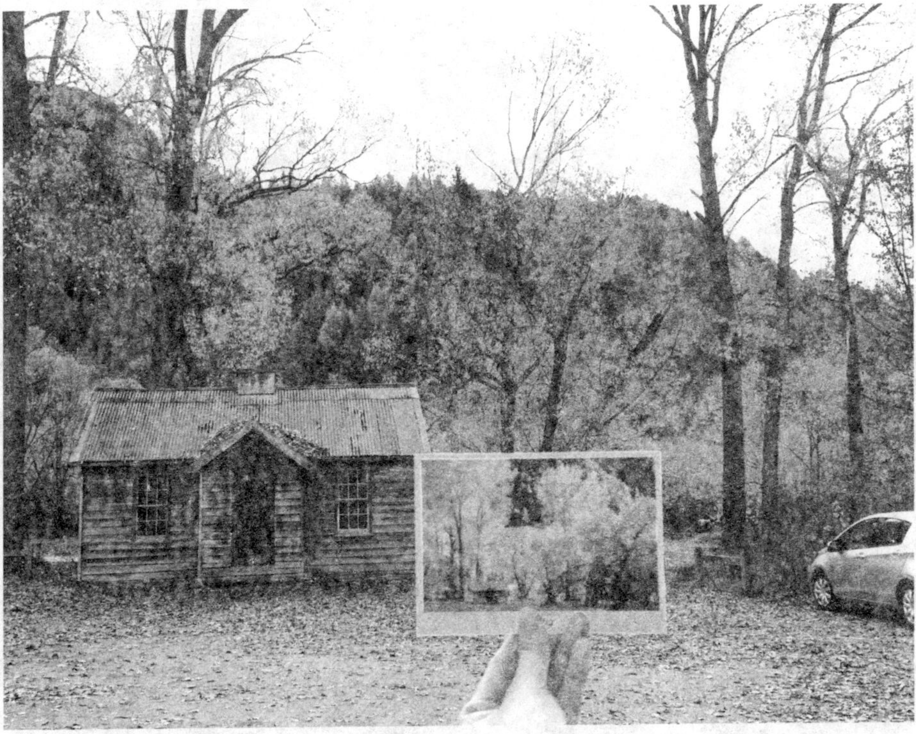

箭镇

在南方长大的人，第一次见到真正的秋天有多美

33

Chapter 03

诗意的栖居

我们与向往的生活，

总隔着一段似远还近的距离。

浮生若梦梦也真

晚班即将开始前，我坐在员工室里吃晚饭，同事萨拉推门进来，晚上我俩一起当班。

萨拉平日在银行工作，每周固定几个晚上与周末会来药房兼职，算下来一周几乎没有休息时间，大家都称她是永不知疲倦的工作狂人，可是她会赚钱也懂花钱，每年必有一趟长途旅行，好吃好喝绝不亏待自己。我俩关系甚好，她为人爽朗直言，碰到些“奇形怪状”的难缠客人，总是她上前替我挡开。最出名的一次是一群刚吃完饭的游客进来闲逛，一个人嘴里叼着牙签，随意地呸一声吐到地毯上。

萨拉见状，正经地走上前拍拍那人肩膀，指着地上的牙签淡定地说：“你东西掉了。”

一时传为笑谈。

萨拉见我正吃着饭，回身将门随手带上——这是要开始说秘密的征兆。

“我听说你想买房子？”她凑上来问我。

我点点头。

“我准备卖房子了，你要不要来看看？我还没有放到市面上，也没有和中介沟通。”她笑着挤挤眼睛，我有点惊讶，幸福来得太突然了，完全无法消化所有信息。

去过萨拉家的人都对她的房子印象深刻，占地面积大，有足够的花园与户外空间让你享受休闲时刻。街区成熟安静，是本地中产聚集地，最重要的是那一带阳光明媚，即使在最寒冷的冬天，每天也有七八个小时的全日晒时间。

我俩约了周末她休息时去看房，萨拉将地址写给我：

希望街33号。

希望在希望街33号

周末很快来临，我涂上自认为能带来好运的口红，兴冲冲出发了。在路上，我和陈先生互相给对方做着心理建设，毕竟上一次抱着极大期待后落空的打击依然余悸未了。

我们罗列出所有一票否决的条件：房屋太老，邻居太吵，价格高于预算，设计不合理。

俩人就像准备拆礼物，却做好其实是地雷的悲观准备。

进入希望街那片街区，道路宽敞整洁，家家户户都有着阔朗的花园，林木笔直高大，鲜花开得娇柔热闹，阳光耀眼地打在我们身上，好像一个热情的拥抱。

萨拉和丈夫保罗站在屋前迎接我们。

房子是我最喜欢的那种石头外墙，与市面上普遍可见的褐黑或米白建筑不同，石头风格简朴特别，却又威严坚固，是十年前萨拉与保罗共同设计修建的。我在心里划掉第一个否决条件：房屋太老。

萨拉带我参观室内，她信心满满，相信我一定会喜欢这座屋子，事实证明，她想法没错。

客厅比我们租住的一整层都要大，厨房可同时容纳五六个人下厨，所有房间都很宽敞，尤其是主卧与次卧均正对着花园。拉开窗帘，阳光洒满所有角落，相比起我现在居住的地方，那是只在夏天才出现的一个小时的吝啬珍稀的阳光。太阳对这里格外恩宠慷慨，太久没有感受过自然暖意的我恨不得坐在地板上赖着不走。

石头屋斜对面的车库旁挨着个小木屋，是当初修建时特意多加的，不仅平时亲朋好友来访有地方住，还能租出去增加收入，现在里面住着个女孩。我进去扫了一眼，卧室、厨房、洗手间、衣橱一应俱全，是个完美的独立空间。

坐在花园里，喝着用新鲜橙子与冰块做出来的现榨果汁，我环顾四周，发现隔开花园与屋子的是一整片薰衣草，如今即将开花，已经微微冒出紫色的细穗穗，开始有硕大的蜜蜂嗡嗡地环绕在旁。栅栏与角落里，种满各色玫瑰和月季，花苞在枝头颤抖着。清风一吹，院子里几棵树抖动着翠绿叶子，哗哗作响。花园深处的角落还有一株核桃树与一株梨树，秋天来的时候，它们定会带来惊喜。

除了这些，萨拉想起另一个重要加分项——花园最边上还有个蔬菜园子，香草、豆角、土豆、白菜、生菜、芹菜，全都长得肥硕健康。“我做饭时就去那里现摘。”她哈哈大笑起来，为自己的完美家园骄傲着。

保持最后一点清醒的我问了剩下两个条件：价格怎么样？邻居怎

么样？

萨拉和保罗都是实诚人，由于没有中介经手，出价略微低于市面价，正好符合我们的预算；邻居都是一年才回来皇后镇度假一两次，终年不见人影。

最后一个顾虑被划掉。

离开萨拉家，当车开到拐角处看不见房子时，我和陈先生止不住喜悦之情，大声尖叫起来，想不到寻寻觅觅那么久，最后那个完全符合内心所想的房子竟以如此姿态出现，不需要等待，不需要竞争，不需要思虑良久，全无波折，就如神迹一样显现眼前。宇宙果然冥冥之中早已安排好一切，它帮助你无限靠近那条正确路径。

过了许久，某一日，我和编辑一起整理早已闲置数年的老博客，发现在启程来新西兰前的2012年，我曾在博文里写下这么一段话："希望有一天，遇到一个温暖的人，拥有一个石头房子，墙上开满玫瑰。"

多年前写的这段日记，如今再看见，内心一阵震动，是那种发现自己原来早已种下因，终于显现出果的对命运的臣服之感。

当时，我窗外的满院玫瑰正开得无比灿烂。

确定买房以后是详尽简单的常规流程：房屋质检员上门检查，双方律师审阅合同，太平绅士签署文件，向银行支付首付款，一切有条不紊而顺利地进行着。

10月，盛春时分，我们如期来到萨拉家中，她将钥匙递给我。

"好好享受你的家。"

装修记

屋里已全数搬空，再也没有前任主人生活的痕迹，厨房台面上摆着个矿泉水瓶，里面插着一支刚从花园采下的鲜花，在午后澄澈的光线里，如静物画一样等待着我们。

环顾四周，眼前这一切都属于我们了。它可以是千般姿态万种模样无限可能，我却忽然不知如何是好，原先收集的装修攻略与设计灵感此时全无用处，如同一张白纸铺开在眼前，内心满是过于珍惜而生怕出错的小心翼翼，希望拥有最好的画，却不知第一笔该如何落下。

在装修开始前，我和陈先生定下一条“不平等条约”：我确定整体风格，把握细节，他只能提建议，不得干涉。

无数朋友的切身之痛告诉我，装修时最容易产生矛盾，两个人的审美碰撞在一起，互不相让，导致最终崩盘，所以在出海前，必须确定一个船长。

萨拉家原本的装修风格符合她的年龄层，五十多岁的人喜欢深沉暗色，大概是为了遮光效果，窗帘一致是棕褐色，只是显得活力不足。家具也大多是沉稳厚实的皮具与深褐木头。

希望街的阳光充裕，如果将整体风格确定为明亮清新色调，与阳光互相搭配，一定加分许多。

第一步是换掉大色块窗帘。我去几家窗帘商店询价，吓了一跳，五个四米长的大窗帘差不多需要人民币三万元，还不包括遮光内衬与白色窗纱——我始终坚信，要让家产生温柔气息，一块儿轻盈垂坠的白纱是必要元素。

窗帘店老板娘是个语调温柔的日本女人，她毫不讳言所有窗帘都是中国制造，而且他们聘请专业人员上门测量定制，费用高昂也是有道理的。

最终，我在淘宝上解决了窗帘问题：自己测量，找到一家口碑良好的店铺，选择心仪的遮光窗帘。厨房与客厅是明亮的鹅黄色，房间则是雅致的米灰，一拉上帘子，哪管外面青天白日，统统遮挡在外。搭配细密的亚麻窗纱，清风袭来，微微摆动，加上几个小窗的折叠帘子与国际运费，不足人民币一万五千元全部搞定，而且速度比本地商铺定制还快了一倍。

我对这一省钱绝招格外自得，介绍给几个本地朋友，颇受好评，只是某日在路上碰见那位日本老板娘，她的面色不大好看。

风格雅致的装饰品在本地家居设计连锁店购置，花瓶，挂画，小地毯，餐具，七七八八买了个全。本地快消店有个特点，刚推出的产品过上数周，价格就会呈断崖式下跌，不断折上折，明明一个月前还全价摆在显眼货架，一副笼罩在明亮灯光下身价不菲的模样，没多久就被贴上好几层黄色标签，弃置在折扣区了。我热爱捡漏，时不时去逛逛，有一种寻宝般的享受。

最让人头疼的是大件物品，比如沙发、餐桌与电器，这些必须实打实去大商店里买，我们做好钱包大出血的准备，一咬牙去了皇后镇最大的家电家居商城，只是在里面转了好几圈，实在下不了手。看着普通的沙发，随便一件就得七八万人民币；稍微次一点的，设计怪模怪样，坐上去屁股吃亏，若是摆在家里，没多久肯定就被淘汰。

第三次去的时候，一个工作人员塞来一张海报：本周五六日三天，会展中心的家居展销会与你不见不散。

海报后面摆着一大堆当日展销品照片，花花绿绿营造出你争我抢的热闹氛围，几个最受欢迎的电器斜上角贴着大大的“惊爆五折”标签，下面写着“限量十台，售完即止”的字样。

家具展销日当日，陈先生要开会，只有我一人单枪匹马身负重任前去迎战。磨磨蹭蹭提前半个小时抵达会展中心，估摸着按照新西兰这人数寥寥且懒散的特性，没几个人会来凑热闹。怎知到了现场，大门还没开，里面已经排上二十米长的队伍，且不断有人从停车场一路小跑赶来。

我迅速站定，扫视一圈，人人都攥着海报，上面画满圈圈钩钩，看来是早有准备，现场无人交头接耳，仿佛一场大战即将开始前的静穆。

这突如其来的压力让我不得不调整战略，原本以为是悠闲购物，想不到必须打起十二分精神。想起每次回深圳休假，到了晚上七点，附近的几家蔬菜超市就会开始打折，抢得最多最快的一定是五六十岁的阿姨们，体力一级棒，动作也极迅速，我们还没看清现场情况时她们就已经收获了一篮子食材。

我拼命回想阿姨们的战略：目标明确，眼疾手快。

不断有穿着家具展工作制服的人进进出出，队伍已排到会展中心外，人群开始出现微微骚动，我深吸一口气，盯着大门。

大门一开，巨型足球场大小的会场缓缓出现在眼前，里面按区域塞满货品。所有人蜂拥而入，就像电视里智勇大闯关那样，人们如大雨来临前的蚂蚁一样极速挪动，迅速分散，跑向不同位置。可惜千算万算，我却被这庞大会场弄迷了路，最想要的洗衣机不知在什么位置。

扭头一看，写有“问询中心”字样的小台子前坐了几个工作人员，赶紧冲过去问她们，怎知那几个人是被抓来凑数帮忙的编外人员，她们也糊里糊涂，一边翻看手里的展台地图一边念咒般默读着“洗衣机洗衣机”，我等得心急如焚，想象着自己要的东西正被人瓜分。

终于确定具体方位，我冲过去时，一名工作人员正被几个人围着，他手里拿着张登记单，每个买家需要将自己的姓名与联系方式写上去才算作数。我数了数，自己被排在第九或第十位，处于危险边缘。

等候过程中，我低头仔细研究这台洗衣机的各项功能，只见一张贴满数字的红色小圆贴纸放在上面，还有一小行字，凑上去仔细一看是“凭本数字参与特价”。

瞬间醒悟这是规则之一，赶紧撕了一张攥在手里。

前面几个人都没有这张贴纸，工作人员就事论事，要求他们必须出示数字，而我与另外几个懵懵懂懂无意间遵守了规则的人就此顺位上升，成功登记上名字。

离开展台时，两个买家正为最后一个名额争执，我赶紧从这是非之地溜走。

搞定一大任务后轻松不少，接下去才是真正逛街购物的正餐，经过三个小时的挑选与考量，最终订购一整套米黄色原木家具，风格简约，给家里带来一点轻盈气息。沙发则是米灰色亚麻质地，宽敞到足以让人全身窝在里面喝茶。我的顾问是家具商城的新任经理，一个黑色短发胖乎乎的女人，是个精明犀利的销售天才，就连沙发上附送的靠垫她都能给你分析出举世无双的十大优势，手里拿着个计算器，噼里啪啦计算又节省了多少钱。她也很懂顾客心理，见我稍许沉吟，马上会离开几分钟，留我独自思考，而非一个劲催促惹人反感。

最终结算时，所有家具与电器加起来一万多纽币。我才猛然惊醒：还没问过陈先生意见呢，就这么定了？

打电话给正在开会的他，听完我描述的所有家具式样，他用气声悄悄回答："就选你喜欢的，我没意见。"

看来装修前定的那条军规果然奏效。

其实回想起整个装修过程，我们已经比许多要从毛坯房开始的人幸运得多。萨拉留下整洁的墙面与地毯，一应俱全的水电管道与基础设施，我们只需要往里面填充喜欢的细节就好。当最后一批家具送来，我们自己亲手装起来摆放到位，家里一派崭新明亮的样子，俩人颇有成就感，坐在地毯上，靠着灰麻沙发喝冰啤酒。但不知为什么，我们都觉得，似乎差那么一点味道。

思考许久，我终于明白问题出在哪儿：少了人的质感与生活气息。

所有家具电器都是新的，装饰品也假模假样摆得好好的，如同别人所说"他的家里一无所有，只有伪生活标本"。它们没有经过岁月沉淀，只是物品，没有灵魂。可这是新房的通病，只得靠时间一点点磨，才会呈现出生活的模样。

来自时间深处的馈赠

皇后镇小报平时没什么可写的，通常有一整页登载豆腐块讣告与喜讯，内容都由家人代写，有种市井气十足的亲切感，比如老人去世时，孩子们往往会写“他走时带着笑”这样的话，我常常津津有味地阅读。一日，一则讣告罕见地登了半个版。

是纪念一个叫作杰克·瑞德的老人，他出身当地知名的瑞德家族，这个家族里出过不少优秀政客与商人，是本地极重要的一脉。九十五岁的杰克经历传奇，他曾是箭镇最后一任市长，年轻时参加过“二战”，打过仗，还做过商人。最重要的是，19世纪全球掀起的那场淘金热，他是最后一个经历者，也是皇后镇区域最后一个口述历史人物，为历史学家与博物馆学者提供了许多珍贵史料。

他有多重要呢？至今，箭镇还有一个公园以他的名字命名。

讣告主要是回顾杰克这一生的辉煌事迹，也向他存留下的无数宝贵历史记录致敬。讣告的结尾有这么句话：“本周日，杰克的家人将会齐聚箭镇，出售他留下的所有物品。”

我热爱搜集古董，也对箭镇历史感兴趣，怎会错过这等好机会？

古董与历史

周日一大早，我和陈先生匆匆赶往箭镇，薄雾轻笼，小镇尚未苏醒。几处低矮的老房子升起袅袅炊烟，有人在煮早餐，空气里弥漫着温煦的黄油香味。

杰克的老石头房子在现在的“中国村纪念公园”边上，地处小小青草斜坡，可以俯瞰整座小镇。现场已经准备妥当，一些待出售的家具摆在花园，贴着手写的价格，有几个价格看得出思考痕迹，“50”被画上斜杠改成“45”，毫不避讳自己估价时的心路历程。二十几平方米的大会客厅里齐齐站着七八张大桌子，桌上铺着细花桌布，摆满烛台、餐具、黄铜刀叉与各类家居小物。

与其说大家是来购物，不如说是借机参观这座小屋，它处于整座箭镇最核心的位置，人们从不被允许靠近，时间一久，自然笼罩上一层古老神秘的氛围。

作为箭镇最古老的建筑之一，瑞德家族的这栋屋子建于1866年，历经百年风雨，里面有一种与现代建筑截然不同的气质：屋顶低矮，大概因为以前的人个子都不高；所有建筑材料都是石头，摸上去粗糙冰凉；屋顶是谷仓式的斜顶，七八根两条胳膊粗的大木头支撑着；每一间卧室都不大，即使是主人房，也不过是如今儿童房那样的七八平方米大小，只够摆一张20世纪三四十年代的钢筋床与一个小小床头柜；就算是客厅，也只是刚刚够一张四人餐桌与几把高背椅。

我曾参观过但尼丁的一个贵族古堡，也是出人意料的空间狭窄，远不像电视的广角镜头下那样庞大宽阔，繁复的花纹让一切看起来小而局促，想象着古时的贵族们挤挤挨挨坐在长桌边，女士们的硕大裙摆无处可放，几根蜡烛，就足够照亮整间用餐室。

来现场帮忙的是杰克家人，粗粗算了一下竟有十几人，但都是白发苍苍的六七十岁老人，一问才知道，全是他表亲的孩子。杰克自己似乎没有子女，我没敢细问。

杰克的侄女外甥们都衣着朴素，笑容可掬，就是新西兰最常见的那种好脾气的和蔼老人。他们凑在一起闲拉家常，这场遗物售卖活动将他们重新聚在一起，每个人都从不同地方赶回来，成了难得的家族聚会。

百年来，在当地显赫一时的瑞德家族经过历史冲刷，绝大部分族人飘摇至其他地区与海外，大部分现存的瑞德家人都在北岛丰盛湾一带，只有杰克固执地留在这里。即使太太于十几年前就过世了，所有人劝他去投奔年轻一点的亲属，但他仍守着这座小山坡，半步不肯挪。

“这是玛格丽特婶婶嫁来时带着的，是她母亲收藏的。”我看中一堆19世纪的精美茶具，一位高大的金发老太太凑过来说道。她接过其中一个杯子，抚摸着杯沿的金边，戴上老花镜仔细查看。“我还记得她最喜欢这套杯子，每天都要擦一擦，你看，现在也保管得很好。”她穿着贴身的米白高领毛衣，齐肩发扎了个精神的小鬏，脸上几条清癯纹路，有点像大学教授。

老太太记性很好，对这里售卖的大部分物品都很清楚，在她的介绍下，我收了20世纪初的黄铜碗和一个历史感十足的水晶鼻烟壶。

我抱着一堆东西去埋单，是另一个胖乎乎的小老太太坐镇。她认真地拿着纸与笔计算好几遍，最后豪爽地抹去了零头。一位老先生帮忙用报纸将我买的东西裹好。两个人一边慢悠悠地收拾，一边闲聊起来。

“真是想不到啊……”老太太开了腔，似乎是继续刚才的什么话题，“想不到他一声不吭，就把房子和地全给卖了。”

原来是讨论杰克去世前出售房产的事情。

老先生小声嘀咕着：“这么多年都是他在住，他来卖掉也合理。”

老太太白白胖胖的脸涨了涨，不乐意地反驳道：“可是这依然是瑞德家族的资产，至少应该告诉我们一声。”

闻声，那位高个老太太和另一位矮个老先生也走过来，大家对这个话题争议很大，而且听上去也不是讨论一次两次了。

“杰克叔叔一直都是这样顽固的人呀。”老先生摇摇头，留意到我还在一边，赶紧抱歉地递过东西来。我却不愿离开，假装看隔壁的某个古老床架子，逡巡在一旁竖耳偷听。

白胖老太太嘟囔着又说了什么，好像是介意杰克自作主张卖掉这座家族资产，获得的数百万纽币去向可疑，因为他卖出房子没多久就去世了，自己也没有子女，不知最后如何分配。

过了一会儿，高个老太太开口了，依然斯斯文文，清晰缓慢：

“我只是很遗憾，以后这里没有瑞德家族的任何痕迹了。”

大家都沉默了。

带着历史回家

我走进起居室，这里摆着几件珍贵的家具，其中两把棕木靠椅非常显眼，有种严肃的慵懒感，像是英伦绅士的书房里会放的那种椅子，一本正经却又有那么点松懈。棕红色软垫有着毛茸茸的质感，想起张爱玲说的“温暖而迟慢，正像老棉鞋里面，粉红绒里子上晒着的阳光”。

我弯腰查看时，身后有人喊我。

是湖区博物馆馆长戴维。我在为箭镇做市场调查时与他打过几次交道。戴维是个秃顶中年人，有种销售员的话痨气质，平时爱开玩笑，总是嘻嘻哈哈的模样，可却是本地知名的博物馆学家，对当地历史风物了如指掌。

他指了指这把椅子：“这是50年代一个设计师制作的。”话音未落，他半跪到地上，将椅子后方下侧的一根圆木棍抽出，我才注意到那里有从高到低几个凹槽，木棍放在不同位置，椅背也会相应地被放低或抬高。我非常惊讶，戴维挤挤眼睛：“这可是很珍贵的哟，赶紧拿回家吧。”

我还看中一架古老钢琴，厚重古朴，摆在家里很有镇宅的威武气质。戴维又凑上来，滔滔不绝地介绍起来。

“这是1918年德国制造的钢琴，你看……这是烛台，知道为什么吗？因为那时候没有电，只能放蜡烛在这儿照亮。”

最终，当我拿着这几个庞大家伙的标签去埋单时，金牌销售员戴维跟在身后兴高采烈地说：“恭喜你，你留下了箭镇的一段历史。”

过了许久以后，我去箭镇博物馆参观最新的展览，再一次看到杰克·瑞德的名字。

在玻璃展台下，密密麻麻记录着几十年前经历过淘金热的当事人回忆中国淘金工的内容，有人记得他们是一批勤劳沉默的苦力，有人说他们很有生意头脑，自己种许多少见的绿色蔬菜，挑着担子走几十公里卖给相邻的皇后镇人。

可是只有杰克，提起一段其他人回避的细节：中国淘金工的孩子们上学时，当地孩子会用石子扔他们，唱嘲笑的歌谣，后来那群可怜的中国孩子不得不绕一条寒冷的远路去课堂。

杰克回忆这段历史时说："我为他们感到抱歉，深深的抱歉。"

中国淘金工在新西兰曾经遭受很长一段时间的不公平待遇，小报画漫画形容他们是来自亚洲的恶魔，带来疾病与灾难。直到20世纪80年代，政府才真正客观承认中国淘金工做出的贡献，并且致歉，在此之前，没人觉得有任何问题。

也许因为我曾站在杰克居住过的小屋，与他的后代对话，如今看见他以如此感性、坦诚的方式回忆起与我的同胞相关的历史，令我对这个已经逝去的老先生有了另一种亲切感。

她的绮丽与寂寥

新家永远有许多东西需要整理，一日，熨烫着无穷无尽的床单枕套，眼睛几乎被雪白刺出幻影。朋友琼安发来照片，是一封关于孩子入学的具体通知，她让我帮忙看看，告诉她是什么意思。

我与琼安的相识是机缘巧合，她的丈夫是厨师，一天到晚有十二个小时在排风系统不良的厨房里待着，烟熏火燎，犹如一块儿放在烟囱口的腊肉那样将支气管熏出毛病。琼安经常来药房帮丈夫买药，每次都耐心等待在一边，等我忙完手头的事再去帮她拿药。别的同事想帮她，她连连摆手，用蹩脚英文来回说“no no, thank you”，脸上露出羞涩僵硬的微笑。

厨师太太琼安

琼安这样的厨师太太在皇后镇不算少数，她们几乎都来自广东某个以华侨多而出名的县城。那里有不少人先出国，吃了不少苦后，稍微机灵点的混出名堂，开始做起“蛇头”买卖，帮忙给村民们介绍国外的活，每次收取几万到十几万块钱的劳务费，就这样拉帮结派互相提携着形成一种以人情为基底的关系。

琼安的丈夫先来几年，在本地落了脚，稍微踏实了些，就将妻子与两个孩子也接了出来，在异国一家团聚。

团聚的生活不见得比在家乡好，一家四口和另外三个舍友挤在两房一厅的老房子里——房子属于餐厅老板，他想多赚点租金，就连车库也拿来违规改建成客房，一到冬天，单薄的铁皮在深夜发出被风摇晃的嗡嗡震动声。琼安的两个孩子分别是九岁与五岁，正处于爱吵闹的狗也嫌的年纪，每次叫喊的嗓门大一点了，隔壁就会传来年轻舍友不愉快的摔打声。

大家都互相忍受着，生活着。

后来熟悉了一点，琼安也会让我帮忙翻译一些小东西，比如孩子的入学通知书，她的大儿子要去读小学，可是前八年都在中国，到了新西兰之后语言完全跟不上。琼安去接他放学，总是看见他沉默地躲在一群孩子后面，低着头，将手上的半张纸巾揉搓成一根根小白条。老师说现在要开始发饼干了，所有孩子快乐地举起手蹦起来，只有他懵懂地坐在那儿，听不懂“饼干”这个词。

孩子是很敏感的，时间一久，他研究出一种最安全的处世方式，脸上永远摆出漠然的戒备表情，这样就能吓退不少试图和他交朋友的小孩。在当了许久的独行侠后，班上终于转来一个日本孩子，也是初来乍到的新生，俩人语言不通，却因为相似肤色而走在一起，即使不用对话，也能天然亲近地头碰头一起玩机器人。

琼安着急儿子的语言问题，可惜有心无力帮不上忙，她自己也没有克服这个难关。“这些鬼佬说的我也听不懂，哎呀。”她称呼新西兰人是鬼佬，对他们有一种本能的抗拒。

活泼天真的小女儿就适应多了，可能是因为小，像一张白纸那样接纳万事万物。一日回家，她坚定地告诉琼安自己要打耳洞，因为班上的另一个巴西孩子就有。

琼安吓坏了，大声责备她小小年纪怎么能如此贪靓。女儿大哭，闹了一晚上，第二天醒来就又忘了这码事。

还是年纪小。

虽然在新西兰生活着，琼安却依然活得很中国，她用超市里有限的蔬菜炒出一盘盘绿油油的青菜杂烩；细细地将硕大牛排切成薄片，用生粉与酱油腌制，做口感爽滑的滑蛋牛肉。她每天和同伴赶早去买超市宠物专柜新上的肉骨头，那是最好的煲汤材料。如果谁要从奥克兰或基督城来皇后镇，她必定会请对方多带点香菇与草药。

琼安与丈夫结婚十一年，两个人感情平平淡淡，就是那种乏善可陈柴米油盐的中年人婚姻生活，不像年轻人那么甜蜜外露，走在路上还隔着点距离，一前一后，互相沉默着。可是如果丈夫给自己买了什么，她肯定是要逢人就抱怨："你看看，又乱花钱，皇后镇生活那么贵还要买这些没用的。"

语气里一半甜蜜，一半嗔怪。

皇后镇生活成本的确很高，房租就占去工资大半，生活开销也不低，如果小孩学校组织什么需要交费的活动那就更捉襟见肘了。平时为了省电，只有到入夜了才开灯。这里的冬天连绵不绝，孩子放学回家以后才打开暖气，自己在家时就多穿几层羽绒服。

那间小小的暗暗的屋子，组成了琼安在新西兰全部的世界，当踏出那个门槛，外面则是另一个世界，陌生的，令人惶恐的。琼安不知道自己为什么要来新西兰。为了孩子更好地学习吗？小女儿被人教坏了要去打耳洞，大儿子到现在连出门买东西都不愿开口。为了家庭更好的生活？在老家有自己适应的气温与亲人，还有早市热腾腾的肠粉，这里什么都没有，每个月到最后，荷包也总是空空的。

可能唯一能得到的，是每隔一两年回乡探亲时的小虚荣，毕竟是从国外回来的，说出来也洋气一点。只是这几年，在朋友圈里看到家乡朋友们过着更热闹的生活，几乎每天都有丰富节目，琼安不由得羡慕起来。

一日，琼安儿子放学回家，在厨房外踌躇许久后，张口问道："下个月学校要组织露营，我可以参加吗？"

声音很小，没带什么指望的样子。

琼安一听头就痛，新西兰学校成天不干正事，说是儿童可以接受免费教育，可总是组织这种要家长出钱的活动，美其名曰快乐成长培养独立能力。她迅速在心里算了一笔账，要买帐篷，雨鞋雨衣，冲锋外套，防蚊喷雾，露营背包，没有几百纽币实在搞不定。这笔钱是丈夫一周的工资，买了以后只用这一次，以后还不知道有没有再用的机会。

琼安木着脸不出声，儿子讪讪走开。

晚餐时分，餐桌上亮着一盏小小如豆的灯，暗影面积大于光亮，所有人都将脸埋在黑暗里，闷不吭声地吃着饭。这事就算过去了。

又过了一段时间，儿子的日本好友要过生日，邀请他去家里做客。琼安不懂这边规矩，专门来问我，我想了想，觉得应该准备一份礼物，带一点自制的小食。

琼安给了儿子二十纽币，让他去买一份礼物。儿子在镇上礼品店转悠一个下午，发现预算实在有限，最后买了一盒拼图，图上是日本的樱花街景，还挺有心思。

他来药房问我能不能帮忙包装，我翻出一堆五彩的礼品纸让他挑，小男孩低着头认真看着，很审慎地选了一张蓝色海浪的图案。

“喜欢蓝色的人很有爱哦。”我一边逗他，一边悄悄将拼图上贴着的黄色折扣价撕掉。

也许是为了弥补儿子没有参加露营的遗憾，琼安这回很上心，忙活半日煲了一大份糖水。她专程去亚洲超市买了红豆，先提前一晚泡了豆子，第二天放在砂锅里，大火煮开后再转小火，长时间煲煮，守在一边不时用勺子搅动汤水，以防粘锅。三个小时后，一碗糯软爽滑的广式红豆沙盛满整个便当盒。琼安儿子小心拎着它，书包里装着那份用蓝色海洋礼品纸包好的拼图，去参加朋友的生日宴。

生日宴会在日本孩子家中举办，地址位于皇后镇中产集中的一个成熟社区。房子高大规整，阳光慷慨地洋溢在这里，后院还有一个蹦床，里面装满彩球，一跳动就会全部弹起来，兴高采烈的样子。琼安想起自己那个成日见不到阳光，一到冬天门口就会结满霜冰的小屋子，觉得有点不好意思。她儿子倒没想到这一层，只是兴奋地冲向蹦床，和小伙伴一起快乐地玩起来。

让琼安欣慰的是，那碗糖水得到大家的赞扬，被喝得精光，几个妈妈过来问是怎么做的，琼安不知道如何用英文表达，跑去厨房，站在炉子前比手画脚，其他人竟然也听懂了，一时间谈笑愉快。

不知是由于宽敞房间里丰盛的阳光还是墙壁上挂满的生日彩条，一种暖意融融荡漾在琼安心里，她来新西兰这么久，第一次有一点舒畅的感觉了。

回家路上，儿子依然有点兴奋，告诉琼安希望以后多参加这样的聚会。琼安想起学校老师教的家庭对话模式，模仿平时见到的其他妈妈那样微笑着说："好啊。"

回到那个昏暗拥挤的小屋，现实世界又一次回来了，由于背着山，屋里总是阴冷潮湿，房间里乱糟糟塞满四个人的东西，桌上摊着待缴的电费单，已经这么节省了，每个月却还是高达三百纽币：那几个年轻舍友平时偷懒，就总做烤箱食物，将超市买的大盒鸡翅全部扔进去，烤一个小时就能吃，电表走得哗哗的。但是有些话不好说，没办法。

丈夫还没下班，每周工作六天，晚上九点才带着一身油烟回家，唯一休息的一天也窝在沙发上玩手机，疲惫得不得了。而且琼安发现他开始抽烟了，明明上呼吸道已经那么差了，却还变本加厉不爱惜自己。再加上新西兰禁烟厉害，一包烟比国内贵好多倍。

"你当自己是有钱人啊，还跑去抽烟。"琼安洗衣服时从他口袋里翻出烟，愤愤地扔在桌上。

丈夫白她一眼，不当回事："我自己赚的钱，不用你管。"

琼安愣住了。

琼安专门来向我打听有没有什么活儿可以介绍给她，辛苦一点也没关系，只要能赚钱补贴家用就可以。我为她终于有了愿意走出来的勇气而高兴，只是皇后镇说起来工作很多，但完全不会英语的人也只能在华人圈子里打转，正巧朋友缇娜家需要人定期帮忙打扫，琼安就去了，每周两次，每次三个小时。

富太太缇娜

缇娜七年前和丈夫一起移民到新西兰，全家人挑来挑去，觉得既然出了国，就没必要选择大城市。丈夫认定皇后镇有很好的发展机遇，决定留在这里，买了一栋靠湖的大别墅。

绝大部分时间，只有缇娜和十岁的女儿在家，丈夫依然留在中国打理生意，很少露面。新西兰有一个其他国家没有的优势，只要坐了头两年的移民监，之后即使长期不在本地也依然保留永居身份，这也是缇娜丈夫选择新西兰的一个重要原因。他是典型的一门心思奔着移民出国，却在拿了永居后立马回中国继续赚钱大业的那类人，规划非常清晰，目的极其明确。他认为现在要做生意，还是中国有市场，移民新西兰只是为了将来养老多个选择，听上去两全其美，算盘打得非常响亮。

缇娜以前在深圳的时候，也是家庭主妇，所以来了新西兰也没什么区别，不过换个地方生活罢了。大学刚毕业，缇娜就与丈夫结了婚，大学里学的是人力资源管理，没来得及付诸实践，只好将所有对人事的学问放在婚姻里，拿来管理丈夫与孩子。

只是她的英语也不太好，可是比琼安幸运的是，缇娜有钱，许多事不需要亲自动手，比如想给家里院子换篱笆，直接找个中国学生当翻译请工人就行了。与琼安对新西兰的畏缩不一样，缇娜迫不及待想成为本地人，她从少女时期就爱读英美爱情文学，喜欢绣了花朵图案的桌布和金边茶具，知道吃西餐时刀叉的使用顺序。

她对异国生活的所有想象，都来源于书与电影，尤其是《绝望主妇》这类美剧，住在一栋白色的大房子里，明亮阳光透过白纱窗帘，屋外种满了玫瑰，还有一只快乐的小狗。这一切在新西兰都实现了，至少从朋友圈看来如此。她每天化着精美的妆容，将一份西式早餐摆拍出九张照片，时间大把，任意挥霍。

可是实际上，真正的西方生活摆在眼前时，却有那么点落差。比如穿过白纱的阳光，是的，拍起照来通透明亮，可新西兰紫外线强度全球前三，一不小心就会得皮肤癌，缇娜必须涂抹厚厚的防晒霜才能避免被晒黑。还有让人头疼的花园，缇娜买了全套园艺工具，精心搭配围裙、手套与草帽的色彩，但是只做了一个下午，就灰头土脸举了白旗。看起来娇柔的玫瑰，竟然拥有如此多坚硬的刺。

缇娜开始怀念以前与闺蜜们在购物中心消磨一个下午的时光，大家穿着时尚品牌争奇斗艳，喝一顿人均三百元的下午茶，聊不在场女友的最新八卦，轻松愉快，享受着明艳动人的生活方式。可是来到皇后镇，这个羊远远多过人的地方，唯一的奢侈品店只有LV，逛上几次就厌倦了；本地人热衷的登山徒步滑雪运动，她一个也不感兴趣；社交圈子也全部被清零，其他人要么是太过年轻的打工者，要么是老华侨，若想和新西兰人交朋友，语言又是个问题。况且几乎没有走出家门去工作过的她，不知该如何与不同年龄与背景的人交流。

缇娜的落差感与日俱增，在中国的时候，她是有钱有闲的美丽阔太太，许多场合都可以满足她的虚荣心，让她找到生活的优越感。可是来了新西兰，有没有钱，拿什么奢侈品牌手提袋，这些用以标识她生活坐标的元素统统隐形起来。艳羡的目光消失了，只留下一个无措而不时流露出茫然的自己，犹如按错门铃的人，走错了门，可是一扭头，身后是黑黢黢的夜色，早已看不见来时路。

从新奇跌入失望，缇娜适应了好几年。可是现在，她不得不面对一个新问题，必须全心全意解决——女儿珍妮。

与零社交圈的缇娜相比，三岁就出国的珍妮完美融入了本地社群，皮肤黝黑、英语流利的她是典型的移民二代，被西方文化完全同化，拥有许多本地闺蜜，热爱参与学校组织的所有体育项目。

她知道自己来自中国，会在圣诞聚会上穿旗袍，但“中国”到底是什么，对这个十岁小女孩而言，只是画册上的长城，遥远而模糊的一个影子。唯一与中国接触的机会，就是和妈妈对话，可是相比起语法复杂、语调多变的中文，她说起英文来更利索。

缇娜丈夫坚持让女儿学习中文，一向高瞻远瞩的他预测，在未来，会中文将是很重要的一个技能。可是十岁的孩子哪懂这些，珍妮和很多“移二代”一样，对学习中文充满抗拒。别的孩子三点放学后可以尽情撒欢，她却必须不情不愿地回家，坐在书桌前描画那些复杂字形。她不明白同样一个字，为什么可以有那么多个读音；更不明白，周围所有人都说英语，为什么只有她要承担这样多余的学习压力？

缇娜尽心尽力督促女儿学中文，两个人每天都要上演叫喊、赌气、冷战这样一个心力交瘁的过程。这是缇娜在新西兰少数可以做得得心应手的事情，她在与女儿的拉锯战里，稍稍找回一点对生活的控制感。

意外的友情

琼安第一次去缇娜家打扫时还有一点战战兢兢，不知看起来珠光宝气的缇娜是不是个苛刻的雇主。意外的是缇娜竟然对她很热情，拿出金边茶具泡英式红茶，两个人坐在亚麻沙发上，茶几上摆着一束花园里采来的鲜花。正式的精致感让琼安略微有点不习惯。

也许是因为皇后镇生活太过贫瘠，缇娜实在渴望和讲中文、年龄差不多的人交朋友。换作以前，如此截然不同的两个人绝不可能坐在沙发上，聊起"你家孩子适应这边吗"这样的话题。

琼安烦恼着儿子不肯开口说英文，缇娜则抱怨女儿太过西化抗拒中文，两个人有了共同语言，也为这份雇佣关系开了个好头。就这样每周见两次面，再加上都会说广东话，最主要是都不太适应本地生活，两个人竟算得上是不咸不淡的朋友了。即使缇娜偶尔不经意流露的生活优越感微微扎眼，但是琼安有着难能可贵的生存智慧，粗粝的生活让她并不羡慕什么，她珍惜手上所拥有的一切，而不会仰头向往枝头上的果实。

我有时觉得，站在一边看其他人的生活，会有比对命运轨迹的清晰旁观感。当琼安的女儿为不能打耳洞大哭时，缇娜的女儿也在为练字反抗着。两个女人拥有不同的生活轨迹，却在新西兰的异国生活里，轻巧地发生交集。在这个交点之上，她们面对着同样的命运难题。

缇娜的丈夫难得来新西兰一趟，这一回待的时间依然很长，足足有一个月。他打算多买几套房子来投资，约了三家中介，排了满满的看房日程表。

缇娜希望他可以带自己和女儿去其他城市玩玩，三个人有更多的家庭时光，丈夫却想将时间充分利用。

“我和珍妮没有看房重要吗？”缇娜生气了。

问出这句话，当时心下却一咯噔，她为提出这个问题的自己感到不可思议。

大学毕业后从众多追求者里挑中这个男人，就是考虑到他可以为自己提供一个优越的生活环境，缇娜知道自己美，所以有资本娇气、懒惰。如今一切如她所愿，却又觉得不满足了。她爱看的那些英文电影里，除了宽敞的大房子，还有个陪伴在身边的爱人。

最后丈夫怎么回答的已经不重要了，反正计划没有改变。缇娜独自坐在客厅，没有开灯，透过落地窗可以看见月光下的湖水，轻轻地起伏着，发出清晰的洗刷河滩的声音。

哪有那么完美的生活呢？缇娜想。

当夏天即将结束的时候，皇后镇以及周边地区所有中小学组织在一起开运动会，就是一群孩子在大操场上闹着玩。琼安和缇娜的孩子都参加了。

琼安丈夫难得当天有假，也跟着一起来，穿上一件全新的翻领POLO衫，看不出是个厨子。他坐了一会儿，烟瘾难耐，悄悄溜去一边。琼安和缇娜俩人并肩坐在场边长椅上，看操场上孩子们奔跑的身影。各种肤色的孩子们混在一起闹着，发出清脆笑声，蓝天遥远而辽阔，背后的山峦陆续呈现缤纷的秋色。

“皇后镇还挺美的。”两个人静静想着，没有开口。

欢迎来我家

住进希望街的每一天，我都在新奇中度过，学习如何做一个合格的主人：拔除花园里的野草、蒲公英与雏菊；给玫瑰剪枝，要讲究方法，必须角度精确才可以保证不伤筋骨；每天洗好衣服，晾晒在后花园里，太阳下山前收回来，再在壁炉前熨好它们。

除了这些听上去罗曼蒂克的小事，还有铺天盖地的账单。

电费气费，地税，房屋保险，垃圾清理费……再加上我们的生活开销，一下子财务吃紧起来，难怪人们总说，现代人真正成熟的时刻，是背上贷款的那刻。我终于体会到房奴的心情，贷款沉沉压在肩头，只能如被驱赶的马匹一样日日工作。

甜蜜的麻烦

我和陈先生开始思考，是否要像其他本地人那样，出租多余房间，以租养贷，但一想到要和陌生人住在一起，着实有点不自在。就这样在一天天犹豫里，接到朋友丽娜的电话。

搬进新家后的丽娜如愿以偿让孩子出生在自家天地。她自从怀孕以后，工作从三份逐渐减至一份，直到生产前最后一周，还挺着大肚子蹒蹒去上班，不知是不是在寒天冻地的上班途中伤了骨头，如今生产后天天觉得腰腿酸痛，最终她与丈夫重新分工，自己在家休养与照顾孩子，丈夫另找一份兼职养家。

我去丽娜家里做客，她的婆婆也来了，是个爽朗勤快的北方阿姨，正在蒸大白馒头，专门从国内背来竹篾蒸笼，一副要待个天长地久的样子。

盖子一掀开，白汽腾地喷出来，家里迅速升起些热闹气息。

小孩眼睛大大，懵懂天真，见着我也不认生，张开手要抱，我不太懂如何逗小孩，总觉得他们是难以捉摸的小动物，不知该如何讨好。

晚上吃饭时，丽娜丈夫还没有回来，婆婆从每个碟子挑了许多菜出来留在一边，三个大人围坐在一起，面面相觑望着几个空了大半的盘子，丽娜觉得有点不好意思，将留的菜重新端回来，“等他回来我给他煮点面。”

婆婆没说什么。

吃饭时聊起还房贷的压力，我与丽娜正讨论银行利率，婆婆接了一句：“哎，我儿子也是辛苦，还这么重的房贷。”

我和丽娜不知该如何接茬，闷头吃起饭，再也不敢提与钱相关的事情。

丽娜婆婆刚来新西兰时，到超市买东西，常被物价吓坏。想做拍黄瓜，怎知一根黄瓜三纽币，换算成人民币要接近十五元，吓得赶紧选了隔壁的两纽币大白菜，可以吃三四顿。但是黄瓜就如一根刺一样悬在她心里，时不时想起来，就要叨咕几句，觉得儿子赚钱辛苦，说这话时，总让听者有种意有所指的多心。

吃完饭后，丽娜丈夫才终于拖着满身疲惫回来，与我随意打了个招呼，就钻进房间。

婆婆将丽娜挡到一边，自己亲自下面：冰箱里有的，虾仁、鸡蛋、青菜，都窝在白韧细顺的面条上。

丽娜抱着孩子送我出门，站在公寓门口，房间里的灯光洒在她背上，看不清表情，整个人藏在黑影里，只有一圈淡淡光芒笼罩着她。

我俩此时才能说上几句话。“其实有了自己的房子，麻烦还是一个接一个啊。”她摇摇头，接着刚才饭桌上未完的话茬。

不知她说的“麻烦”是指房贷还是婆婆。

她压低嗓门告诉我，自己打算招个租客，就住她婆婆那个房间。

“那你婆婆住哪儿？”

“回家呀，想要她儿子不辛苦，只好腾出房间让租客来帮忙分担贷款了。”

孩子在怀里不耐烦地挤来挤去，丽娜一闪身，从黑影里挣脱出半边脸来，我才看清，她的嘴角带着一丝胜券在握的笑意。

如同决胜局的保龄球打到最后只剩两个球瓶，必须一次击倒两个球瓶才可获胜。

嘭！

第一个租客

我们第一个租客是来自罗马尼亚的一家子，他们租住在那个独立小木屋。本来小木屋只能允许两人居住，三个高大的欧洲人与小木屋实在格格不入，儿子几乎能碰到门框，妈妈与爸爸都是大腹便便的发福中年人，可这一家子人看着友善，请求了好几日，再三说只是暂住一个月，处理完剩余的事情就会搬去澳大利亚。

一家人在附近的居民区开了一家小烘焙坊，最出名的是那种口感结实的壮硕面包，类似俄罗斯的大列巴，用料实在，吃小半个就能撑饱肚子，价格也便宜。一家三口从早忙到晚，刚好糊口，就是老老实实的小生意人。可惜这几年生意越来越难做，本地人喜新厌旧，大多转去另一家法国人开的甜品店，甜腻松软的小糕点，撒上五颜六色的糖粉，一小个就卖七八纽币。

一家子将店卖了，最后这一个月等待交接的过渡期，他们依然认认真真开着店，早上五点出门，傍晚五点回来。这一家的妈妈是个勤快女人，英语带着浓重口音，对我们很热情，几乎每隔几日就送来一大袋当日新做的面包，估摸着我们差不多该吃完了，又送来下一袋，看得出是精心搭配的，每种特色选一样。在新西兰住得稍微久一点，习惯了礼貌却疏离的人际关系，就知道这样的家常热情着实难得。

我很好奇这一家三口在小木屋如何挤得下，一日去里面修水龙头才看见，儿子铺了张小小床单在地上打地铺，看着有点窘迫。

虽说住宿可以委屈，可吃饭却要认真。每天总能看见他们端着几个精致的蓝花边盘子到花园里的户外长桌上，铺好一层黑白格子桌布，摆好全套刀叉，再放上三个高脚杯，倒点红酒或白酒，就这么吃上两个小时。吃饭对他们而言，如同每日最重要的仪式，从不敷衍。那时正值夏日，一家人在傍晚的微风里慢吞吞吃着晚餐，说着我听不懂的语言，有时三个人什么都不说，靠在椅背上，静静看篱笆上颤抖的花。

临走那日，这家妈妈将屋子从里到外清洗了个遍，还给我们留下一堆未开封的酒。洗衣机轰隆隆工作时，我正好也在院子里洗鞋子，清新的洗衣粉味道让每个人心情都很好。

问他们去澳大利亚有什么打算，这家妈妈赶紧拿出自己的老式手机，眯着眼睛翻了好一会儿才从相册里找到照片，是一栋几乎占了半个足球场大小的花园洋房，有着自带的游泳池，站在屋子窗边，可以远眺金光闪闪的大海。

“我们卖了这边的店和房子，买下了这儿。”她笑呵呵地说，“我儿子继续当面包师，我俩要去享受退休生活啰。”

我们约好，下一次去澳大利亚时一定去那儿做客。到时候，就轮到他们当房东了。

不愿长大的少年

小木屋空出来以后，我再一次将它放出市面，很快收到许多申请，其中一份格外迫切，是两个中国留学生，他们表示只要能马上搬进来，其他都好商量。

一般来说，皇后镇租房都需要两周以上的过渡期，向旧房东提交申请后，再完成合同里约定好的退租时间，才可搬离，像这两个留学生这样可以立即承租的非常罕见。我也没作多想，选了他们。

托尼和小艺都是95后，在皇后镇一家类似技术院校的学校读书，他俩作息时间与我们不甚一样，头两个星期，我们甚至有种小木屋里没人的错觉。偶尔我在门前修剪玫瑰，他们看见了，就低着头绕道过去，假装玩手机，不愿正面打招呼。

垃圾风波

短暂的宁静很快被门口草坪上的一大堆烟头打破了。

希望街每家每户除了要管好自家的后院，前门的草坪也是市容一部分，类似“门前三包责任制”，大家都要自觉维护大门口公共绿道的整洁。长期以来，邻里都做得很好，当自家园子一样收拾得干净平整，在西方社会里，花园美观度与主人的体面度有关，谁要是拥有一个美丽精致的园子，是颇得他人尊敬的。

陈先生每隔两个礼拜就会修剪草坪，将伸出去的玫瑰枝剪下来，清扫行车道上的落叶，尽力保持一个标准花园该有的整洁。

谁知，我们家门口忽然多了二十多根烟蒂，一堆黄白相间的烟头在平整青翠的绿草地里，邋遢又显眼。

陈先生拿着一大包烟头，气呼呼地四处寻找肇事者。

一个房客怯生生说出他的猜测："有一天我回来，看见小木屋俩人站在那儿抽烟……"

敲门一问，果然是他们。

理由很简单：屋里不给抽，就到屋外头抽啊。

说得理直气壮。

又过几日，我去扔垃圾，意外发现才刚清空的垃圾桶此时全给塞得满满的，这可是大事！

和中国小区里永远会有人帮忙清空垃圾桶不一样，新西兰对垃圾管控非常严格，居民不能随意处理垃圾，必须每年给回收公司几百纽币购买回收服务。就连垃圾桶也是每家每户单独购买，写着门牌号的。红桶是生活垃圾，蓝桶则是可回收物品。希望街这一带，每周只有周四早上会上门回收垃圾，才清空的垃圾桶如今给人塞满了，意味着接下去六天的时间我们无处可放垃圾了。

我给全体租客发了一条严肃的长信息，主要内容是希望彼此体谅，毕竟是一个桶供七个人使用，自私地塞满一整桶可不行。况且这个桶是我自个儿花钱租的，出于人情所以给大家一起用，如今连我自己都用不上了。

为了减轻其他人因“苛刻房东”可能产生的心理压力，我甚至还情真意切回忆起当年租房的日子，房东直接要求我们自己处理生活垃圾，不能与他们共用垃圾桶，于是我俩去超市买专门的蓝色垃圾袋等等往昔岁月。

大家纷纷表示没问题，非常理解。

过了一周，周四刚收完垃圾，周六中午，垃圾桶又满了！

眼看事件严重程度升级，我有点恼火地将里面的东西仔细研究了一番，发现全是外卖餐盒，还有喝了一半就扔掉的麦当劳杯装可乐，从桶的底部漏出来，黑压压的蚂蚁大军正蜂拥赶来。

我意识到又是小木屋的人干的，只有他俩才会天天吃外卖。如此数次，我们不得不将多余的垃圾扔去镇上垃圾桶，还得偷偷摸摸不能被好事者发现。之前就有人将生活垃圾扔在公共垃圾桶里，被拍下照片挂在网上，非常难堪。

连番数次的“垃圾事件”，让我重新开始审视小木屋这两位95后。当他们在家时，家里的网速总是迅速被拖慢，连微信都没法使用；世界杯球赛期间，凌晨三四点，他们尖叫着吵醒左邻右舍；托尼花钱如流水，买个床垫就是一千五百纽币，网购的箱子一个接一个，小艺开车不小心撞毁前盖，木屋钥匙也时常弄丢，两个人的生活完全超出控制范围。

也许在木屋住的时间稍微一久，新鲜感与适应期过去了，真实生活的另一面渐渐露了出来。

吵架主人公

一个深夜，所有人被女人的尖叫声喊了起来，持续大约半个小时。拉开窗帘一看，是从小木屋那边传来的。

所有人起了床，裹着睡衣，揉着惺忪睡眼，开着客厅小吊灯，坐在一片昏黄里迷迷糊糊地听着隔壁的狂躁争执，即使隔了好几道隔音玻璃，声嘶力竭的愤怒声依然波浪似的拍打着我们的耳膜。

这一次争吵以后，就仿佛真诚以对，再也不用对我们遮遮掩掩了，从此吵架成了家常便饭，三天两头就会传来狂怒的叫喊声。我们这边也从最初的震惊，到如今可以安然地一边煮饭闲聊，一边轻描淡写地听上一耳朵。

只有一次，两个人直接吵到了院子里，正巧主屋所有人围坐在一起吃午饭，大落地玻璃门让一切一览无余，大家被迫观看这场直播。

只见小艺回到房间里拿出一台苹果电脑，狠狠地重重地摔到地上，哐的一声巨响，砸的是火光四溅惊天动地，其他人惊呼“天啊电脑”，我和陈先生大叫“天啊地砖”。

托尼战斗力明显减弱，他瞟到我们在主屋，飞奔过来拼命拍打玻璃门，大声喊着“让我进去”，仿佛一个行将被杀的人最后虚弱的呼救。

小艺转身回屋，重重甩上门。

后来我们发现，每次争吵，几乎都只有小艺的声音，托尼如同隐身了一样，只是软弱地缩在什么地方一声不吭承受所有疾风暴雨。

一个晚上，我们约了几个朋友来家里聚餐，大家热火朝天吃着火锅，嬉笑聊着近况，只见小木屋两个人回来了，小艺绷着脸，托尼蔫头耷脑跟在身后。

我们互相望望，没说什么。其中一个朋友阿凯忽然出声：“他俩在你这儿住？你们还好吗？”

这话问得意味深长，信息量极丰富，他的嘴角也带上一抹奇特的微笑。

我和陈先生对视一眼，叹了口气。

原来，托尼和小艺当初在阿凯家住过，当时两人都是刚来皇后镇的学生，诸事懵懂，在网上搜到写过留学生攻略的阿凯，一来二去就搭上了话。

和普通的高中毕业后出来留学的人不同，阿凯已有近七年的工作经验，在三十岁门槛上决定出国读研，彼时他是国企里的工程师。

那时他对去哪儿读书毫无头绪，只是在网上搜“高性价比”“风景好”等关键词，搜到一张新西兰灯塔的照片：一座小小的白塔矗立在悬崖上，背景是光芒万丈的海洋落日。

两年后，他站在照片里这个叫“鸡翅角”的地方，留下自拍，发在朋友圈并配文：梦想成真。

工科出身的阿凯逻辑严密，思维严谨，再加上多年的工作经验，不论是写论文还是调研能力都超出其他同学，可唯一弱势是英语不够好，总是无法用流利语言展现自我，相比起同组的印度同学，他时常落入哑巴英语的尴尬里。

许多年没有与学习压力打交道了，阿凯决定用老套却有效的方式突破难关——清晨和傍晚去公园找人聊天。

选择这两个时间段，是因为能遇上遛狗的本地老人。他们大多孤独，抓住一个倾诉对象能聊个不停，而且语速慢，也耐心。

于是在一个又一个长凳上，陪着一个又一个孤独的老人，阿凯度过学英语最困难的阶段。毕业时，颇赏识他的老师将他推荐给驻皇后镇的本地公司，他成为公司里唯一一个中国员工。

阿凯起初非常照应这两位小留学生，给他们提供了许多建议，比如要多阅读本地网站，多和本地人打交道，可是两人恋恋不舍国内生活，每天沉迷于综艺节目与游戏，凌晨一两点还与国内朋友打视频电话，闲聊八卦，仿佛自己只是在中国某个城市罢了，毫无入乡随俗的准备。

英语能力更不堪一击，家里来电工维修灯泡，托尼手足无措地站在那儿：“E...this...no no no, that...”真不知道他如何完成日常作业。

有一阵子，托尼见另外几个同学常出门做导游赚外快，自己也觉得新奇，可是跟了一天团就被辞退了。那是车程来回八小时的峡湾团，他在车上完全顾不上讲解沿途风景，小脸煞白地瘫在座椅上，还是靠游客阿姨抹了半瓶风油精才缓过来。

这么一来，没有职业精神的托尼在小小的导游圈子里就被除了名。家境优渥的他哪里吃过这样的苦，他出国读书，不过是因为高中成绩糟糕，父母将他送出国混个文凭，回家不愁工作。每个月父母按时打来一大笔生活费，心疼儿子山迢水远，在外受委屈。

只是，父母每个月给的生活费，总是会被托尼和小艺挥霍一空。小艺热爱网购，常逛许多推崇消费主义的网站，被物质冲得头晕眼花，认为女人被呵护的唯一方式是名牌护体，就连六一儿童节也要买个LV钱包庆祝一番。

阿凯起初还会劝诫两位小留学生，出国要锻炼自己的独立能力，要为毕业后找工作打基础，可是两个人刚脱离父母的紧箍咒，又来了个大叔在耳畔碎碎念，难免会甩脸子给他看。阿凯落得个吃力不讨好，索性不管，只要他们按时交房租就够了。

读书最后一年，托尼和小艺必须完成实习学分才可以毕业，其他同学纷纷在酒店、活动公司或零售店找到工作，他俩却接二连三遭遇面试拒绝。眼看就要拿不到毕业证，压力让两朵温室小花慌了神。

学习成绩稍好的小艺决定屈尊去快餐店赚学分，勉强也算与旅游管理相关。习惯凌晨三点睡觉，第二天中午才起的她忽然要朝七晚八，用涂了上百纽币护手霜的手去拧油腻腻的抹布，看不同客人的脸色，便一下子堕入情绪黑洞，每日被疲惫、困倦与愤怒挤压，觉得自己受了天大地委屈，回到家就摔摔打打。

有时候，困难会让两个人感情更紧密，如战友一样迎战。可有时，困难也会让心智脆弱的人崩溃，关系一击即破。

两个人争吵次数日渐增多，刚开始还会顾忌阿凯和其他人的想法，只闷在房间里吵，后来发展到在客厅也会忽然争执。一时之间，整个屋子被小艺的灰暗情绪笼罩，犹如暴雨前的午后，沉沉地让人喘不过气。

“我很奇怪，为什么现在的年轻人出国留学，一点都没有学习的自觉，娇纵任性，以为自己还是小孩吗？”阿凯靠在椅背上，长叹一口气。

他出国留学，所有的选择都是自己做的：决定来新西兰，自己支付学费，自己应对生活与学习上的所有问题。他是一个拥有成熟心智的成年人，他知道，自己要对自己负责，也要承担所有风险。

可是托尼和小艺不一样，他们也是国外留学生里典型的一类，从小养尊处优，家境优越，父母宠爱，出国学习只是为了镀个金，哪怕这学历含金量一般。他们压根儿就不想融入本地，回到家就是看综艺节目与TVB。

至于为什么要出国，他们自己也说不清，想不通，只是父母安排好了一切，自己沿着轨道走罢了。

两个人都不谙世事，没有在社会里滚打多年的心眼儿，他们只是“不懂事”，只愿活在自己的世界里做孩子，觉得全世界的人都得迁就他们。

他们心甘情愿地任人照顾，被人忍让，得人关怀。

阿凯透露，两个人彼此之间最大的矛盾在于小艺认为自己兼职辛苦，回到家后却连口热饭都没有，托尼也不懂如何心疼人，成天沉迷打游戏。

这样的逻辑非常合情合理，我时常在夜晚看见小艺蹲在木屋前，心事重重地抽着烟，火星明明灭灭，连带着让她看起来疲惫又颓丧。

可是托尼这样从小被保姆带大的公子哥，又如何懂得柴米油盐的照顾，新西兰不比中国，不是出钱就可以买到事无巨细的服务的。

两个人之间的摩擦越来越大，如星星之火，在一个夜晚燎起整片草原。

阿凯至今回想起当时的情景，还是格外后怕，两个人如往常一样吵了数小时，却在寂静数分钟后，传来撕心裂肺的尖叫声，小艺冲出来拼命拍打阿凯的房门，披头散发，一脸惊恐地大呼救命。

阿凯跑过去一看，只见托尼胳膊上数道血痕，细细密密渗出恐怖的鲜血，地上跌落着一把刮胡刀片。

当天晚上，托尼被送往医院，警察控制住所有人，挨个儿问话。大家穿着睡衣，披着外套，惊魂未定地齐聚在客厅里，煞白的日光灯照着每个人惶恐的脸，仿佛人人都是嫌疑犯。

“你知道那时候我在想什么吗？”阿凯苦笑着说，“我就怕托尼真出了事，我这房子就是死过人的地方，成凶宅了。”

后来警察终于在托尼和小艺一致的口供里结了案：两个人争吵后，托尼情绪激动，拿刀片割了自己的胳膊。

说真的，我很怀疑这样的结论，托尼总是如软棉花一样蔫不拉几地承受着小艺的愤怒，他骨子里的怯懦与软弱，让他无法对自己下手。

反正等托尼康复后，阿凯下了逐客令，托尼和小艺只得四处觅房，找到我这儿。

这也可以解释，为什么当初他们如此急迫地希望马上入住。

血淋淋的教训并未让二人冷静，暴怒与激烈的争执依然出现在他们的生活里。有一次俩人将窗帘扯坏了，陈先生进去修，只见墙上还有另外两个触目惊心的大洞，黑漆漆的，可以看见内里结构——不用说，又是打架闹的。

可奇怪的是，他们两人的感情充满着情绪化与戏剧性，无论他们吵得多么厉害，总能迅速和好。明明前一天还吵着要分手，第二天就又一起开车高高兴兴出门了。

那一阵子皇后镇雨下得猛烈，晚上托尼被赶出家门，我们正担心这黑漆漆的雨夜他的去向，两个小时后，只听见他冒着雨跑回来，大声拍门：“宝宝，我回来了，快开门。”

小艺笑眯眯打开门，两人又和好了。

二人那过山车般的情感世界让所有人惊诧，他们怎么还能纠纠缠缠如此之久，早点分开早点解脱，每个人都说：“要是我啊，早就分手了。”

可是，话如风一样轻飘飘，现实却有着沉重的壳。我猜，对某些长不大的人来说，国外的生活是不同于日常的异次元，脱离父母的安全遮蔽，他们无法独立生活，需要寻找到另一位生活战友，一起抵抗孤独，那一点点偎依时的安全感，即使摩擦时有剧痛也让人无法割舍。

两个年轻人，不知深浅出了国，磕磕绊绊地迎接着命运给他们的考验，以爱情的名义，彼此忍受成长时的阵痛，在一段关系里，照见内心最软弱、最缺失的部分。

数月后，托尼和小艺搬去其他城市生活，我们所有人长舒一口气。

祝他们好运，也愿他们成长起来的速度，再快那么一些。

Kingston 车站

如今车站已经废弃

Chapter 04 旖旎的天真

选择什么样的工作，

就是选择什么样的人生。

我最向往的工作，

是人类观察家。

风从海面吹过来

想开民宿的想法萌生于2010年，那时刚刚大学毕业，还未踏入社会，看着这时代轰轰烈烈地奔忙，就已畏缩地想过春暖花开的懒散生活，甚至还为此去大理做调查，走遍乡野村落，试图寻找心目中的桃花源，以此开启闲云野鹤的完美生活。大理彼时租房价格已飙涨，几乎每隔数米就是一家客栈，竞争压力不亚于去社会求职。当地朋友善意提醒，大理的民宿江湖之水非常深，轻易不要涉足。

后来在深圳工作的数年里，偶尔去大鹏湾畔的“民宿一条街”采访，踩着黄沙，看着岸边五颜六色的屋子，老板们在院后晾起随风飘舞的白床单，我做民宿的想法还是时不时跳出来，但不那么强烈。我知道，时机还是未到。

陈先生也有一个民宿梦，但他的理想是在某个海岛有几栋小白屋，距离海不足百米，墙边靠满缤纷的冲浪板，最好还能有个做鸡尾酒和咖啡的小凉棚，他戴着草帽坐在沙滩边，啜着红茶，怡然自得地看客人们享受愉悦假日。

彼时，我俩心目中的民宿类似中小型旅店，直到后来，抵达新西兰的第一个月住在海伦家，我才意识到原来还有B&B这样的住宿模式：将家中多余房间短租，提供早餐，旅行者们来了又走，其实就是微缩版的旅舍，只是灵活度大多了，完全取决于自己的时间与精力，如果要出门度假，直接闭门不接客就好。

在皇后镇生活的第三年，我们拥有了属于自己的房子，拿到钥匙的激动劲还未过去，银行贷款压力已哐的一下砸到头上，看着账户里不算乐观的数字，我俩心里生出一股甜蜜的担忧。虽然在开头几个月学习其他居民以租养贷，但是每天下班回家，屋里永远固定着那么几张熟悉面孔，却又不是自己的家人或朋友，仅仅是租客身份，这微妙的身份界定让人挠头。最重要的是，我总觉得有了房子，可以做点什么更有趣的事情，比如将小花园租给别人举办婚礼，或是将厨房借给美食栏目拍节目。

我的心思一直活络着，跃跃欲试。

陈先生顾虑经济压力，他希望在不影响生活质量的前提下，也能将这笔不菲的贷款按时还给银行大人。

我们达成一个共识：买房不是为了降低幸福度。

经过几轮头脑风暴，在否决各类提案后，一时陷入困境，找不到一个既不招租又能还贷的折中方案。

在一个周末的清晨，我俩到镇上的Vudu咖啡馆吃饭，木头餐桌上摆着本地报纸，头条新闻标题加粗黑体赫然醒目："皇后镇住宿供应再次告急。"

我与陈先生对视一眼。

脑袋里的灵感灯泡碰撞在一起，丁零一声响彻云霄：做B&B！

当这个主意冒出来时，所有过往种种对民宿的回忆涌了上来。在海伦家做民宿帮手时的记忆带着黄油鸡蛋的味道回来了：每天清晨，在晨雾升起时开炉做饭，将鸡舍里捡到的新鲜鸡蛋打在黄油融化的小锅中，用小火煎出一个完美形状；面包机里跳出来两片金黄面包，配以缤纷的果酱用银碟子装好，倒上一杯牛奶，稳稳送去客人房间。随后的时间就属于自己了，去超市买些时令菜，打扫一下花园，做完这一切，洗衣机刚好洗出一缸香喷喷的床单毛巾，在院子里抻开晾起，风将它们吹拂在脸上。

美好又令人向往的日子，如此闲适，优雅，体面。

且慢，理想是否能和现实和睦相处，还得看看现实愿不愿意。作为一个商务人士，陈先生不像我这般感情用事，当我手舞足蹈描述着洗手做羹汤河边“浣溪沙”的美好生活时，他认真调研了皇后镇住宿供应的情况，以免是媒体夸大其词。

新西兰一直以皇后镇的壮丽风景和成熟的旅游市场引以为傲，全球各类旅行评比中，它总能占得好名次。就连机场，也被评为“全球风景最美的机场”，哪怕它的面积还不够中国某些省会的汽车站大。这里一年四季几乎都塞满游人，春夏有各类极限运动与水上项目，秋日里人们扛着相机涌来看漫山遍野的五彩森林，冬天则是滑雪爱好者的天堂。小镇的旅游市场这几年就如火山爆发一样兴盛，无论是活动公司、零售商店，还是餐厅食肆，都赚得盆满钵满。在这些受益的商家里，最得意的莫过于酒店行业门前永远亮着“今晚无房”的灯。

皇后镇名声在外，可到底只是一个小镇，随着旅游市场的爆发，迅速陷入游人数量超出承载能力的窘境，尤其是住宿，镇上的酒店天天爆满，至少得提前三四个月才能订上一间价格不菲的小房间。在圣诞与盛夏时节，就连周边小镇也得益于皇后镇住宿危机，许多人驱车一两个小时，才能找到落脚处。至于荷包空瘪的穷游者，只能在麦当劳或车里度过不算美好的夜晚，这也直接带动房车租赁价格的翻倍上涨。

旅游者们怨声载道，官老爷们却依然秉持着慢慢悠悠万事莫急的原则。开发新酒店与修建房屋的消息隔三岔五传来，却是雷声大雨点小，既要保护环境，又要层层审批，就连一片土地上一棵树的去留与否，也能讨论两三个月。再加上建筑工人们热爱享受生活，虽然手头积了一堆活儿，可该度假时直接消失一个月也是常事。

我们大口吃完盘里的班尼迪克蛋，心里清楚：时机终于到了。

一条全新的道路

确定要做民宿后，兴奋归兴奋，然后呢？真的付诸实践时，不知第一脚踏往哪里，满脑子的千头万绪，找不到那根关键线头。

一个周末，我坐在客厅地毯上，拿出包里备好的全新笔记本，庄严写下“民宿计划书”几个大字，仿佛是童年暑假里写下的假期计划表，满腔热血，亟待一展宏图。

只是，写下这五个大字后，我就打住了，完全不知该如何下笔。我对民宿毫无概念，也无从借鉴，海伦从事多年高端酒店业，打理自家的小套房易如反掌，我看到的只是她凭借几十年经验的如鱼得水，可是要我这商业经验为零的文学青年来做这事，就像逼不看书的陈先生写篇散文一样难。

啊，对，这事应该让他来做。我赶紧打电话给正在加班的陈先生，十分钟后，一张清单发至邮箱，像一张试卷罗列出以下问题：

民宿卖点是什么？

优缺点是什么？

需要做些什么准备？

我咬着笔头，盘腿坐在地毯上，开始写下自己的答案。

我们的房子处于皇后镇与箭镇中间片区，街区成熟安静，家家户户土地面积大，房子设计美观，一年四季阳光充足，临近购物中心，许多中产家庭都选择居住在这里。可对时间金贵的游客而言，这里距离镇中心开车十五分钟，虽然和北上广动辄就得一两个小时的交通出行成本无法比拟，但作为小镇，这个距离也不算近。另一个短处是它无法直接看到瓦卡蒂普湖，许多人来皇后镇就是看湖景，谁会为了阳光与大花园就跑来这儿？

我走到屋外，站在马路对面隔着一定的距离观察自家的石头屋，换成旅行者的视角，它还真有那么点不一样：长得特别像特卡波湖边著名的好牧人教堂，就是那个全世界摄影师都爱来拍星空的地方。到了夜晚，我家屋顶上空也横亘着整条银河，和好牧人教堂极相似。

屋子位于卓越山脚下，一抬头就是巍峨山峰，这里常随天气变化改变景观，雨后看见双彩虹挂在眼前也是常事。许多人爱看湖，那也会有人爱山嘛。

嗯……还有什么？我再仔细看，发现家门前有宽敞停车位，自驾的人完全不用发愁停车问题，步行两分钟距离就是一个公交站。而且这个社区与皇后镇中心的喧闹不同，这里宁静安逸，一天奔波后回到这儿，身心立马放松，对旅行的人来说，可以在动与静中自如切换。

我冲回客厅，赶紧趴在地毯上写下这几个新发现。

几道题想了足足一个下午，斜阳穿过落地大玻璃窗，将面前这张写得满当当的纸照成橘色调，脑海里对民宿的无数幻想，在解答问题的过程中，一一落了地，成了形。

我躺在自家地板上，感受着光线的温度，心里蠢蠢欲动，一个声音响起：我要开民宿了！

意外惊喜

在药房上班时，几乎与全小镇的常居华人都混了个脸熟，大家来买个药，寄个东西，甚至只是无所事事地闲逛，总会走进药房聊几句。加上有人知道我常写故事，也爱进来倾诉几句家长里短，孩子在学校就是玩啦，丈夫爱去赌场花钱啦，自己又受了洋人老板的欺负啦，诸多琐碎，也不管我这个外人是否靠得住，似乎有个人愿听他们说就好。

毕竟，在海外，底色是孤独与无聊。

最初对盈盈姐留下印象，是因为她说话永远柔声柔气慢条斯理，是生活中极少遇见的那种温柔平静的中年女人，更令人惊讶的是她是理工科出身，毕业后做了多年的审计工作，生活里的逻辑性极强，很少出错。

当时，盈盈姐的孩子准备读初中，考虑到奥克兰的教育资源更丰富，一家人准备搬回去，房子打算交给朋友管理。我也正疲于奔波买房事宜，她说的这件事，也就当个八卦过了。

谁知事态无常，数月后，我有了自己的房子，也开始考虑做民宿的事情，正好一日盈盈姐又散步进来，我向她请教经验。她眼睛一亮，原本要来接手民宿的朋友因为签证问题，来不了了，若是我感兴趣，可以一并接了来做。

我和陈先生约了个租客都出门的时间段去拜访盈盈姐，她的房子就在皇后镇山上，距离镇中心步行不到二十分钟，四层楼高的老木屋，每个房间都能看见顶级湖景与山景，是皇后镇难得的好房源。

在盈盈姐经营的一年多里，迎来送往数百个客人，每天早上她与丈夫起来煮早餐，在上午结束所有清洁工作后，一天的工作几乎就结束了。等到傍晚客人陆续回来，大家坐在壁炉边说说这一天的奇遇，孩子乖乖在顶楼房间里写作业，有时下楼来客厅倒果汁喝，看见客人们会脸一红，害羞地再跑上楼去。一家人守着这个小小民宿，用心经营。

我们说着民宿打理细节时，厨房里正在煮汤，小火慢烹，锅边缭绕出阵阵烟雾，香味弥漫在客厅，这样家常的气息，令人有种心安的感觉。

盈盈姐经营的民宿与海伦一样，勾勒出我对民宿最向往的图景：宁静，温暖。

谈了两次以后，盈盈姐正式将房子交托给我们。

就这样，阴差阳错，我手上一下子有了两套民宿，也负上了贷款和交租的债。

这下，可不是说着玩的了。

诗意地栖居

在新西兰做任何小生意，必须确保手续合法，就连你卖个自家做的食品，只要是商用，也得有合法执照。开民宿需要向政府申报，房屋从自住变成商用，需要多交地税，除此之外，盈利额超过一定数目以后，还得合法缴税。数字是我的软肋，继承了我妈“数钱三次，次次不对”的低能体质，只能全部交给陈先生与会计负责。

仔细研究一番皇后镇的爱彼迎房源，发现许多新西兰房东实在太随意，明明是敞亮体面的好房子，却非得用自己那像素一般的手机拍摄，七歪八扭不说，还能经常发现摄像头边角有被手指挡着的可疑黑影。

我还发现药房一位药剂师的房源，我曾做客她家，内部装修称得上是豪宅，偶尔还会被广告摄制组借来拍摄。只是这么好的一个房子，在她自己的镜头里，光线暗淡，质感粗糙。问她预订量多吗，只道不多，开了半年就接了两单，索性关门。

在新西兰生活数年学到很多，最重要的课程之一就是专业的事情交给专家去做，不仅节省时间，还能事半功倍。我前后与两位摄影师合作过，一位是凯文，他平时专给楼盘拍照，主打的是真实风格。我自己的希望街就由他拍摄，一进屋，首先是打开所有窗帘与灯光，营造出明亮感，再站在不同角度咔嚓几张，大部分是平拍视角，结束后调调亮度就够了，不会过度修改。

另一位是爱彼迎自己的官方摄影师，完全免费，但是需要配合他的时间，以及照片不可拿去其他平台用，版权也不属于我们自己。他来湖景木屋时还带来一位“陈列师”，其实是他自己的太太，一位非常娇俏的室内设计师，主要工作是将房间小饰物摆正，将床单褶皱拉整齐。

有了专业的照片，我还需要好好构思网站内容，里面要你事无巨细提供所有信息：地理位置、交通、设施、入住指南、价格，等等。这每一个空其实都是一个“坑”，比如交通，我自己步行时间是十五分钟，可是每个人步速不一样呀，那就写十八这个折中数字吧；再比如入住指南，我自己家还好说，可以及时解决问题，可是盈盈姐家的民宿，就需要客人自助入住。

在药房工作数年的经验教会我一个道理：永远不要高估他人的理解能力。

于是事无巨细地写下每个房间对应的钥匙编号、颜色。

如今我再回头看当初写的初始指南，与现在相比如小巫见大巫。经过两年间无数次跌坑踩雷后的修改，这份指南变得越来越长，自己看了都嫌啰唆。可是没办法，总有人会将“不要”看成“要”，你永远不能想象人类理解力差异之大。

2016年12月，民宿正式开张。那时的我，对这段未知旅程充满忐忑与期待。

我的一号房客

开张第一周，希望街迎来了第一对住客。

Anu与Madis预订客房时，我用翻译软件才知道他们资料上显示的Estonia是爱沙尼亚的意思。我与陈先生小小讨论一番，爱沙尼亚到底在欧洲哪一块儿?

由于从未接待过一个客人，我试图用“来自何方”以预估对方的喜好与性格，虽然后来发现这种方法一点也不科学，但在刚开始时，我还是想尽可能地掌握一些住客信息，以尊重他们的文化与习俗。想不到，第一对住客来自我自己都分不清方位的国家，唯一信息是他们在申请预订时的自我介绍：我们是一对热爱旅行的年轻情侣，已经走过很多个国家，希望可以入住你美丽的家。

热爱旅行的年轻人，唔，应该不会太难对付吧。

我将房间打扫了又打扫，趴在地上仔细找出每一颗来历不明的灰尘；将新枕头用力拍打，使其蓬松，后来又担心枕头太高，急忙准备了一对低一点的枕头；将被子拉扯铺平，一点褶皱都不能有；房间窗帘拉得恰到好处，阳光慷慨地洒进来，让一切都看起来那么明亮，高昂，充满热情。

最后，我在枕边放上一张写有“欢迎来到皇后镇”的明信片，作为一个完美收场。

Anu和Madis到来时已是晚餐时分，我和陈先生正吃着饭，见两个背着大包的年轻人站在玻璃门外冲我们微笑招手，我赶紧冲去开门，一边在心里懊恼着：客厅里还弥漫着刚炒完菜的味道。

带着二人看了房间与公共空间，他们一直发出“Wow”的赞叹声，在说完“你们好好休息，睡个好觉”的结语后，退出他们房间，我才突然想起来，这俩人可能还没有吃饭。我和陈先生细细考虑一番，觉得还是不要盛情邀请俩人共进晚餐了。在新西兰生活的数年里，我常因中国式热情碰壁。

作为一个初涉民宿的新手房东，幸运的是Anu和Madis是任何房东都喜欢的那类来客，安静礼貌，总是轻手轻脚带上房门，即使清晨六点赶车要迟到了，也踮脚飞奔出去，生怕惊醒了我们。回家后钻进房间不再出来，为他们准备的面包牛奶也没有动过，从不占用任何公共空间。直到现在接待了上百个客人以后，他们依然在我的好客人排行榜位居前三。

有时候，一些西方人的礼貌会让人觉得有距离感，这两个年轻人的性格却令人愉快，从门前经过可以听到活泼的轻笑声。偶尔在家里碰到，站在走廊就能侃侃而谈一路上的奇遇。他们离开凯库拉六小时后，当地发生地震。从未经历过地壳晃荡的两个爱沙尼亚人茫茫然拉开窗帘，以为什么怪兽来袭。他们去过中国，登过上海高塔，踩着透明的玻璃地板，简直吓出了阴影，如今胆子大了点，还专门去镇上的鬼屋花钱买惊吓。

我很好奇他们如何支撑庞大的旅行开销，Madis挠挠头，他们以前在家乡工作过一段时间，攒了工资就出来，等到没钱了再回去工作两三年，然后再出发。我有点惊讶于在他们的人生观里，旅行是大于职业发展的，工作对他们而言，只是赚钱方式，毫无职业野心。

“我在上海玩的时候，发现中国人都很努力地工作，可我们比较懒。”Anu吐吐舌头，开了个小玩笑。他们就是那种无忧无虑的普通欧洲青年旅行者，明日的烦忧留给明日，一些欧洲观察文章里会严肃分析这类青年，总觉得他们旅行必定与经济萧条社会动荡有关，感慨他们是消极避世，不负社会责任的一代。

可是事实也许是，他们只是喜欢旅行而已。这是他们的生活方式，也是另一种世界观。

清晨起床，Anu和Madis已悄悄离开，床铺叠得整齐，毛巾也折好放回原位。在爱彼迎的评价上，他们慷慨地给了五颗星，Anu还给我发了一条私信：“谢谢你们的热情款待，丁丁，必须得告诉你，我们喜欢你的家。”

嗯，我也很喜欢你们呀。

北京侃爷

老谭是朋友介绍来预订房子的，我们对他一无所知，就连姓谭，也是在他临来前俩小时问到的——我给每个住宿的人写一张明信片以示欢迎，让他们内心感觉到一点朋友间的温暖。

写的时候有点犯难：谭先生？有点客套，酒店似的。谭大哥？人家要是比我还小怎么办。Mr谭？那感觉就更不伦不类了。最后决定写谭先生，不是那么亲切，至少不会出错。老谭到时我们正和朋友吃午饭，他冒失地去敲对面屋租客的门，直到看见我们，才长舒一口气："中国人啊，那就好交流了。"

在找到我家之前，他误入另一个33号，上了楼梯，循着音乐直接走到了阳台，想不到阳台浴缸里躺着个人，吓得他面红耳赤以手掩面，赶紧溜。

"老外真有意思，在阳台上洗澡，还放音乐。"

住在我家民宿，是他这一路独自旅行里不多的住宿体验，算是头一个民宿，但是也放松许多。第一天就特别中式地去睡了午觉，第二天跳完伞回来连嚷嚷恶心，我给他冲了一杯冰姜茶，缓了一点。稍事休息，他打算随便煮点面吃，拿出一瓶老干妈辣酱，这可是外出旅行的宝贝，尤其是吃不惯西餐的人，更是去哪儿都带着一瓶。

我邀请他一起吃晚饭，正好做了海底捞麻辣烫，他推辞了一会儿，估计闻着真香，就有点不好意思地坐下了，但还是将老干妈放在手边，只夹桌上一点点菜。

老谭是互联网行业投资人，经常去北大清华讲公开课，所以侃起来也是上天入地，政治形势，军事内幕，沿途见闻，学生趣事，完全不用我们开口，他一个人就能说俩小时。

说来也奇怪，我素来不喜欢特能聊天的中年男人，他们的话大多无趣，真假虚实不知，令旁人尴尬。可是老谭却挺有意思，说的话让人听得津津有味。也许是太久没有和中国朋友聊天，老谭说的许多内容都让我感觉新鲜，京城的繁忙热闹处世不易，如风一样扑面而来。老谭对中国有着发自内心的自豪，说起高铁，再三劝我们回去一定试试，远远超出其他国家："新西兰这地方公共交通估计还不如中国二十年前呢，你真该回去看看。"老谭翻出一个视频，有人将一枚硬币竖在高铁桌上，纹丝不动。

还有日新月异的创新科技："只要你不是在偏远乡下，想吃什么外卖都给你送来。"我心下哀号一声，要知道在皇后镇，也就披萨能外送，而且还挺挑剔，超过三公里就不送了。

好话说完，老谭却也不得不承认，北京的居住环境令人担忧，一个只露三分之一窗户的地下室，黑黢黢的，也有许多年轻人抢着住。可是有什么办法呢，这是自我选择，要纵身跃入城市繁华，便得承受背后辛酸。就连老谭这样看起来八面玲珑人脉极广的人，也在北京房价前失去优越感。他刚刚为女儿买了一个学区房，几乎花光所有积蓄。

老谭喜欢皇后镇，这也许是他新西兰之旅里最喜欢的一个地方，文化交融汇合，各类神仙聚居于此，充满着无限可能。对他这种永远兴致冲冲的人来说，稍微显得不那么像“好山好水好寂寞”的国外。老谭这一路虽是旅行，但视角却还是离不开惯常的工作。他仔细询问了皇后镇的房价与投资前景，估计回家之后又和那帮搞投资的朋友有了新话题。

一顿饭吃了近四个小时，要不是第二天要早起赶路，老谭估计能聊一晚上。

早上起来时，老谭已经走了，落下了他那瓶视若珍宝的老干妈辣酱，与一张字条。

“谢谢二位招待，有缘再见。”

鲸鱼回到七月的海

“我的朋友下个月去皇后镇，你家民宿还有位置吗？”摆在桌面上的手机响了一声，是小鲸发来的信息。

我和小鲸挺有缘分。她出国前买了我的书，没看完，放在床头就出门了，带着对新西兰的憧憬与想象。后来她去陈先生当时所在的公司面试，虽然没成，却阴差阳错认识了我，发现竟然是作者，有了天然的亲近感。

她是那种典型的现代中国女青年，爱时髦，偶尔追求名牌，经常蹦出二次元词汇，对网络依赖度高。她直言敢说，面对长辈亲戚的逼婚追问，会转头在朋友圈配着表情包吐槽；支持不太主流的人，也富有同情心。

小鲸的间隔年开端和许多年轻人一样，为了逃避寻常生活。当初选择这条路，实在是因为厌倦了朝九晚六的工作，天天坐在办公桌前，眼睁睁看着屁股和大腿的脂肪渐渐堆积起来，心却被日益掏空。工作倒是不累，常有时间刷微信，闲时涂个指甲油，下班以后叫外卖，以综艺下饭，一天就过去了。如果没什么大差错，应该在二十八岁前与相恋多年的男友结婚，准备考虑买房的事。日子就这样惘然地过着。

对于二十几岁的人来说，一眼看到头是件有点恐怖的事，但是仔细盘算一下，似乎也没有更好的选择。换工作或是换城市，依然改变不了生活方式。在家乡这个二线城市生活也还算舒适，不愿跑去北上广徒增压力。抬头望望外面的世界，因为未知而充满可能性，有一种绮丽的危险在召唤自己。

妈妈是第一个投反对票的，她觉得不可思议，有这么稳定的生活与结婚对象，女儿出国“玩”一圈回来之后，不也要继续找工作吗？她并不知道，自己其实也是小鲸想要逃开的一部分。

小鲸妈妈那有点强迫症的控制欲让小鲸难以忍受，从小到大，她的母亲就是那种如果衣服叠得哪个角稍稍不规整，就会大发雷霆的人，她有一根对自己、对女儿、对整个世界苛刻的敏感神经。小鲸从小学到高中都是由爷爷奶奶陪伴长大，大学去了个遥远的学校，刻意不与妈妈接触过多。只有毕业后回到家这一年，两个人在一个屋檐下居住，发现竟然无法亲密相处，磨合是一件彼此折磨的事情。

妈妈激烈地反对小鲸的间隔年计划，时时刻刻唠叨女孩子单独出国的危险系数之高，女儿独立能力之差。

忍无可忍的小鲸重重关上房门，硬邦邦吼出一句：“当初你把我扔给爷爷奶奶的时候，怎么没见你这么关心我？”

门外的唠叨声戛然而止，屋内陷入无人般的极度寂静。

对于小鲸来说，唯一的资本大概就是年轻，有种推翻一切重来的勇气，不管怎么样，先跃出去再说，剩下的事，走一步算一步。

华丽的冒险

不少人印象中的打工度假青年都是流浪者形象，他们大多开着旧车，后备厢塞满帐篷与电饭煲，行驶在壮美的山路上，走到一个地方就停下来，在果园或农场里辛勤赚点生活费，晒得黝黑。头几年的确如此，但是我却发现，如今有越来越多间隔年青年喜欢走舒适路线，他们体验异国生活的方式不是像前辈那样到山野去，而是凭借会中文这个优势，选择更轻松的工作，比如零售店向导与酒店员工等。不能说这些选择有什么错，只是感觉有一点遗憾。

小鲸就是舒适派，她很快在皇后镇找到一份零售工作，迅速租到一个房间，买了一辆便宜的二手车，新西兰生活就此拉开序幕。天性爱交际的她很快结识许多朋友，成日饭局不断。皇后镇就是如此，年轻人扎堆，大家可以迅速因为一顿饭一次搭便车成为酒朋饭友，一时亲密无间，但是没过多久，相片里合影的朋友就换了人，同样的勾肩搭背贴脸照再一次复刻到下一位新人身上。

在皇后镇扩建社交圈子是一件很容易的事情，却不能太过认真，毕竟流动量太大，人如浮萍一样来来去去，真情实意常常显得可笑。在本地的华人青年圈子里，有几个出了名的交际大王，有人调侃“只要你刚走出皇后镇机场，就能迅速被某某某拉进他家喝酒”。这几个热爱交际的人士以人脉广阔而自豪，互相比着看谁认识的朋友多，仿佛成了某种虚荣勋章。他们积极地在社交网上发帖组织聚会，发攻略，以老皇后镇华人自居，享受被新人们追捧的感觉。

小鲸也迅速被他们拉入自己的社交圈，热闹了一阵子。可惜没几日，她自动隐形，与这帮人保持距离，“我觉得他们太傻了。”

没具体说什么事，但是我猜，那种浮夸虚华的饭局气氛，人们因异国孤独而胡乱抱团的感觉，令人不适。

小鲸工作的地方是一间礼品店，接待全球各地来皇后镇旅游的游客，卖的东西大同小异，新西兰的蜂蜜，羊驼毯子，保健品，包装精美的果酱与巧克力，等等。售货员们穿着统一制服，站在门边，看见有客人进来，热情迎上去。小鲸不喜欢像别的同事那样紧紧跟在客人身后说个不停，她适当保持一点距离，看见对方有疑问时再上前。

工作两周后，被主管客气提醒一句：达不到销售业绩的人会被警告哦。

每个月，店铺里会总结个人业绩与销售目标，姓名按业绩高低排列，不达标的人被红笔标出来。硕大的表格贴在员工休息室里，吃午餐时正正对着所有人，压迫感令人不得不低下头去。这种感觉让小鲸想起小学期末考试后的排名，只是想不到二十年后，还得承受这种被逼迫着上进的压力。

小鲸开始试着像其他人那样主动推销商品，效果还不错，也许是她讲解的样子很真诚，有个中国家庭一口气买了一万纽币的羊驼毯子。开门红带来好运气，紧接着又有几笔大单。小鲸粗略算了一下，这个月业绩应该不至于太难看，松了一口气。

有一天刚送走一群广东旅行团客人，小鲸准备进员工休息室吃午餐。门虚掩着，飘出来几句话，是韩国同事与新西兰同事在闲聊。

“中国人买得多，她随便说几句就完成任务了，真不公平。”

小鲸犹豫了一下，没有进去，拿着三明治去湖边吃午餐。

三明治是早上匆匆忙忙做的，随便拿两片面包夹着生菜叶子和鸡胸肉，淋满蛋黄酱。由于没有加热，酱汁散发着油腻腥味，鸡胸肉纤维粗得掉渣，生硬冰冷的感觉难以下咽。小鲸努力咀嚼着，用力吞下去。

她想起妈妈做的粉蒸肉，切的麻将块大小的五花肉裹上炒得香喷喷的五香粉，考究地垫在荷叶上，放入锅里蒸上个四十分钟，端出来热气腾腾，一口咬下去满口留香，油脂的丰腴令人心满意足。

咬着三明治，她想起万里之外的家，和那个永远抱怨自己的妈妈。

因为上个月任务达标，到了下个月，小鲸的业绩目标上涨20%。一日，她费了四十分钟口舌，好不容易解答完那几位上海阿姨数不清的问题，准备埋单了，那个韩国同事走过来，指指远处货架旁的两个中国人，让小鲸过去帮忙。

小鲸以为俩人遇到什么问题，赶紧跑过去，结果发现只是随便看看的路人。等她再回到柜台，韩国同事已将刚刚推销出去的商品全部录入埋单系统，正盛情地拿出付款机，让那几位阿姨给钱。阿姨们不懂韩国人在说什么，拉着小鲸来翻译。

小鲸喉咙干涩地帮忙说了几句，忙着收钱的韩国人甜笑着看她一眼："谢谢。"

这样的事情又发生了几次，总是在即将埋单时被同事支走，小鲸不是在意这点业绩，只是觉得实在不体面。以前在国内公司上班时，没有业绩竞争，没经历过这种办公室政治。那些爱讲八卦爱逼婚的旧同事们，相形之下反而变得可爱起来。

她开始寻找下一份工作，依然不愿做太过辛苦的体力活，于是这回跳开零售店铺，去了一家预订中心做前台。这份工作有不少利好，既可以锻炼英语口语，还可以免费体验各公司的活动项目，满足想玩的心愿。同事都是男生，大家岔开时间上班，互不干扰。老板是和父亲一样年纪的中年男人，温和寡言，对员工要求不高。

小鲸很满意这份工作，她开始适应皇后镇的生活，像本地人一样去过日子。每天上班要穿过一条小巷子，那里总有一只大白猫，肥肥懒懒地蹲在篱笆下，见人也不躲。小鲸去鱼铺子买了点小鱼，回来喂给它吃。也不知道它到底叫什么名字，反正叫“大白”时，这猫也会拉长音慵懒地喵一声，就此宣告友情成立。

习惯会让人产生安稳感，喂猫是一件事，与远在家乡的男友打电话是另一件事。

我对小鲸的男友了解不多，只知道俩人是高中同学，已经在一起将近六年了。他的话不多，几乎每次打电话，小鲸说的总是远远多于男友。他是那种不善言辞不愿表达的理工男，做的比说的多，真要逼急了，反而会说出“以后你回国了，不想上班那我养你啊”这样的话。

这话有两个关键信息：回国，我养你。

小鲸享受这种有后盾的感觉，一向追求舒适轻松的她在感情方面也有着小聪明。每逢节假日，她会善意提醒男友，是不是该发个红包了？如果自己等待已久的新款口红上市了，也会自然而然地发个购买链接过去。男友心甘情愿，物质满足是不善情话的人唯一不会出错的表达方式，他认为这是“我养你”的标识，也是两个人感情里不分你我的重要组成部分。

从夏天到冬天，眼看春天就要来了，小鲸的一年签证还有两个月就到期了，原本去留问题是不需要考虑的，可是皇后镇的山、湖，闲散气息，被上帝放慢的时间，让她犹豫起来。

小鲸试探着和男友沟通，要不自己转成工作签证后再多留一年。或者男友可以来旅游一趟，也许他也会喜欢这儿。

那头沉默了。

当时我还在药房工作，小鲸经常过来找我，俩人站在化妆品柜台旁边，在手背上试各种口红颜色，有一搭没一搭地聊天。那天她又来了，气呼呼的模样。

“真是奇了怪了，为什么连来看我都要推脱。”

原来，小鲸第三次提出要男友办旅游签证，过来和她一起环岛旅行时，男友找了个理由：最近公司人手紧张，假期批不了。

前一次推脱的理由是“最近没有打折机票”。不会说话的人，编的理由都那么让人生气。

小鲸无奈于男友性格保守只图稳妥，却又看中他老实本分甘愿付出，这就像是把“双刃剑”，在感情里让人难以取舍。她只是想不通，不就是请两周假，有那么困难吗？

当然困难了。这件事情，本身就蕴含着那么点“不如你来实地考察一下，其实新西兰还不错”的意味。男友即使再愚钝，人性直觉也会让他敏锐嗅出任何可能令安全堡垒垮掉的危险信号。

两个人的感情里出现一条隐秘绳子，两端的人都在暗暗使着劲，谁也不松手，谁也不妥协。

我翻出来2017年写的日志，里面关于小鲸，有这样一段话：

"我俩在路上被迫塞着车，有一搭没一搭地回忆往事，展望未来时想到要回去了，也不知将面临什么，便都惆怅地沉默起来。

"她走得有点不甘心，环岛一圈，情深意重写着旅行笔记，虽是被家人拉拉扯扯劝服了，可是心却丢了一点在瓦卡蒂普湖水里，随波远去。

"一些故事还未可言说，不如让时间给我们以时间，距离给我们以距离。"

不圆满的句号

小鲸最终还是决定回去。在回去前，男友与小鲸妈妈一起来新西兰环岛旅行。

一切转折极快，令所有人措手不及。

那段当时不可言说的故事是滥俗的，是那类会出现在社会新闻或是天涯社区里的剧情。小鲸老板难得出现在公司里，约她一起去附近一个小镇拜访客户。俩人开着车，颠颠簸簸到了一个偏远小村落。车子停在村落里唯一一家旅馆门前。平时看多了社会新闻的小鲸留了个心眼儿，打开录音。

走进酒店房间，老板拉上窗帘。一切都显而易见了。

他嗫嚅着提出希望小鲸陪他一晚的请求。说完，默默拿出一千纽币放在床头柜上，卷得好好的一叠钱，应该是刚取的。

看得出来动作不太熟练，却是考虑许久，每个步骤都条理清晰。

录音里传出细细杂杂的声音，是手机在口袋里与衣服的摩擦声。男人的声音更小，却出奇清晰。小鲸冷静地问他："你不知道我有男朋友吗？”

男人干笑一声：“我也有老婆啊。”

小鲸和老板一家都见过面，是个外人看起来和美的家庭，太太白净温柔，煮得一手好饭菜。每次员工到家里来，她总会做上一桌好菜。“你们比我的孩子大不了多少。”她笑起来弯着眼睛。

夫妻俩在一起二十年，从中国来到新西兰，共度起伏高低。老板在新西兰的十多年里，濒临破产两次，头发也是那时候白了大半，太太没说什么，只是将自己储存的所有积蓄拿出来给他。后来全家来到皇后镇，尘埃落定，总算进入人生中最平稳的时期，一儿一女都上了高中，生意虽然没有太好，但至少能过上体面的日子。

老板有时会不知是调侃还是认真地指指太太的肚子：“你看看你，又肥了不少。”

太太还是好脾气地笑笑。

小鲸记得老板家的感觉，灯光明亮，在深夜犹如一个小小港湾。那时她还曾羡慕过，异国闯荡，一家人彼此依偎，多好。

眼前这个五旬男人，畏缩地站在她面前，双手无力地耷拉在身侧，两鬓白发刺眼，看着可怜又可悲。

小鲸第二天离开这家公司，站在街头茫茫然的她失去方向，原本计划完全被掀翻，本来天平已经转向办工作签证留下来，此刻却一无所有。她决定再进行最后一次尝试，如果有公司愿意留下她，那就证明她和皇后镇缘分未尽，如果没有，也就罢了。剩下的几周里，小鲸努力跑了好几家公司面试。只是签证剩余时间太短，连试用期都不够，许多公司审慎着不敢开出工签。唯一一家有希望的公司在面试时一切顺利，即将结束时，面试官问了一句："你为什么离开上一家公司？"

小鲸毫不犹豫坚定地说："因为上一家老板对我性骚扰。"

这个答案一出，几位面试官面面相觑，气氛立马尴尬起来。

其中一位面试官是女性，她讪笑："你回家等通知吧。"

大家在讨论到底哪个环节出了错时，一致认为小鲸不该说出这件事，一个重要因素是皇后镇太小，公司之间抬头不见低头见，总有点利益纠葛，即使是在西方社会，也会介意面子不好看这回事。出国以后，有了横向与纵向的对比，才会发现人性总是类似的，不会因为东方人西方人、白皮肤黄皮肤而有任何差别。

我问小鲸后悔吗？失去了留下来的机会。

她说，如果是因为面子问题而拒绝我的公司，去不了也没什么遗憾。

小鲸男友知道她决定回国时，迅速解决请不到假与没有打折机票这两个问题，他头一次在电话里比小鲸话多："我研究过了，高新区那边房子有很大的升值空间，未来还有地铁和购物中心，可以考虑买那边。"

小鲸有一搭没一搭听着，另一只手轻轻摩挲桌面上的灰尘，看它们轻轻飘起在空气里，缓慢飞舞着。学区房、地铁、购物中心，那些词汇熟悉又带着遥远气息，心里却忽然想起那只大白猫，自己离开以后不知还有没有人喂它小鱼。

很快，小鲸的妈妈与男友在小鲸离开前两周来了皇后镇，小鲸带他们来药房见我。

她的妈妈非常活泼，话密且碎，语调高亢，一直热情地感谢我照顾小鲸，弄得人怪不好意思的。

小鲸男友是意料之中的宅男形象，规规矩矩的寸头与眼镜，加绒的格子衬衫，背着双肩包，隔了点距离站在一边，背对我们，埋着头专注玩手机。我中途瞥了他好几眼，小鲸与妈妈也察觉到了，临走时小鲸硬将他喊过来，勉强打了个招呼。

我忍不住揶揄道："我还以为是来买东西的顾客呢，从头到尾都没搭理我们。"

大家都有点挂不住，小鲸看了我一眼，露出说不清是抱歉还是无奈的表情。

离开皇后镇前，小鲸做了一件事，她带着妈妈与男友，上门找了前任老板的太太，将录音放给她听。

太太听完录音后，当下痛哭不已，眼泪滚落在面庞，止不住。

她的世界崩塌了。

小鲸觉得不忍，告诉她自己只是想提醒一句，她的丈夫不值得，如果有必要，这段录音可以留给她，也许以后离婚或是分割财产时用得上。

太太满含泪水望着小鲸，颤抖着说："我代他向你说一句，对不起。"

她没有要那段录音。

从太太家里出来以后，三人都没有说话。男友一如既往低头不语，情绪毫无起伏的样子，他就像个躲在自己世界的小孩，蒙眼大睡，假装看不见疾风骤雨。小鲸妈妈却冷着脸，难得的安静许久才开口。

“如果我知道你要上门去和人家说这些，我不会让你去的，她也是受害者，你这样很过分。”小鲸开着车，妈妈坐在副驾驶严肃地说，“你还太小了，不懂中年女人的婚姻是什么样子。”

后来三个人驾车去环岛，小鲸一直努力记录所有细节，就像失明前的人要努力记下所有能看见的事物。看一眼少一眼，她写道。

可惜妈妈与男友不是合适的旅伴。妈妈几十年如一日的挑剔，因这一年和女儿隔山隔水，稍稍好了点，可如今旅行时俩人过近距离的朝夕相处，让那根紧张神经再一次跳动起来。

男友则对自然风光实在没有兴趣，对母女之间的战争也置身事外。他坐在后排座位上，认真玩着手机游戏，只有当排名刷新时会发出轻轻的“呼”。其他时候，如同行李箱一样安静。

真正让小鲸崩溃的是在特卡波，已经开了近五个小时车程的她疲惫至极，坐在湖边想喘口气。妈妈口渴，小鲸扭头看看男友，让他到十分钟脚程外的便利店买瓶水。

男友摇头拒绝：“我英语不好。”

两个人在一起的六年里，从大学到毕业后工作，几乎都是异地模式，他们懂得如何在电话与微信里描述自己的生活，懂得如何在电波里像一对标准合格的情侣那样相处，懂得如何隔着几千几万里说爱你。可是真正面对面站在一起，碰触到真实的对方时，所有的性格缺点暴露无遗，问题多得让人难以招架。

特卡波的湖水是奶蓝色，人们将它称为“蒂凡尼蓝”，许多新婚伴侣会来这里拍照。眼前这片蓝，美得让人心灰意懒。

崭新的开始

小鲸回国以后，在一家专做澳新行程的旅行社工作。她在新西兰礼品店练就的推销口才，在预订中心摸透了所有游玩项目，对这份工作得心应手。与毕业之后工作的那一年混沌相比，现在多了点理智，面对刁蛮客户时也能平心静气倾听，微笑回答“嗯，您说得有道理”，不再像以前那样和对方牙尖嘴利地辩论。她好好布置了一下办公桌，拉起一根小麻绳子，夹上几张拍立得照片：瓦卡蒂普湖、雪山、大白。照片有一种陈旧的模糊，好像正在褪色的记忆。

她从不掩饰对新西兰的想念，吃到一颗白色樱桃，也要记录下来——“它让人想起克伦威尔的樱桃园。”

我俩保持着断断续续的联系，她感慨，在新西兰的时候想家，回了家，又觉得那儿好了。

又过了半年，小鲸与男友分开。她觉得自己想要的不仅仅是被一个人养，她想要的更多一点。

妈妈有时会听来几句亲戚们的闲言碎语，回家后脸色不太好看。亲戚们笑话小鲸，出了一趟国，不像其他人那样念书拿文凭镀金，也没有移成民，耽误一年青春，回家以后连男朋友都没了。

放在以前，小鲸会在朋友圈里狠狠吐槽这些闲话。可是现在她却觉得无所谓，学会了新西兰人最擅长的“关你屁事”的态度。有一些得到，是其他人看不到的，她想。

小鲸深吸一口气，努力给自己鼓了鼓劲。她站起身，揽住妈妈，把头轻轻靠在她的肩头："妈，别人怎么说是别人的事情，我们好好过自己的生活，好吗？"

这是她从新西兰房东那学来的亲密方式：争吵时拥抱对方。第一次练习，还有点生疏。

妈妈愣住了，从此不再说这个话题。

间隔年对小鲸而言，表面上看来没有任何改变，当初空空行囊出了国，回来时所谓的社会化标签一个也没贴上。但是只有她自己知道，南半球的一年，让她与过往生活产生距离，让自己重新审视一切，明白生活真相。

该舍的舍，该重来的重来。

今年上半年，去音乐节看演唱会，歌手陈粒出来，全场欢呼沸腾。陈粒唱了几首歌，其中有小鲸喜欢的《历历万乡》，她曾在笔记本里抄下全部歌词，全场一起唱道：

"若有天我不复勇往，能否坚持走完这一场，踏遍万水千山总有一地故乡。"

小鲸唱不下去了，想起曾经长达一年的那个梦境。

回家以后，她在微博里写：

我终于可以坦然地和自己说，过往一切，都是无悔选择。

家乡来客

彼时，刚开始做民宿，皇后镇几乎没有几个中国房东，我们的语言优势带来许多中国订单，短短两年里，竟有三分之一的房客来自中国。

说真的，在刚开始做民宿时，我对部分来自中国的订单略有微词：在预订前，网站要求房客向房东打个招呼，介绍自己。其他国家的人都会认认真真说句“你好”，可是在当初，许多中国订单一开头就是“我要预订”四个字，没有其他客气的言语。见不到对方的面孔，仅仅凭借这冷冰冰四个字，是无法打动房东的。

我拒绝了所有类似的申请：抱歉，我只接待会说“你好”与“谢谢”的客人。

黑名单

对于正常的预订，我都会保持着东道主的热情，将自己的联系方式给他们，需要任何关于新西兰的旅行信息，都可以随时联系我。这样做，既因为有种做主人的责任驱使，也暗含一丝“讨好”房客，希望得到赞赏的心理。

时间久了，得到不少“房东人挺好”这样的评价。

一日，头像照片是穿着POLO衫，在登山途中回身嫣然一笑的三十岁男士，发来大约四十条问题，几乎涵盖他在新西兰旅行的所有大小细节：从机场出来后在什么位置打车，什么车最便宜，三条环岛线路优劣势比对，密密麻麻，如同一场名为“新西兰十日游问答大赛”。

他再三表明，请我认真回答这些问题，然后他就可以安排时间预订了。对方一直态度殷切，不断重申着“大家都说中文，和你沟通比较方便”。我耐着性子，勉力维持着热情房东的形象，填写着令人烦躁的问卷调查。其中有几道题他还不满意，催我打电话去向当地活动中心确认，来来回回，折腾了好几日。

可是，当他得到所有答案后，彻底消失了。

说巧不巧，大概两个月后，我在药房上晚班，碰到俩人来买东西。他们二人对我的另一位中国同事态度傲慢，就买一瓶小小的喷鼻雾，也要大嗓门地吼来喊去。这引起了我的注意，走过去一看，其中一位非常面熟，仔细回忆，不就是那位POLO登山男吗？因为当时他发了太多邮件，这张平平无奇却略显油腻的脸给我留下了印象。

我和他们闲聊着，假装不经意地问他在镇上住哪儿呢。他爽朗地告诉我：住一个老外的民宿。

我继续问道：“哦？怎么不住中国房东家里呢？”

他倒是很直白：“出国玩谁还住中国人家里啊？”

我全明白了，和之前的猜测相差无几。

我问他：“你知道我是谁吗？”

那人的同伴瞥了他一眼，一脸看好戏的表情。

男人仔细看了我半天，摇摇头。

“我就是那个当初回答你四十多个问题，还帮你打电话询问不同活动中心，最后自己手机欠费的中国房东呀！一直到现在还等着你的预订呢，原来你已经住其他人家里了呀，那个房东一定很欣慰你竟然这么了解新西兰，做了这么详细的攻略吧。”

我连珠炮式说完，笑眯眯望着他。

这人拿着喷鼻雾，逃也似的夺门而出。

类似的事情并不鲜见，打着各种客气热情套近乎的幌子，来换取你的时间与精力，使用完后音信全无，甚至一句“谢谢”也没有。所幸，这样恶劣的事情极少发生，直到另一家人的出现。

这家人在入住前一个月就加了我的微信，朋友圈里也是一派的岁月静好，我们保持着礼貌的点赞之交。入住以后，我依然热情地以东道主身份给予建议，吃什么玩什么，推荐的都是当地人最爱且划算的地方。

这家人退房后，我的清洁员工发来数张照片：一大堆垃圾凌乱地摊在地上，床单上被泼了黄色的汤汁，桌面上还摆着吃完的方便面盒子，弥漫出浓郁味道。整个房间的混乱程度，在我们已经接待过的数百单里也算得上前三。

客房人员花费了双倍时间去清洁房间，床单也没法要了。网站上有规矩，住客应该保持基本的清洁，类似情况应该索取赔偿。考虑到这一家人与我一直保持着良好的互动，我强压怒气以非常礼貌的态度向他们提出合理索赔，详细解释这笔赔偿的每一分钱花在了哪儿。

他们爽快答应了，付款后将我拉黑，并且留下令人震惊的一段评价：这个房东人都不会做，还学别人做生意。

当评价显示在我的页面上时，一种混合着哑然、惊讶、无奈，甚至还有一点点可笑的复杂情绪升了起来。

这条评价，最后被网站员工删除了，理由是涉及人身攻击与报复。网站发来一封邮件：我们为您这样的遭遇感到抱歉。

说真的，我并不为自己抱歉，只是在内心开始思索一个问题：值得吗？花这么多心力去经营与维护，值得吗？

在开民宿的头一年里，我发过在新西兰最多的脾气，流过最多的眼泪，受过最多的委屈。在急匆匆下班后赶去超市，疲惫地拎着一大堆民宿用品走在寂静无人的深夜山路上时；在打开房门发现惊人的凌乱，头皮猛地一紧时；在已用尽全力赔完所有笑脸后依然看到无礼冷漠的差评时；在被客人的电话吵醒时；在解决完一堆啰唆麻烦时，我总陷入思考，是否自己非常不适合服务行业？那种妥帖地照顾每个人的情绪，把自己放低再放低一点的礼貌而不入心的专业态度，我实在做不到。

我苦恼于自己的一言一行，一个床头柜的摆放位置都能给自己带来无数麻烦：第一个客人抱怨这个床头柜太占地方，于是挪走了。可第二个又要抱怨，怎么和网站上的照片不一样。

我已经厌倦了讨好每一个人。

开民宿时的紧张疲惫心情，与我初踏新西兰某些时刻类似，总会心存敏感地注意着那些注视，放大着每一个词语背后的含义。自己正被不同人的情绪与怪毛病改变着，变得小心，谨慎，紧张，思虑重重，杞人忧天。

暖心女

一个月后，一个叫晓涵的东北姑娘成为我的住客。

晓涵独自旅行，可她并不是一个常见的那种独行侠，一点也不张扬活泼，她笑起来会低下头脸红，穿着打着小蝴蝶结的白衬衫，流露着怯生生的表情。她应该是父母心中最理想的乖乖女，认真读书，毕业后做一份稳定的工作，不用宵禁也会自动在八点前回家。平时最大的休闲方式就是周末和好友去骑自行车，或是逛街吃美食，每一张图，都要认认真真调出食欲满满的样子；有一点小文艺，偶尔伤春悲秋，期待着一份美好却遥不可及的爱情。

她来旅行，是因为到了二十九岁的关卡，忽然对平稳乖巧的人生产生困惑，也对推开三十岁这道门充满忐忑。

于是脑子一热，决定来点勇猛的：第一次出国就去遥远的南半球，一个人。

临到机场才告诉父母，迎来劈头盖脸一顿责备与担忧。

勇气在十二个小时的飞行后消失殆尽，抵达机场跌跌撞撞取行李，跟着大部队一起排队往前走，完全懵懂不知，被海关人员严肃询问“来新西兰做什么”，紧张得只能一个词一个词地蹦。

“来……旅游。”

“具体什么计划？什么行程？”

晓涵没什么具体计划，只想好好给自己一段放空的时间。她在皇后镇待了五天，每天就是下山去湖边晒晒太阳，喂喂鸭子，看见有人卖艺，可以在旁边蹲着欣赏两个多小时，临走时觉得不好意思，给了许多小费。

我平时很少去湖边的民宿，本来和晓涵只是写邮件联系，几乎碰不上面。谁知她入住的第二个晚上，客厅里忽然莫名其妙多出一对美国母女，吓得她赶紧联系我，跑过去一看才知道，原来是妈妈最初预订了我们的民宿，谁知女儿重复预订了另一家，妈妈虽说取消了预订，可是俩人却弄混房间，最后跑来这里。

一场乌龙总算弄明白了，晓涵依然惊魂未定，一个劲儿拍着胸脯。我拉她坐在厨房边的小桌子旁，倒了一杯果汁给她压惊。

她对人毫无设防，问什么答什么，是在温室被照料得极好的小花，不谙人事。晓涵羡慕我在海外那看似悠闲的生活，她认为自己在国企工作总是有许多的复杂暗流，虽然不关她这个小员工的事，可多少会影响到心情，毕竟对年轻人来说，向往的都是清爽利落的同事关系。

我将之前发生的一些客人故事告诉她，明明是一颗真心向明月，却不小心跌进了沟渠。每种生活方式都有其艰难一面，只要是与人打交道的工作，就肯定免不了麻烦。

她认真听完，眼睛亮晶晶的，关切地问我："那你会难过吗？"

我想了想，点点头。

后来几日，晓涵有空时就会来药房等我下班，等待的时候还挑点什么东西，以免"我总来找你，其他同事会说你的"。我告诉她没关系，可她还是坚持着不添麻烦。

我安排另一个来旅游的单身男性朋友和她去吃饭，俩人一起去一家新开的餐厅，分别点了烤排骨与烤羊肉，一端上来吓了一跳，比国内的分量足足大一倍。好好的一顿烛光晚餐，就此变成闷头啃肉，吃完饭后两个人太撑，没说几句话，就各自道别了。

晓涵走的那日，我送她去机场，原本就记错时间，碰巧当天正好赶上修路，十分钟路程开出一倍时间，赶到时，入口闸门已经关闭。

我也是头一次遇见这种情况，和晓涵俩人束手无策地站在机场。她完全没有责备我记错时间，反而一个劲儿安慰："没事没事，也许是皇后镇太喜欢我了，让我留下来。"

后来她另买一张高价机票，临走时我俩拥抱了一下，她悄悄说："回去看看你的车后座。"

晓涵留了一份礼物给我，是她在逛集市时看见的，小小的镂空首饰盒，贴着五彩鲍鱼壳，开关处是一只小奇异鸟，这是非常精致的手工艺品，想必价格不菲。

我在心里笑，这一看就是卖给游客的，这姑娘还傻乎乎买了送给我。

盒子里，有一张字条："小丁，谢谢你的款待，我们有缘再见。"

随着开民宿的时间越来越久，我发现虽然偶有奇葩，可中国住客却是最容易打交道的。他们热情、家常，不像许多西方人那种疏离的礼貌，认为我是客人那么理应获得许多，中国人是自来熟，出门去买汉堡，排了半个小时的队，回来也给你带一份，甚至还有人千里迢迢给我带来一箱湖南辣豆干。

他们是一旦与你建立友好的私人联系后，就会自动代入熟人角色，实心实意去理解你。有一天傍晚，由于雷电将电线杆子劈倒，半片山都停电了，其他西方住客强烈表达出不满，一直发难，只有两个中国住客一个劲表示没关系："嘿，多大点事儿啊。"

我的微信里至今仍有一百多位住客，他们虽然离开了，可是我们却依然保持联系，在朋友圈里彼此关照对方的生活近况。

回到之前那个问题：值得吗？

我后来想，是值得的。与这些住客的你来我往间，我也在学习如何从书本里走出来，放下对"人"的刻板执念，到真实世界与复杂打交道，我们遇到的所有人，都如同一面镜子，照见我们自己。

邻里关系奇事多

不止一个人抱怨过，开民宿后与邻居的关系就微妙起来。

朋友在法国巴黎中心区短租出自己的小公寓，时常有住客不懂法语，晕头转向不小心按了邻居的门铃，刚巧邻居是个独身居住的毒舌老太太，总用含糊不清的法式英语赶得人落荒而逃。

在中国尝试民宿经营的朋友，则吐槽自家邻居太“热情”，每次有住客入住，都能看见邻居的窗帘“腾”一下拉起来，一丝缝里露出一双炯炯有神的眼睛。没过几日，小区里开始流传起“5栋602的那个小姑娘，家里成天来些陌生人，也不知道是做什么的”这样的流言。

皇后镇的民宿风潮太热，大家都司空见惯，只要你别侵犯我家利益，随你怎么折腾都行。平时见面打招呼该有的礼数一个不少，可一旦稍微越了边界，邻里情立马扔到脑后，直接投诉到政府去。像我这类初来乍到不过数年的“外国人”，常常如履薄冰，生怕惹恼邻居大人。

停车风波

湖景别墅那条街有十几户，几乎都属于公寓型，为了争夺最佳观景角度与最大化土地利用率，当初建房时直接不留花园空间，尽可能地修建房屋，一户户挨得极近，停车位就成了个麻烦。

按理说，政府规划道路时，会将禁止停车的位置画上黄线或红线，换言之，家门前未画禁停标识的则表示可以停车。别墅门前走个三十秒是上坡路，绝大部分车都停在那儿，也是距离大路最近的出口。家门前是条下坡路，可以通往下坡房屋片区。别墅就处于这上下坡相交处，看起来没有自己单独的停车位，但又好像哪里都能停。

就是这上下坡停车问题，掀起千层浪。

接手湖景别墅时，盈盈姐再三嘱咐，只有上坡路可以停车，千万别停到下坡路或黄线上，不然麻烦很多。她没细说原因，但我也就跟着照办，仅仅是停车须知就写了几百字，还时不时去检查一番，看到有租车字样的车违规停放，就心惊胆战，立马发短信挨个儿询问是谁的车。

有一天，装了一车厢的杂物拿去湖景，为了图省事，我直接停在自家车库门前搬东西下去，没过一会儿，只听砰砰砰拳头砸门声，打开门一看，是个看起来十六七岁的小胖子，长得像个软乎乎的馒头，自来卷的蘑菇头特别喜感。

“你知道这里不能停车吗？”小胖子义正词严地开口了，声音却像小女孩，有点尖锐，如同撒娇似的把每个音拖长。“我住在下面，”他指指下坡路深处的一个白房子，“你这样会影响我们的生活。”

我赶紧道歉，表示会马上挪开。

小胖子见我态度良好，大度地挥挥手表示：“我允许你再多停十分钟，但是不能更久了，不然我妈妈就要投诉你了。”

目送着小胖子雄赳赳气昂昂的背影，不远处的白房子前站着一个非常高大的棕发女人，抱着胳膊，抬起下巴绷着脸望着我们这个方向，应该就是他妈妈了。

也许是听见了我们的对话，美国住客汤姆走了出来，他在美国做公务员，特爱凑热闹，大事小情都要来指点一番，那几日如果谁做了饭不洗碗，也归他主持正义，碰到我这事，更不能错过机会了。跑到门前观察一番地理环境后，正义使者汤姆告知我，其实我没有停错，我停的是车库门前入车区，属于自己的房屋范围，没有干扰到进出口，也没有任何标识显示禁止停车。换句话说，我刚才不该道歉。

“你邻居真有意思，还给你十分钟时间勒令挪走，他们以为自己是谁？！”汤姆愤慨谴责，恨不得去帮我扳回一城。

经过此事后，我对白房子邻居留了个心眼儿，数次观察后发现，那个身高一米八的高大女主人有三个孩子，除了小胖子，还有两个女孩，年龄看起来有十一二岁，他们进出开着一辆巨型卡车，也许是这个缘故，让她对所有可能“危害”到她的卡车进出的事都格外紧张。我从未见她露出过友善表情，偶尔开车从我们门前经过，可以看到她也扭头在观察我们屋里的状况。

我向每个住客们不厌其烦地告知，上坡路有足够停车位，甚至画出地图，贴在所有他们看得到的地方，如此相安无事数月。

可我依然忐忑，一条亘古不变的定律虎视眈眈盘桓心头：所有可能存在问题的地方，都一定会发生问题。

那日，我在希望街筹备新客人入住，大概一个小时后，电话铃声大作，是客房打扫员工安娜，她的声音听起来格外急迫。

“丁丁，有客人将车停在下坡路口，邻居现在要去投诉了。”

那个高大女人怒目圆睁的样子立马显现在脑海里，我一边让安娜先稳住邻居，一边迅速在手机里查询当日入住的客人信息：一个中国家庭，一对澳洲母女，三个新西兰年轻人，还有一个伦敦独行侠。

独行侠没有开车，平时都是走路上下山，我将目标瞄准另外三户。

回复最快的是中国家庭，现在正在开车去箭镇的路上。另外两户迟迟不回我，安娜那边眼看就拖不下去了，我心里又急又恼，千叮咛万嘱咐别停在下坡路，如今可好。

可是抱怨归抱怨，我赶紧让陈先生和我一起过去，人多好办事，谁知道那女人会不会用新西兰人最擅长的橄榄球冲撞式将我放倒在地呢。

他倒是不急不慢：“自己不遵守规矩，被拖车罚款也是教训。”

话虽如此，他还是过去了，到了以后，只见安娜正手足无措地站在门前，那女人的大卡车横在路中间，她在一旁抱着胳膊扬扬得意，仿佛终于逮到我们的痛脚。我们发现车子雨刷上贴了一张字条，言语非常粗鲁：“这里不能停车！！你挡住了我的路！！赶紧挪开，否则我就报警！！”

一看就知道是谁的杰作。

过了十五分钟，政府负责停车问题的工作人员来了，头发花白，戴着眼镜文质彬彬，在气温十几摄氏度的天气里依然满头大汗，见到当事人双方都在这儿杵着，他连连抱歉自己的晚到。“刚刚才解决了一起停车问题，赶过来花了点时间。”他用手帕擦着额角，有点气喘。

皇后镇旅游业蒸蒸日上，苦了这帮公务员，他们每天马不停蹄地处理各种停车投诉问题，仅仅是游客违规乱停的案子就比以前多了数倍。按理说，我们这种小案子根本劳烦不到他们，但邻居女人不依不饶，非得给我们个教训。

白发先生绕着看了一圈，拿出本子写写画画了一会儿，忽然发现邻居女人的大卡车正横在路口，他用笔指了指车："女士，这是你的车吗？这里可不能停。"

那女人一听，火反而烧到她身上了，不情不愿去发动车子，临走时摇下车窗瞪了我们一眼，眼神里全是威胁。

我赶紧冲工作人员赔笑脸，解释是住客不懂规矩，肯定会尽快挪走。他无奈地苦笑一下，反而来宽慰我们："我已经是第四次来这里了，那位女士非常爱投诉，你们周围几乎所有邻居都被投诉过，我们都习惯了。"

原来，这条路当初规划时不够完善，留有许多灰色地带，加上地理位置复杂，政府没有严苛画出禁停区域，所以大家都会约定俗成地将门前一片土地当作自己的停车位，即俗称的"off-street car parking"。但邻居女士买了辆大卡车，如果谁家门前停了车，她经过时的空间会很狭窄，于是严令所有人不得停在这条下坡路上。

"可是，也希望你们可以理解她。"他喝了一口水，现在才把气喘顺了。

她是一个单身母亲，自己独力养活三个孩子，以前是街道清洁工，最近几年民宿风潮热，她买了一辆卡车，自扯大旗开起一间民宿管理公司，手上打理着七八套度假屋，几个孩子放假时就会帮妈妈工作。一家人都不太好相处，他们自给自足形成个独立王国，妈妈一触即发的凶狠都来自这生活，她像一匹守护自己领地的母狼，随时准备龇牙吓退敌人，不管大事小情，统统都按照一级警报去办，这样才能确保生活正轨不受影响。

这位工作人员很难判断我们住客的停车方式是对还是错，决定不出罚单，只是简单叮嘱一番后，又赶去下一个案发地。那个案子要复杂得多，听上去是一辆房车横着停在镇中心，占了三个车位，有人拍了照片发到社交网站上，底下一片评论，都是对政府部门办事不力的谴责。

直到傍晚，车的主人，那对澳洲母女终于回来了。妈妈腿脚不好，走路有点瘸，估计女儿就近停车也是这个原因。一大早俩人搭乘大巴去峡湾，一路上没有信号，懵懂不知发生了什么事。

拿着那张写满感叹号的字条，听我描述完这一天关于她的停车保卫战，女儿愤愤然想去找邻居女人讲道理。

我赶紧拦住她，像那位工作人员似的苦口婆心劝道："你们有难处，我们费了劲，政府上了门，邻居也有她的理由，算了吧。"

这世上，就没有容易的人呀。

新西兰也有"居委会"

皇后镇的不同生活区都有自己的社区管理会，由住在那一片的业主主理。大多是一些热心公共事务有一定社会地位的居民，平时主要做的事就是参与政府会议，积极维护自己片区利益，有时还会热心检查一下谁家的篱笆被悄悄改了颜色，屋前的草坪不够平整美观，如果发现有问题，就及时汇报给相关部门。可说真的，我在希望街住了大半年，至今都没见过传说中的社区管理会的人，倒是一些普通户主干起了操心大众的活儿。

刚搬进希望街的第一周，我在家哼哧哼哧安装茶几与椅子，只听有人在敲门，非常有节奏的三长两短，还以为是谁在发摩斯密码。

打开门一看，是个矮个中年男人，穿着一件米白色T恤，肚子被撑得浑圆。那时正是盛夏午后，他额头上冒出豆大的汗珠，紧身T恤也被汗打湿了，整个人看起来就像是从水里捞出来的白馒头。

“嘿，我是住在隔壁街的杰克，你好吗？”他提高嗓门，热情地伸出手。

我暗想，难道美剧里那种刚搬进新街区，就有邻居上门送松饼与小蛋糕的事发生在我身上了？可仔细一看杰克浑身装备除了一副耳机，手上拿着个小本子，没见到别的。

杰克压根儿没猜到我心里的小九九，他翻出自己的小本子，介绍来意。

原来，最近膝盖受伤在家休息的杰克发现自家网络非常慢，问了周围几户，竟然也出现同样情况，热心肠的他决定挨家挨户做一个细致的统计，上报给服务公司。我已经是第三十二户了，他的纸上密密麻麻写满门牌号与对应的服务公司，还有描述网速情况的说明：好，一般，差。

有一些户主不在家，杰克细心标注，换个时间再去。

我向他解释，自己刚搬进来，网络还没有设置好，所以目前给不出有效意见。他一听，连连表示没关系，自己可以过几天再来，或者如果测试以后我发现网络不好，去他家门口留个条子也行，到时候把我加进名单里，让服务公司统一解决。

离开我家，“白馒头”杰克将耳机戴起来，哼着歌，一瘸一拐地继续去敲剩下的五十五户门去了。

湖景别墅也有个“热心杰克”，是一个说起话来如机关枪的四十岁男人，每次见面总是穿着一件条纹衬衫，头发梳得一丝不苟，佝偻着背，神色严肃郑重，如同随时准备与生活谈判。

这回他找上门，是为了一件大事。

麦斯威尔路上坡有一片黄金空地，空置许久，占据着最佳观景位置。这片地在房屋林立的皇后镇山上尤显珍贵，人们都知道它一定会有建起房子的那一天。

这一天比想象中来得要快。大概六个月前，建筑工人们扛着工具开始乒乒乓乓施工了，从打的地基与框架可以看出来，一定是造价不菲的高档房子。坊间流传这是一个海外投资客的项目，造价过百万纽币。皇后镇有许多神秘的外来买家，买下大片土地，修建起奢华昂贵的别墅，人们见怪不怪，虽然偶有抱怨这些海外人士正在“侵吞”新西兰土地，但一直相安无事。

真正惹恼“热心杰克”的却是这位神秘人士竟然想要砍掉屋前那两棵树，这可是要紧事。

两棵树长在公共区域的山坡上，约四层楼高，郁郁葱葱有些年头了，平时除了秋天落叶容易堵塞街道下水道，也没有惹过什么麻烦。不巧的是，它们刚好挡住新建房子的视野，将无敌湖景挡了个严实。

海外客当然不高兴，百万造价就是为了那二百七十度顶级湖景与山景，他给政府打了报告，要求砍掉这两棵碍眼的树。

在很多人眼里，树只是树，是随处可见的植物，是沉默的木头，但在一些新西兰人眼里，树是有生命的灵魂，树叶摩擦婆娑是在与人对话。《指环王》电影里被魔族疯狂砍伐，最终从沉默中爆发起来复仇的树神们也代表了许多新西兰人对待环境的态度，他们认为山河湖海动植物都是新西兰的守护之神，不能因为个人私利肆意破坏。

“热心杰克”就是这类观点的拥趸，当他得知政府批准砍伐这两棵树以后，非常愤怒。

他写了长达两页的反对信，一一细数不该砍树的种种理由，最后还升华到了政府不该以破坏环境为代价去讨好海外投资客，这是对本地人的不公平云云。

信写完了，他挨家挨户敲门请求联名签字。每敲一户的门，他都会噼里啪啦将信念一遍，有些人等不及他念完这冗长的讨伐书，就赶紧签名了事。我却很好奇，他干吗要做这件事？

“你说，如果新西兰有一天失去了环境，那还叫新西兰吗？”他愤愤然对政府表达不满，顺便还谴责了一下贪婪的、不懂新西兰人环保价值观的海外客们。

我看着窗外那两棵高大无辜的树，也觉得有些不忍。可换个角度想，人家要求砍树也没有错，毕竟，挡着的是别人的风景，不伤我们这些旁人的利益，似乎也没有资格去指责。在送走“热心杰克”后，我上网搜索了一下新西兰关于保护环境的故事，惊讶地发现新西兰人对环境近乎极端地保护，比如，新西兰历史上数次最出名的游行活动都与环保有关，人们抗议水电站可能会影响当地生态，抗议核试验会破坏水域，他们不管经济效益如何，只要危害到环境，就摇旗呐喊反对。

最终，“热心杰克”凑齐了整条街道的签名，满意地交了上去，他专程上门致谢每个签名的人，赞扬大家都是热爱环境的好人。

大概一个月后，我再次来到湖景别墅时，发现两棵树已经不见了，只留下两个硕大洁白的树墩子，地上凌乱散着一丛丛连着绿油油树叶的树枝，伤口还是新鲜的。“热心杰克”颓然地站在边上，低头叹息。

至于那个海外客的房子，外墙已经贴好仿石头的装饰砖，在阳光下熠熠发光，看起来非常神气。

Wanaka 湖边

特意带了明信片去拍照，结果正好捕捉到了和明信片一样的角度和太阳位置

Chapter 05 甜蜜的忧思

所经之路，

都是必经之路。

既然如此，

何妨沿途看风景。

分分钟需要你

去机场接阿珊的时候，正下着入春时的第一场雨，薄雾升起，周身笼起湿气。皇后镇的冬季过长，像一首尾声久久回荡不愿落幕的歌，让人无可奈何。我在机场大厅里翘首等待着延误的飞机，望着停机坪上轻轻泛起的水汽，不知道为什么想起张爱玲写的一句话："雨声潺潺，像住在溪边。宁愿天天下雨以为你是因为下雨不来。"

我们在打工旅行的第一年认识了阿珊，那时候在奥克兰的青年旅社里，一众年轻人成日聚在一起玩乐，弹吉他，开比萨派对，周末拼车去超市买足够一整周吃的打折菜。青旅里的人来来去去，圈子却就这么大，几乎每个人都知道阿珊与小毅——那对很酷的香港情侣。人们津津乐道地谈论他们的旅行方式，两人每年换一个国家打工旅行，在一个地方临时落脚工作，什么都做过，反正只要能赚钱就行，接下来再上路，非常潇洒，自由如风。

尤其令人们羡慕的是，他们俩仿佛标准模板旅行情侣，一起经历旅途的快乐、孤独、惊喜，共渡难关，彼此支撑。

在四十分钟以后，终于见到了阿珊。她比四年前白了许多，还胖了一点点，记忆里她的头发永远是只够扎起一个小鬏鬏的长度，长了就会剪掉，绝不能影响旅行。现在的她梳起温顺的马尾长发，原先那个黝黑的流浪形象消失殆尽，站在我们面前的是一个普通的平凡的日常的阿珊，唯一熟悉的只有那爽朗的露齿大笑。

我们礼貌地拥抱了一下。其实说真的，我与她以前也并不太熟悉。她总和小毅在一起，两个人都很自来熟，随时可以加入任何聚会，尤其是小毅，绝佳的口才与丰富的旅行经历总会让他成为一群人里的焦点，阿珊则会在一旁笑眯眯望着他，眼神里既有崇拜，也有点像看一个小孩在炫耀玩具般的温柔。我非常慢热，在不熟悉的环境里总是沉默，要不是因为陈先生和他们聊得来，他俩估计都不会记得我。这回重返新西兰，阿珊却在网上先联系了我，在我发布的希望街民宿消息下，她直接回复其中一张照片：等我来。

和其他那些说说而已的人不一样，行动力超强的她说来就来了，拎着个蓝色箱子。我对这个箱子记忆深刻，上面曾经粘满她去过的国家的贴纸，花里胡哨，在青旅里非常显眼，如今几乎都被抠掉了，只剩贴纸黏胶留下的不规则白色印子，一块儿接着一块儿，像太平洋上随洋流漂浮的冰块，毫无原因地彼此相遇，再彼此分离。

见我向她身后不自觉地张望，阿珊笑笑说："就我自己。"

那些往事

阿珊与小毅最初是中学学姐和学弟的关系。小毅是校园风云人物，很受女孩子欢迎，五官棱角分明，不是时下流行的白净斯文。他皮肤黝黑，带着股张扬倔强的少年气，眼神却很温柔，说话时会凝视着你，是港产青春片里常见的那种男孩子，学习不太好，但贵在心智单纯干净，总将书包斜挂在一边肩上，倚在墙边等你放学。

阿珊相对而言就很普通了，相貌平平，也不懂撒娇，戏份顶多算女主同班同学，连闺蜜团都算不上。不够聪明的她，唯一表达喜欢的方式就是为小毅做所有可以做的事，比如陪他打篮球，之后再把汗湿的篮球衫带回家洗。

当小毅与大自己一岁的学姐阿珊走在一起时，跌了不少人的眼镜，伤了不少女孩的心，坊间流言四起，笃定俩人毕业就会分手。人们一厢情愿地预测他人感情走向，好像关自己什么事似的。

中学毕业后小毅学了信息技术专业，早早去一家铜锣湾的科技公司工作，一做就是四年，也是很长情。每日忙碌穿梭于地铁站与公司之间，像蚂蚁一样淹没在人群里。头发用发油梳得一丝不苟，穿着长袖白衬衫，将袖子松松挽起来，露出的胳膊还能看到经常运动留下的肌肉线条，可是很久没有动过了，能感觉到肌肉正在消解为脂肪。

说是科技公司，其实主要业务是客服，解答客户的电脑问题，有时需要上门维修。小毅脾气不太好，心里还藏着个傲气张狂的少年，面对一些笨蛋客户时总是压不住气，在经历了数次投诉与公司警告后，他收敛了一些，偶尔还会自嘲“对客户好过对老母”。

香港生活压力这么大，每个人都被磨得不敢有怨言，靠心头一个“勇”字撑住，不就是为了糊一个口。

阿珊相对而言境遇好多了，她在社区诊所做护士，温顺的性格颇讨小孩子与老人喜欢。可能是基督徒的缘故，她很少抱怨，对现状很满意，相比起周围许多为生计与感情发愁的朋友，她觉得自己运气足够好，时时感恩，认为一切都是主的恩惠。

正值香港酷暑，吝啬的老板连冷气也不舍得开低一点，小毅满心烦躁，电话那头是个连如何联网都不懂的客户，态度却很傲慢，抱怨小毅讲得不够清晰：“你到底得不得（广东话：行不行）啊？”

这句话如一个惊雷，小毅已这么努力去忍耐生活，忍受自己的平庸，却发现一切都是徒劳，在其他人眼里，他是一个“不得”的人。

所有被强行按压的火气都在此刻爆发了，去他的，什么都不管了，一切都清晰起来：为了风水而放在墙角的鱼缸，几条金鱼安静游过去；窗外无数格子窗口被放大，再放大，里面全是麻木的疲惫的脸；在同事们惊愕的目光里，他冲向老板办公室，由于巨大的冲撞力办公椅在原地微微打了个转；电话那头传来嘟嘟嘟气急败坏的挂断声。

小毅很有骨气地什么东西都没拿，大半个月的工资也不要了，起身，走人，临走时回头冲大家打了个响指：“走就走得有型点啦！”

那天傍晚，阿珊在医院门口看见等她下班的小毅，夕阳照在他脸上，下颌的棱角在阳光切割下越发分明，西装斜搭在肩上，头发凌乱着翘了起来。

时隔数年，少年小毅好像又回来了，年轻，张扬，意气风发。

俩人去吃了以前读书时常吃的牛丸面，买了两杯冻奶茶，沿着维多利亚海港散步，彼此都没有说话，直到小毅开口，提了一个建议。不，一个决定。

“我们去旅行吧，两年，或者三年也可以。”

阿珊不知如何作答，她理想中的步骤没有旅行数年这个选项，按理说，工作累是累，但是每年出去旅行一两次就够了，这样也很好呀。况且旅行之后，回来也要重新适应香港的生活节奏，反而比其他人更慢了几拍，难度恐怕会很大。

两个人一时陷入僵局，小毅大概也猜到阿珊的想法，试图说服她：“旅行结束以后，我就会心定了，将来可以好好工作。”

阿珊还是没有说话，她在等待一个更能让她肯定的理由，可是等待的是什么呢，她也说不清。冻奶茶已喝到底，很快就要走到巴士站，眼看今晚的谈话进入死角，恐怕之后也很难有结论了。

小毅犹豫着开了口，像站在河边迟疑的人，轻轻伸出脚，尝试着点一点水面，想知深浅有几分。

“回来之后……我们结婚。”

海风轻轻吹来，持续了一整日的暑热在夜里散去，满身星光的游轮在海面上缓慢滑行。

一个值得记住的夏日夜晚。

故地重游

接阿珊回家的路上，我们顺路去了一趟超市。说来也好笑，作为新西兰最知名的旅行目的地，皇后镇真正拥有大型超市竟然是这一两年的事，在此之前，如果想要买齐自己所需要的各类用品，需要东奔西跑十几公里才行。但是真正让阿珊惊诧的是这里的变化，机场附近建起大型购物中心，满街都是车，市中心还有了红绿灯——之前皇后镇可从来没有交通信号灯的。唯一没有变化的是卓越山与瓦卡蒂普湖，无论世界如何变化，人们对它们还是心有敬畏，不敢造次。

阿珊兴致高昂地回忆四年前来皇后镇旅行时的模样，仿佛是春夏交接时节，她与朋友们开着在奥克兰淘的三辆破车，一路哐当哐当开到了南岛。当时皇后镇恰逢旅游淡季，街道安静缓慢，游客也不算多，看起来只是一个稍微成熟完善点的镇子罢了。中途有一个同伴的车抛锚，无法继续上路，众人只得在此多停留一周。幸亏当时皇后镇住宿还算方便，青旅的价格尚合理，床位也充足，每天傍晚，一群人聚在青旅旁的空地上野餐：将在超市买的速食品摆在特惠广告纸上，配着三两个餐烛，围坐在草坪上嘻嘻哈哈地吃着。

那段旅行的日子很简单，虽然荷包空空，却不困顿。相比起在香港穿白衬衫打领带的生活，小毅在旅途中变成另一个人，得心应手，游刃有余。他是个天生的旅行者，能够迅速结交朋友，收集所有人提供的有效信息后再行判断。他仗义热心，乐于向初来的新人伸出援手，时间一久，成了打工度假圈里的“小毅哥”。

不怕吃苦的小毅会主动申请薪水高一点也更辛苦的工种，他还专门去干传说中最辛苦的工作——在酷寒冬季给葡萄绑枝。阿珊精打细算，认真做攻略查出所在城市的超市与比萨店周几有特价，手机里随时备有一堆快餐店优惠券。

两个人将旅途的苦熬作甜，随着在路上的时间越来越久，香港的繁忙也越来越远，简直快成了另一个世界的事了。

阿珊给我看她电脑里还保存着的视频，记录旅途时大伙疯狂的瞬间，比如女生们一起爬到山顶，背朝镜头脱下所有上衣，张开双臂，对着山谷喊“耶”；有人打赌输了，从沙特欧瓦河的桥边纵身跳下，再在哄笑里哆哆嗦嗦抱着胳膊爬上岸的狼狈样。

青春，这东西如兴奋剂一样令人变得白痴又可爱。看着这些影像，我在心里竟然不自觉地升起一种“年轻真是好啊”的喟叹，其实也不过就是三四年前的事而已。

视频一个接一个自动播放，我俩看得兴致勃勃。直到这段视频：

大家在瓦卡蒂普湖边的石滩上喝啤酒，拿出手机放音乐，一首接一首齐声唱着歌，梁静茹，周杰伦，陈奕迅，俨然是个露天KTV。喝完一瓶酒后的小毅，借着酒劲蹦起来，拿起瓶子当话筒，用不标准的港式普通话一本正经地说：“接下来，我要给大家献上一首……”众人大声起哄，录视频的阿珊也笑得不得了，镜头摇晃得厉害。小毅作势去踹一边叫得最大声的人，扯着嗓子说完：“别吵别吵，我要开始唱了。”

“愿我会揸火箭，带你到天空去，在太空中两人住……”

视频外有人大喊：“难听啊，退票啦。”又是一波大笑。

小毅假作夸张的投入深情模样，看起来反而很搞怪。

“有了你开心啲，也都称心满意，咸鱼白菜也好好味。”

他唱着，视线偷瞄手机上的歌词，又有人起哄“忘词啦”。一旁路过的西方年轻人喝醉酒，互相抱着歪歪扭扭挤过来，对着镜头挥手做鬼脸，大喊“耶”，现场一片混乱。

小毅丝毫没有受到干扰，坚持跟着节拍唱。

唱到那一句，他忽然抬起头，四处找寻阿珊。

“我与你永共聚，分分钟需要你。”

他手里拿的手机屏幕亮着，照着脸与眼在夜色里明亮，背后是一浪又一浪翻滚而来的白色潮水，星空明朗。无数的喧嚣里，他的视线穿过嘈杂人群，找到阿珊，凝视着。

“分分钟需要你。”

这歌声从四年前的时空旅行里传来，带着遥远的、熟悉的感觉扑面而来，当视频播放完毕，一切从喧嚣瞬间跌至寂静。

阿珊主动点击下一个视频，将这种令人不安的寂静快进了过去。

吃过晚饭后，我嘱咐阿珊早早休息，以便调时差。她提出可以去因弗卡吉尔。“这个季节说不定还有鲍鱼，我们去碰碰运气啦。”阿珊说。那里是新西兰最南端的城市，毗邻海边，沿岸礁石布满手掌大小的鲍鱼，许多人专程去那里捡鲍鱼与青口贝，回家后用葱姜爆炒就是一道鲜美佳肴。想不到过了这么久，阿珊还记得这样的细节。

怎么会不记得呢？小毅向阿珊求婚就是在因弗卡吉尔。那时他们的新西兰打工旅行生涯已近尾声，在经过数次探讨后，俩人一致决定，需要结束居无定所的生活，在回香港前再环一次岛。抵达因弗卡吉尔时恰逢当地盛事，镇上所有旅舍全部客满，囊中羞涩不够住酒店，索性睡在车上，将座位往后放倒，钻进睡袋就能成一张简易床。

他们将车开到离镇最近的海滩，安顿下来。

即将睡着的时候，阿珊感觉到小毅在一旁用胳膊轻轻推她。

恍恍惚惚听到他说了句什么，声音如同从遥远的地方传来：

“我们回香港就结婚吧。”

其实阿珊后来回想，半梦半醒时的记忆不一定准确，也许小毅的原话不是如此，反正肯定不是什么很让人感动的话，要不然也不会如此印象模糊。

她总是玩笑着告诉别人，小毅是趁她做梦时求的婚：“很没有诚意，早知道就不嫁给他啦。”

也不知这玩笑里有几分真。

回到香港后的生活乏善可陈，两个流浪者重新投身到都市繁华中，手足无措，站在汹涌人潮前要努力适应种种不真实，挤在地铁里，怀念起新西兰那广阔山野。想象中旅行改变人生，让之前的困境得到答案，让灵魂获得自由的故事，没有发生在他们身上。

阿珊重操旧业，进入一家私人疗养院做护理员，小毅从得心应手的旅行能手状态重回困顿局面，他尝试过不同工作，去保险公司做销售，到健身房做教练，甚至还跟一个朋友当过一段时间“水客”。他以为自己可以轻松适应香港的节奏，旅行时多么突发的情况都能解决，何况这从小长大的地方？可事实却告诉他，工作的确遍地都是，但很少有心仪的，满大街都是为了克扣电费而不愿开低冷气的吝啬老板。七个月的寻觅与碰壁后，小毅终于在中学同学家的物流公司找到一份办公室工作，又一次回到了穿衬衫打领带、头发要抹发油的日子，又一次成了人群里的蚂蚁。

三年旅行生活就像在他与阿珊的人生里打了个滑，什么都没有留下来，两个人绕了一个大圈，回到原地。

故事说到这里，我忽然想起很久以前，一群朋友聊起阿珊与小毅，有八卦者下定论他们必定不会以欢喜收场。原因很简单，心理学上的“罗密欧与朱丽叶效应”曾解释过，如果有种种外力阻止二人在一起，他们感情会更亲密，但是一旦回归平淡，反而不易走下去。

可他们还是结婚了，超出这部分无聊人士的意料。这么一想也好笑，好像两人的感情世界里，永远充斥着旁观者的无聊揣测，永远有人不看好他们的感情，哪怕他们已走过千山万水，也总有人在提醒着，山与水的背后等待着妖魔鬼怪。

小毅兑现了旅行时的诺言，他们和其他人一样在维多利亚海港边拍婚纱照，摆十桌酒席，穿传统广式褂袍，向家里老人下跪敬茶。有几个一起打工旅行的香港朋友去参加了婚礼，他们说婚礼现场很热闹，阿珊一直忙前忙后照顾宾客，临近结束时，小毅跑来这一桌喝到醉，大哭许久，怎么劝也劝不住。

他们还说，当晚所有红酒都来自小毅工作过的酒庄，可以闻得到新西兰雨水的味道。

我们第二天启程去了因弗卡吉尔，本来出门时还是阳光明媚，走到半路，天气阴沉起来，眼看就要来一场大暴雨，可这时沿途返回已不现实，只能走下去。靠近终点时，雨水终于砸了下来，噼里啪啦打在前窗玻璃上，雨刷开到最大也是徒劳，雾蒙蒙的前路能见度极低，我们勉强将车停在路边，紧挨着一个农场的防风林，约五层楼高的树林哗哗抖动，无数树叶在空中乱舞。

为了排解等待的无聊，我将手机蓝牙打开，放起歌。

当《分分钟需要你》响起在狭小车厢里时，我顿时慌乱起来，这是前一天看了阿珊的视频后，我自个儿搜出原版听了一遍，顺手存了起来，却没想到此刻会在这情境下放了起来。可若是赶紧关掉，又会将尴尬放大到无可遁逃。

我只得硬着头皮听下去，假装擦玻璃上的水雾，阿珊很沉默，像是在欣赏雨，也像是在听歌。

有你在身边多乐趣，
若有朝失左你花开都不美，
愿到荒岛去长住……
有了你开心啲，
乜都称心满意，
咸鱼白菜也好好味，
我与你永共聚分分钟需要你……

2016年上半年，阿珊开始频繁更新旅行动态，去日本看演唱会，到泰国逛夜市，在台湾骑摩托车，更新速度比在新西兰时多得多。镜头里的她和以前无两样，身旁却无第二人。八卦无聊的人们敏锐捕捉到这些变化，再加上她的密友常在回复中调侃："珊姐，有没有碰到帅哥呀？"

便已猜到了几分。

这世上的情爱故事，走向竟然可以无聊枯燥到这地步。

结婚后的生活节奏快速，小毅越来越忙碌，旅行时锻炼出来的统筹安排能力在工作中派上用场，很快被提拔为小头头，两人甚至开始商量搬出父母家，自己出来租房。当阿珊查出来怀上宝宝时，站在医院门口深吸一口气，她心里充满期待，也怀有忐忑与犹疑。这一切距离理想生活蓝本越来越近，眼看就要成为一个完满的圆，小毅却掉链子了。他将这个圆，轻巧地劈开了。

敏感的阿珊可以感觉到小毅的变化，他在家中疲态十足，工作是一部分原因，但还有一些说不清的因素。你知道，当一个人的热情消退时，他眼神中的光芒会渐渐黯淡。

可是阿珊还能做什么呢？婚姻远比恋爱麻烦，她累了。

小毅与另一个女孩子在街头同喝一杯奶茶的时候，撞上阿珊的同事，香港这么小，看个电影逛个街都会碰上一堆街坊邻居。出轨这种事，怎么可能瞒天过海？

同事欲言又止却迫不及待的表情，让阿珊长达数月的猜测落了地。小毅的变化明显，回家越来越晚，手机成天藏在口袋里，半夜会躲去洗手间接电话。总之小报杂志上教授的判断另一半是否出轨的信号，小毅样样都中，毫无技巧可言。

印证猜想后的阿珊很愤怒，她去找小毅的妈妈吵闹，试图寻找后援，怎知老太太护儿心切，认定是阿珊孕期疑神疑鬼。她也试图找到小毅的新女友，结果让人意外——他不止一个女友，有同事，有工作中认识的客户，甚至还有常去的那家蛋糕店的实习生。

阿珊心中更多的是困惑，他们在一起这么多年，从中学走到三十岁，经历过那么漫长的旅途，彼此曾是最好的同伴，相互扶持，当一切尘埃落定时，却出现这样恶俗的桥段。

她觉得恶心，也可笑。笑自己，也笑小毅。

“他始终没法心定。”

生活的平淡琐碎磨灭了爱，一个始终追寻在路上的人，在婚姻里也选择了另辟蹊径再出发。

至于肚子里的宝宝呢？阿珊没有说，我们唯一知道的是，她只身一人，拎着那个蓝色箱子，离开了家。

小毅至今也还是单独一人，离婚后的他并没有再与谁认真开展新的感情，总是分分合合，不再长情。关于他的传闻有许多，可谁也不知道真相是什么。据说小毅曾向朋友诉苦，自己只是玩玩而已，以为阿珊会多给他一次机会，两人在一起那么多年，怎知这次一向包容他的阿珊竟断得这么彻底。

小毅大概忽略了一个事实，那趟三年的旅行，不只是他，阿珊自己也在旅程中有了变化，比如更果断坚定，比如离断彻底。

从某种程度上来说，阿珊才是真正在旅行中找到了内心力量的人。

当阿珊告诉我这些故事的时候，我们坐在因弗卡吉尔的海滩边，刚下过雨的潮水正高涨，根本不可能下海去捡鲍鱼。我俩小心翼翼爬到一块儿较高的岩石边，那里有更好的风景。面前一片灰茫的海洋，灯塔在波浪里上下摇摆着，渔船全部靠在岸边，整个世界空无一人。

“你知道在圣经里，宽恕还有什么意思吗？”阿珊问。我摇头。

“宽恕，也有放过的意思。我后来想，放过他，其实也是放过我自己。”阿珊在离婚后的很长一段时间，总去教堂沉思，摊开自己的伤痛给上帝看，祈求恩赐。在独处的日子里，过往种种如潮水一样时时出现在心里。中学时那个眼神明亮的他，旅行中勇敢振奋的他，婚礼上痛哭流涕的他，下班后疲惫瘫倒在沙发上的他……当潮水反复冲刷记忆后，一些真正的事物如沙滩上的贝壳般显现出来。

天启来临，在某一天，她想通了。

“我忽然明白，他不怕挨苦，也不怕痛，可他害怕发现自己其实只是一个平凡人，害怕生活的压力。他太懦弱，无处可逃。”阿珊长长叹一口气。

“想到这儿，我原谅了他。”

我们看着眼前这片海，暴风雨后，终于，渐渐归于平静。

明天也请多多关照

微信里时常有些标题耸动夺人眼球的文章："震惊！×国高薪疯抢×翔技校毕业生""年薪五十万的搬砖工作，就问你心不心动！"内容大同小异，就一个主题：中国那些看起来满大街都是的技术劳动者在国外高薪又抢手，如果你会修个水龙头、开个挖土机，分分钟就能成为人生赢家。

这些文章虽然用词乍呼，但却不无道理。至少在新西兰，劳动力紧缺让雇主头疼，不要说技术工人，就连普通的体力劳动者都严重短缺，一个普通清洁工人时薪可以达到人民币近九十元，却依然招不到人。皇后镇作为新西兰核心旅游区域，无论是酒店业还是零售业，都对员工需求极大，本地杂志上永远有几个整版是招聘启事，常年需要前台，客房打扫与服务生。

还有走投无路的企业主在报纸上呼吁，应该允许旅客们来新西兰打工，这样既可以解决用工短缺困难，还能让他们真正体验新西兰的风土人情。我和陈先生边吃早餐边读报纸，看到这些企业主愁眉苦脸的模样，笑话新西兰人太天真。

想不到没过多久，我们也成了其中一分子。

当圣诞气氛弥漫在小镇时，人们沉浸在迎接节日的喜悦中，我们也迎来一年中最火爆的旺季，订单纷至沓来，接下去四个月的客房都已订满。看着日历里极好看的“即将来临的预订”数字，另一个担忧浮上心头：我与陈先生的工作繁忙，旧客人早上十点刚走，新客人下午两点就得入住，时间紧凑，我们根本没法抽身去做卫生。这时，找到一个靠谱的客房打扫帮手成了当务之急。

第一选择是在皇后镇的报纸上搜索，查出的结果让人吃惊：稍微正规一些的清洁公司每小时收费四十纽币，必须使用他们提供的床单毛巾，这又是一笔费用。当我告知他们我需要的只是每天打扫一两个房间时，对方傲慢地回答：我们都是服务整套度假屋的，你这样零散的工作我们无法保证随时提供人手。

言下之意很明显，仅仅是大客户就够他们忙的了，没空搭理我这样的小虾米。

那好吧，转身去求助社交媒体，有不少全职妈妈可以上门清洁，但价格也与正规公司不相上下，动辄就是三十五纽币起步，速度还不一定理想。我知道新西兰人工极贵，可一旦放在经营环境里计算，这样的“天文数字”让人难以承受。

陈先生调侃道，不如我俩辞职去做清洁工，除了打扫自家，还能接私活，生意肯定可观。

笑归笑，棘手问题依然存在，眼看就要进入高峰期，危机感如洪水来袭步步逼近。我四处打听，焦灼地给手机里的本地朋友群发信息。

过了几日，陈先生去拜访客户，客户住在镇上一家酒店式管理寓所。在楼梯间里碰到一个穿着制服抱着一叠床单毛巾的金发姑娘，陈先生灵机一动，正准备问她有没有兴趣找兼职，客户就出来了，因此作罢。

谁知离开时，恰好在半路再次遇到下班了的姑娘，陈先生开着车跟在后面喊她，好像是个纨绔子弟在调戏良家妇女，引得路人纷纷侧目。

就在这样戏剧性的相识里，我们迎来第一个帮手。

小女孩贝蒂

贝蒂是法国人，今年才十九岁，上大学没多久，发现自己还没找到兴趣所在，于是背起包先游个世界再说。打算结束新西兰的打工旅行后回国继续学业——在旅行中贝蒂认为自己找到了爱好：人力资源。

我还以为是什么特别酷特别冷僻的专业，想不到是这个。她教育我道：做人力资源可以和不同的人接触，难道不是很有意思吗？

说得我哑口无言，仿佛我是个定向思维的老顽固，可我实在怀疑这只是她的心血来潮。

贝蒂有年轻人的特质：诚实，直接，孩子气。她从不谎报工时，也总能准时到场。可她会花十分钟将毛巾叠成天鹅形状，却忘记把桌角的灰尘擦去。每次洗完毛巾与床单后，她随意地将它们耷拉在晾衣架上，下一次使用时，毛巾僵硬地皱在一起，很难抻开。我们提醒了贝蒂几次，她只当耳旁风，还经常振振有词地反驳我们不懂。

由于贝蒂是我们聘请的第一个员工，不擅长做老板的我小心翼翼地和贝蒂对话，虽然她小毛病不断，但都无伤大雅。

某一天，我来不及去超市买面包，就让贝蒂顺路去她家附近的小超市买几袋，那超市常有三袋面包五纽币的特价活动。当贝蒂给我小票时，却是另一家便利店的另一种面包，三袋花了十五纽币。

原因很简单，那个便利店比超市要离她近两百米。

看着她理直气壮的表情，我在心里暗暗苦笑，还真是个小女孩。

贝蒂说得对，和不同人接触的确很有意思，但愿她能够在接触更多人后，稍微长大一点点。

妮卡的叹息

我刚在皇后镇找到工作时就认识了妮卡，她是土生土长的本地人，平时为人仗义，有一次几个小混混试图在我车上刮字，被她挥舞着拳头赶跑了，从那以后，我俩从同事关系升级为朋友。

妮卡很有生存智慧，非常善于做生意，常常在东家淘个电吹风机，转手就卖给西家。她深谙倒买倒卖的经济法则，建议我要好好利用自己的中文优势，没事还能揽点活赚些钱。

妮卡圆滑的江湖生存智慧源于悲伤往事，母亲去世时妮卡才十六岁，葬礼前一晚，由于第二天要致辞而紧张到浑身发抖的她梦到了妈妈，她梦见妈妈双手按着她的肩膀，告诉她别怕。从那以后，她再也没有梦到过妈妈，直到十年后测出自己怀孕，妈妈再一次来到梦里，这一次，只是心疼地看着她，什么也没说。

妈妈在梦里那无能为力的眼神反映着现实，妮卡自从妈妈离去以后，生活一直不太顺利，父亲很快另寻新欢，性格激烈的妮卡难以接受父亲竟然娶了妈妈生前最讨厌的女人，两人就此闹崩。而她一次次想去奥克兰或但尼丁读书，却被各种突发事件打乱步伐。之前是因为男友在等待签证，必须留在皇后镇工作数年，而签证即将到手时，妮卡却意外发现有了孩子。

在得知有孩子的那天晚上，我陪妮卡走回她租的房子，夜晚气温骤降，北风凛冽，她一脸哀愁，不知该如何是好，人生计划被全盘推翻，一切都要重新洗牌。

我拍拍她的肩膀："别担心，如果将来有我帮得上忙的就说。"

一年后，妮卡来找我了，她需要一份工作。

那时妮卡的孩子还是襁褓里的小婴儿，家中财政已经吃紧，妮卡的父亲毫无帮忙的意思，在女儿最需要落脚处的时候将自己的大宅卖掉，拿着钱去澳洲定居，分文不留给她，哪怕这房产里有一半属于亡妻。皇后镇生活成本昂贵，仅凭一点福利金与男友的收入完全无法多供一张嘴，妮卡尽可能地卖掉自己手上有的东西，我常在皇后镇买卖群里看见她的帖子，就连一个已经破了洞的沙发都放了出去，没有人回复，她一遍又一遍，执着地在那里顶帖。

我一直认为，在一切没有准备好之前，就急急迎来新生命，是对自己与TA的人生不负责任。可许多新西兰人不认同我这个"守旧"观点，他们随遇而安，来了就养着，不将生儿育女放到顶重要的人生大事行列里。

无论如何，妮卡现在需要援手，我曾许诺过她的事必须兑现。于是我们缩减另一员工工时，匀了一些给妮卡。她收取的费用高于市场价，虽然她告诉我这已经是友情价了。

陈先生没有对此说什么，他知道我想帮帮妮卡。可他也很直白地表示，根据他对妮卡的了解，她是一个虎头蛇尾，爱偷懒耍滑的人，希望她的打扫质量与工资成正比。我当然知道妮卡的小毛病，与她共事时，没少见她躲在厕所玩手机或迟到早退，还为此受过几次警告，但每次她都笑嘻嘻糊弄过去，不当一回事。

金姆是个老好人，体谅妮卡的身世，不说什么，可是任何一个稍微严厉一点的老板，都会觉得这是个让人头疼的员工。

也许她当妈妈了会不一样呢？我想，她现在要担起抚养新生命的重责，不能再像以前一样任性了。

头一周，妮卡工作非常认真，不时发短信告诉我哪些地方需要改进，比如需要多一台冰箱，这样可以多一些存储空间，我虽然没有接纳，但也视为朋友忠言。

就这样过了一段时间。一天清晨，我忽然想起当日是收垃圾日，便一大早赶去湖景别墅将垃圾桶推到定点处。到了门前，发现停着妮卡的车。

心里顿生疑窦，那几日没有安排客房打扫的工作，妮卡怎么会突然出现在这里？打开门，只听洗衣房里传来轰隆轰隆的工作声，推开门的瞬间，我顿了顿，“要不别进去了吧”的犹豫升起来。

我很珍惜和妮卡的友情。

想着的瞬间，门从里面被打开了，妮卡看见我时也吓了一跳，我从来不在这个时间点出现。

她身后的洗衣机正在工作，地上放着一筐刚洗好的衣服，堆在最上面的是一条印有兔子图案的粉色婴儿围兜。

她赶紧解释：这是客人的衣服。

我完全不知以何种表情应付，想假作轻松愉快，笑容却僵在脸上。

“我刚好要去附近办事，到早了，就先来这里待一会儿。”妮卡连声说着，聪明的她当然猜到了我的疑惑，虽然给出的理由不太令人信服。

“没事没事，我就过来推垃圾桶，马上就走。”我像做错什么事似的，落荒而逃。

后来，我与几个朋友聊起这事，几乎所有人都认定妮卡是为了省电费，将衣服拿来民宿洗。可我坚信妮卡不会这样对我，我们是朋友。

“人都会变的，压力就是最大的催化剂。”其中一位朋友是个万事皆变主义信奉者，她认为人与自己的处境融为一体，尤其是生活境遇发生巨大转折时，足以将一个人彻头彻尾改变。

我半信半疑，这事就此成了悬案。

误闯民宿的勇正

一日，与在酒店工作的朋友琪琪闲聊，她的酒店里也有招人不易的难处：很难遇到合适的人，人品与能力合适了，时间却又难以保证，人总是来了又走，只得不断培训新人，大费周章。我叹了口气：“如果有合适人选，将来我们的民宿规模扩大后，就为TA申请签证。”我的意思是等到民宿有足够能力后，便可以为员工申请一个稳定长期的签证。

琪琪忽然眼睛一亮，拍着胸脯承诺这事没问题，她有个合适人选。

琪琪的人选是她的男友，韩国男生勇正。我之前见过勇正几次，也只局限于见过。他每次只是站得远远的点头致意，低头玩手机，有时我和琪琪聊得兴起，一转身他人就不见了，也不知去了哪里。总之，是个印象非常模糊的男生。

琪琪介绍勇正给我，说他现在就在酒店的客房打扫部工作，最近刚好有空，可以来帮忙。

由于之前接触太少，当我在民宿里见到勇正时，才发现原来他和我记忆中有一点不同，穿着羊绒西装外套，头发梳得一丝不苟，还喷了些古龙香水，手里夹着个牛皮公文包。他向我微微鞠了个躬，左手压在胸前，右手伸出来。

我被这超出想象的正式吓了一跳，尤其是站在客人刚离去的小客厅里，桌上散放着空牛奶瓶，壁炉的柴火刚熄灭，垃圾桶里塞满蛋壳与纸巾盒，在这种充满生活气息的场合里忽然有人冲我鞠躬，有种不真实感。

我让他不要拘谨，领着他介绍完一圈民宿的情况后，指出毛巾床单与卫生桶在哪里，便留他一人在屋里打扫，我去镇上超市买东西，算好时间后再回去。

这是之前培训过好几个员工得出的经验——第一次工作时，留他们独自在民宿里打扫，既可以看到他们速度如何，也可以当下及时发现问题，方便指正。

大概两个小时后，我回到了民宿。只见勇正腰杆笔直地坐在餐桌边，等着我。

我有些诧异他的打扫速度这么快，一边将手上的东西一一放入储藏室，一边东拉西扯聊着镇上交通堵塞又严重了。勇正跟在身后，严肃喊停我的唠叨。

“我需要和你谈话。”

勇正双手交叉放在身前，从刚见面时的拘谨变成一种极具压迫性的紧绷状态，我感觉自己周边的空气都紧张起来，有点不自在地稍稍向后退了一步。

“丁丁，没有冒犯的意思，可是，我想不到你让我来做客房打扫的工作，我不缺钱，需要的是永久居留签证。”

我一头雾水地听着他用韩式英语讲述着，连蒙带猜，十几分钟后，终于明白是怎么回事。

现在已经三十三岁的勇正来新西兰读酒店管理专业就是为了移民，可是新西兰最近几年移民政策急速缩紧，只有一张文凭可不够，还需要一份稳定高薪的高技术工作。酒店业竞争激烈，里面的职位一个萝卜一个坑，老资历的员工多得是，一个还未毕业的外国学生想很快在等级森严的酒店里做到管理层，简直是天方夜谭，更何况勇正之前一点酒店管理经验都没有，英语也不是太好，可以想见难度极大。

勇正家境殷实，来新西兰没多久，他自己就买了一个小公寓，仅仅放租的收入就比一周工资还多得多，如今在酒店里做客房打扫实习生，也不过是“卧薪尝胆”，盘算着也许有一天能升到经理职位。

其实他也很明白，自己前面有不下五个人虎视眈眈守着这位置，轮到他，只怕是猴年马月。

也许是琪琪传达有误，导致勇正误以为我要找的是经理级别的管理人才，这才兴冲冲地跑上门来，谁知道来了以后发现，还是客房打扫的工作。而且小小木屋和酒店的规模一比，简直是委屈他了。

我明白了他的意思，也解释了一番民宿的情况，目前并不需要一个每周工作四十小时的全职员工，顶多是一两个每周来上四五个小时就够的兼职员工，而且没什么好管理的，目前也还达不到移民局申请签证的规模。

当然，还有个潜在原因没说，我并不了解他，他的资历没有优秀到让人眼前一亮，为什么要立马给他这么重要的职位呢？

听完我的解释，勇正的脸略显阴沉："我不想浪费时间。"他硬邦邦甩过来一句。

我只觉得好笑，好一出阴差阳错的黑色幽默。

为了让他认清事实，我给他剖析了一番酒店业办移民的难度。最后提醒一句：在酒店里工作也是要从基层做起，眼高手低恐怕不现实，谦虚平和的心态很重要。

勇正临走时心情格外沉重，古龙香水都消散在空气中了，整个人笼罩着一层灰扑扑的沮丧感，本来想着来面试经理职位，怎知又是一场空。

几天后，他给我发来邮件，除了将那日的三个小时（包含和我谈话的一个小时）算作工时要求付款外，还发来自己的简历与对我的"期望"："丁丁，以下是我对职位的要求，如果你们需聘请我为经理，请参照以下条款……"

条款写得很详细，其中有一条专门标粗：年薪必须达到五万五纽币。

我哭笑不得，只能回复：祝你好运。

薇的心事

越南姑娘薇在酒店餐饮部工作，曾经在客房打扫部担任小组长，在我刚去药房工作的时候，就已经认识了她，每次都能哼哈几句，算是熟人。她的新婚丈夫在酒店做前台，俩人没有什么积蓄，一份兼职成了当务之急。

彼时我正需要人帮忙打理民宿，和薇商量好适合她的时间与时薪后，她正式开始工作。

湖景别墅里的细节很多，我挑了一天带着薇熟悉环境，第一次进入湖景别墅时，看着眼前这无懈可击的湖景，薇啧啧赞叹："真美啊，这是你买的房子吗？"

我解释说只是朋友离开皇后镇，交给我代为管理，顺便将手机中的希望街照片给薇看，她格外认真地看着照片，一张又一张放大细节仔细审视，看见围墙上铺天盖地盛开的玫瑰，她"哇"了一声。

"我最喜欢玫瑰了。"她轻轻说。

作为朋友，也想开始一段友好的雇佣关系，我盛情邀请薇与丈夫来家中做客："我们可以一起做饭，试试中国菜和越南菜的区别。"

薇婉拒了："再说吧，我们都很忙。"转身去车库拿起清洁桶开始做事。

我讪讪地闭了嘴。

薇做事非常麻利，我长舒一口气，向陈先生自夸我的运气好，才能这么顺利找到对的人。

莫名的距离

接下去的一段时间一切都很平和，我们只在刚开头的一两次去检查，质量很不错，接近专业酒店的品质，后来便再也没有去追踪过薇的工作情况。

还有一次，院子里的玫瑰长得过于茂盛，正好我在给杂志社写稿子，无暇顾及，问薇能不能来帮忙剪枝，依然按照市场价给她付费。那个午后，薇如约而至，我非常好客地带着她参观了每个房间，花园，小径，指给她看所有被悉心设计的角落：窗帘是鹅黄色的，家具是浅木色的，感觉自己每天都在阳光里面。

我拉开厚重的窗帘，让阳光尽情倾洒进来。明晃晃的光照在我们身上，暖洋洋地让人想长伸个懒腰。

“你现在住的地方太阳多吗？”我端出红茶与玛芬，招待薇坐下。她耸耸肩：“免费的住宿，能指望什么。”她和丈夫帮一个有钱老人看管度假屋，可以免费住在其中一个房间，平时帮忙打扫就可以了。

我想起很久以前在海伦家打工换宿的日子，有自己一间小小卧室，窗户外就是马场与小林场，永远有清脆鸟叫。每天度过忙碌的数小时工作后，可以靠在床头打个盹。横条纹窗帘将阳光一格格打在脸上，那段时光，给初来乍到的我留下了美好回忆，至今想起，还有一种遥远的家的感觉。

“可是你现在不用换宿了，不是吗？”薇低下头抿了一口红茶。细微而尖锐的刺裹在棉花里，在如此和煦的阳光里，露出瞬间锋芒。

后来一段时间，薇不怎么与我联系，我俩的短信对话言简意赅：

“下周一三六可以帮忙打扫房间吗？谢谢。”

“好的。”

那日，我正在药房办公室里整理文件，抱着一大堆文件夹出来，撞见陪朋友闲逛的薇，我俩胡乱打了个招呼，连寒暄都没有，我快速逃回办公室，她也匆匆离开。

我为俩人不约而同的回避感到诧异，在心里也反复分析了许多原因，虽然自我安慰是两个人的关系变化了，从不拖不欠转成以薪酬为基础的交往模式，那么总有一方会想后退，保持安全距离。可是毕竟几年的交情了，在本地互相帮个忙赚点小外快的事很常见，薇这样的冷淡态度还是令人沮丧。

我们说好，每个月中，薇发来自己的工时，我们往她的银行卡里转账。虽然这样的操作模式充满漏洞，没人待在民宿计算她到底何时来几时离开，但我选择信任。

一个月后，收到薇的工时表，打开的瞬间我倒吸一口冷气，数字比我原先预估的多了两倍。薇没有罗列出每次工作的时间节点，只是写了工作次数，总共多长时间。我知道不对劲，可还是心存侥幸地在陈先生面前帮她解释：薇只是刚刚开始工作，不太熟悉房子，需要更多时间。

陈先生不像我这般心软感性，在付完这个月工资后，他告诉薇，麻烦每次工作后将当日工时即时发来，理由是方便我们的会计做账。

果然，采取这样的计时方式后，没过多久，薇的马脚露了出来，与我们之前所猜测的一样：她谎报工时。

那日，湖景里只有一间最小的套房需要打扫，面积刚好容纳两人入住，毫无多余空间，陈先生独力打扫大概需要十五分钟，我慢吞吞地擦来洗去再发个呆，也不过三十分钟。而薇给我们报来的工时，是两个小时。这绝对不是一个有酒店工作经验的人该有的速度。

我打电话给薇，不想让她看出我有所猜忌，只是假作好奇地问，按照她的经验，酒店里一间套房打扫时间限制是多久？她想了想说，如果是两张大床的豪华套房，两个搭档一起工作大约十五分钟。

“那小套房为什么需要两个小时呢？是不是当天有什么意外状况？”我小心翼翼地问，希望她给我一个值得信服的答案。

薇沉默了一会儿，说：“我不干了。”

语气格外的坚定，还有一丝丝如释重负。

我一下子慌了，如今是最忙的季节，她一撂挑子后患无穷。我结结巴巴解释不是怀疑她，只是想知道那天到底发生了什么事。可在电话那头，薇只是沉默，什么也不说。我们俩中间横着一块巨大的冰块儿，冷而硬。

不再是朋友

第二日，我到薇工作的酒店等她下班，约她一起吃晚饭。

面对面坐着，她情绪黯淡地看着眼前的餐盘，完全不搭理我。我难以分辨这样的回避是出于对我质疑她的怨愤，还是怕被继续追问。

我拿出一只护手霜送她："谢谢你帮我们打扫房间。"

这支有机护手霜品牌在新西兰名声很响，薇每次来药房总会拿试用装大量地擦，常常由于挤太多，不得不狼狈地往胳膊肘上擦。

其实是早就买好了，想作为答谢礼挑个合适时间拿给她，想不到在这样的情形下送出，倒像是自己理亏认错。

可能没有预料到我有这一出，薇略略怔了一下，将护手霜搁在一旁的桌上。

"你们回越南结婚，有什么好玩的事情吗？"我找了个话题，想要缓解气氛。

薇淡淡摇摇头，她和丈夫除了一纸证明，没有什么特别的庆祝仪式，刚结完婚就赶回新西兰工作，仿佛只是回去仓促办事。

"那你家里人呢？他们来新西兰玩过吗？"我难以忍受冷场，接近零摄氏度的气氛犹如大雨前的低气压傍晚，满是等待一场风暴即来时的焦灼与不适，令人想打破这样的僵局。

从薇那欲言又止的低沉情绪里，我隐隐感觉冰山一角的海面下暗流涌动。

薇的家人都在越南，兄弟姐妹总共四个，除了她，其他几个都留在父母身边，家庭环境不太好，难以支付来新西兰旅行的费用，年过七旬的父母也还在打着零工。薇在越南工作数年后，感觉已经无法改变生活了，作为家里学历最高的大姐，她将视线投向外面的世界。

可是新西兰的生活也没有明显好过越南，在新西兰的八年时间里，她做的几乎都是卖体力的工作，除了工资远远多过越南，其他，也没有什么变化。

接下去的日子里，她也认定自己只能做些毫无技术含量的工作，日复一日。

“我的英文不好，又没有特长，除了做这些还能干吗？”薇搅拌着面前的沙拉，用叉子尖用力戳一片绿色生菜叶子。碧绿叶片被戳出一个又一个洞，暗暗的，小小的。

我问她为什么不先提高英文，然后去读书，选一份有职业前景的专业，之后一定会找到更好的工作。

我这个“不成熟”的建议竟然逗笑了薇，她轻扯嘴角。我有点尴尬，是那种说出不合时宜的话后，却来不及收回的尴尬。

“读书学费很高，还会丢掉工作，我们没有这个本钱。”

我心里立马响起无数个反驳的点，比如说这样的学费投资是值得的，工作的话将来一定能找到更合适的，人生将被改变，等等等等。可我什么都没说，明白这个话题绕来绕去只是无解，薇心甘情愿陷在这样的死局里，这是她的选择。

“你多好啊，想做什么都可以，药房里的工作轻松简单，动动嘴皮子就可以了，买了大房子，还要找人给你工作。”薇望着我，露出一种奇怪的笑容。这个笑容，在她来我家做客时，坐在午后的阳光里，也曾出现刹那。

“但是，麻烦你不要给我出主意，我不需要。”

她的手因为长期做体力劳动，已经出现粗糙纹路，还有一些细小伤口，此刻正大喇喇咧着嘴，叫嚣着存在感。旁边那只金光闪闪包装精致的护手霜，突兀而讽刺，又胖又大，显得不合时宜且笨重。餐厅灯光打在它的金属外壳上，汇聚出一个犀利明亮的焦点，冷冰冰地刺痛着人。

谎报工时是错误的，可真正让我难过的，是她将我视为可以欺瞒的“雇主”，而不是我自认为的朋友。也许她的内心深处，一点也不喜欢我，可能是院子里的那些磅礴玫瑰，刺痛了她；也可能是午后的阳光，让她只想闭上眼，扭过头。

我最终没有挽留她。

当傲慢遇上偏见

小小一个皇后镇，几乎可以遇见来自这个星球任何一个犄角旮旯的人，他们来自遥远的城市、岛屿、荒漠、森林，跨过千山万水旅行到这儿。就连我这个民宿，也时常高朋满座，客厅里聚满不同语言与肤色的人，正和这位美国大爷讨论特朗普，一转身就要和另一位日本姑娘研究日本寿司的做法。

时间一长，见过的人多了，我摸出点规律，练出一个绝技：看见预订订单的头像、年龄、照片，就能猜出这位客人属于什么类型，他大概的喜好、性格，都能凭直觉估摸出一二。其实，所谓直觉，也不过是来自于生活的学习，那些跌过的跟头，吃过的亏，统统在量变后，沉淀成新的人生经验。

开民宿的两年里，最爱投诉的竟然是来自英国的客人。他们泾渭分明地分成两派：从入住开始就提意见，并且是孜孜不倦一个接一个的意见，他们住几天，你就要遭受几天的邮件轰炸，无论你解决得多么妥当，态度多么殷切，最终得到的依然是差评；另一派是从头到尾一句话不说，见面点头微笑，可一转身，意见全给写到评价上去了。

原先我对英国人无甚深刻印象，觉得西方人都差不多，性情与文化应该也差不多，甚至也许所谓英国绅士文化，会让他们多一点尊重，少一点偏见。殊不知，所谓的绅士文化背后还蕴藏着保守，无尽的顽固，以及永远需要被重视的优越感。

关于英国客人的凄苦回忆数不胜数，有的是预订时我已再三告知自己那几天出差，所以无法上门款待，对方依然坚持预订，结果最后来一个差评：“连房东的面都见不着！”也有人在留言时评价我的户外桌椅样式丑陋又古旧——虽然那是才买了不超过一周的某设计大赛获奖作品。

这些人的小矫情都不算什么事，只有杰森，是至今让我想起都觉得脑袋隐隐作痛的一位。

杰森是个英式口音非常重的老先生，永远礼貌称呼我为“女士”，手里拿着根拐杖，虽然他看起来非常健朗，可对超过五十岁的男人来说，拐杖是件体面的装饰品。

杰森说起话来慢条斯理，时不时用手向后抹抹头发，让所剩无几的银发保持统一整齐的大背头姿态，若是有一根头发翘起来，他会立马局促起来，专注地与之搏斗，必须狠狠镇压才行。

杰森投诉的第一个意见是：“为什么我要把车停在上坡路，而不是下坡路？”

木屋位于一条三岔口的口子，下坡有七八家邻居，上坡则是专门的停车位，没有人对此表示过任何异议，只有杰森，表示自己希望停在下坡——邻居家门口。因为这样他可以节省约十秒的步行时间。

我解释因为下坡路是别人家的地盘，邻居需要停车。他表示不接受，我只好拿出另一位客人之前停错时拿到的罚单。杰森闭了嘴。

好了，下一个问题是：“你们的Wi-Fi密码为什么这么长，输起来很麻烦。”

我理解老人家的眼神不好，字母看不清，于是耐心帮他输入，他很快又拿来其他三台设备：平板，kindle，老婆的手机。

当确保自己终于与外界联网后，他安静了十分钟，我正准备离开，又被喊住了。

“我只喝某某牌的咖啡，请你去买那一种。”

他提出我们提供的咖啡不够档次，必须找到他喜欢的那一类才行。

我压根儿就没见过他说的这种牌子，只得买了一块儿巧克力，送给杰森作为咖啡的补偿。

中间还有一个接一个琐碎的小投诉，就连他去租车时没有带驾照证明，都要求我去帮他沟通，他拒绝和柜台小哥对话——虽然我去了现场，也不过是将他说的话重复给只隔着一个柜台的、听力挺好的工作人员。

我猜杰森是喜欢有管家式服务的那种有钱人，可在他入住期间，提供给所有客人的水果和燕麦都被他拿到自己房间了。

说真的，我已经有点受不了杰森无止境的抱怨了。他永远不知满足，仿佛出来旅行是一件痛苦的事情，只要不遂他的心意，他就会固执地要求掰回自己想要的轨道。他去参加快艇项目，全船人都穿上救生衣，避免在峡谷激流里发生意外。下了船，刚刚还开开心心拍了一堆照片的杰森，直接去找了船长，要求退款，理由是：“峡谷里的水连我们的膝盖都不到，根本没有穿救生衣的必要，它勒得我太难受了。”

也不知道那位可怜的船长是如何解决的。

被杰森折磨数日，还付出一块儿巧克力的代价，得到的依然是无尽的抱怨，这让我有点难以忍受，气冲冲去了木屋。一进门，只见杰森在全屋正中央，将自己的包、票据、平板、咖啡杯，摆了一桌子，宛如一个日理万机的英国国王那样端坐着。

我进去还未开口，他就开始新一轮投诉："你们门口的台阶有点歪，走路容易扭着。"

我抱着胳膊，微笑着看着他："还有呢？"

他巡视了一圈客厅，看得出在努力思考。过了一会儿，还真给他找出来一件。

"我平时煮蛋，需要有专门的煮蛋锅。"

我拉开厨房抽屉，里面有大大小小的煮锅七个，最小的只有男人手掌大，这些都无法满足他的需求。

"我想要的是……"杰森比手画脚地示意道，"一次只能煮一个鸡蛋大小的那种。"

杰森说的这种煮蛋锅，我后来在一部介绍英女王后厨的纪录片里见到了。

我受够了杰森的得寸进尺，数日积攒的怒气抵达顶点，展露出来在新西兰数年里最好的一次英文水平。

"首先，我们这是个民宿，不是酒店，你提的许多要求根本就不可理喻，非常荒谬！住民宿的首要条件是彼此尊重，作为房东，我没有感觉到你的尊重。其次，你所支付的住宿费用，已经远远低于你获得的服务，无止境的水果、麦片、卫生纸，还有巧克力，你太贪心了。还有，我虽然脾气好，只是因为尊重你是客人，还是个老人，可这不意味着我没有底线，我一点也不在意你给我什么评价，我做得已经够好了，如果你再继续影响其他客人，我将要求网站介入，取消你的住宿！"

我逻辑清晰，语法严谨，口齿伶俐地说了十五分钟。

在此之前，我一直是小心谨慎，不愿得罪人的老好人性格，客人们随口一句抱怨，都被我放在心上，影响一整日心情。过于敏感，无法排解，被压抑太久，终于到了临界点，或许杰森并不是主因，只是不幸的，煮蛋器成为压垮骆驼的最后一根稻草。

噼里啪啦说完，我在内心给自己鼓了掌，一种从未有过的舒畅感贯穿全身。

杰森惊讶地盯着我，手微微抖着。

“啊……我知道了……”他回到桌子边，哆哆嗦嗦收拾自己的东西，落荒而逃。

一位和杰森差不多年纪的中国老人一直在一旁默默煮西蓝花，目睹全程，一声不吭。当杰森仓皇离开，我向这位老先生道歉，担心自己影响到他的煮饭心情，老人和气地摆摆手：“没事，你也不容易。”

这话说的，让原本气焰嚣张刚打了胜仗的我，心一下子酸了。

山姆大叔趣事多

相比起英国人的固执，美国人就要活泼包容多了，有意思的人也多：程序员黑人小哥，害羞内向，衣服上却印着一句抵一万句的Logo——谷歌；获过世界大奖的魔术师情侣，每年的工作就是接受各地电视台与演出商的邀请去表演，顺带旅行；伯克利毕业的小提琴家，不好好在演出厅待着，就喜欢全球跑……他们大多健谈，对旅行有一种敞开怀抱的开放心态，随遇而安，在阳台喝啤酒，看见楼下走路的人跌个跟头，就能由此滔滔不绝聊上两个小时。

虽说如此，可我发现美国客人的心意也是最难捉摸的，你永远不知道他们最后会留什么评价。最发散性思维的点评就来自美国人：“皇后镇出租车太贵了，我打车去机场竟然花了五十纽币，政府应该好好整顿一下。”

喂，我这可不是市长信箱啊。

硬币总是有正反面，美国人虽然随意，可有时随意过了头，就不那么招人喜欢了。

美剧里时常见到那类穿着户外鞋子直接踩上床的人，我就遇见过不少，他们可以穿着刚走完二十公里山路的旅游鞋，踩上沙发、餐椅、懒人垫等所有可以踩的地方，自己也不介意，踩完以后再一屁股坐上去；他们喜欢明亮灯光，只是在客厅里高谈阔论，却会打开其他不相干区域的所有灯，待聚会结束后，拍拍屁股回了自己房间，灯光就整夜整夜开着；他们也喜欢尝试新鲜事物，比如找不着洗碗机专用的洗碗剂，直接将一整罐洗洁精倒进机器，大量泡沫淹没整个厨房，自己则站在一边喝着啤酒压惊……

美国人有一股奇异的小聪明，两个高中毕业利用间隔年的小伙子，走了以后才发现落下一个随身水壶，于是发邮件给我，提出如果我免费帮他把这个已经旧到连杯身上图画都模糊的水壶寄到美国，他将慷慨地给我一个好评。

还有入住以后，我每天发邮件询问他有什么需要帮忙的吗？总回复说一切都很好，结果退房后，单独发邮件过来，提出入住的某天晚上突然那一片停电了，他只能打着手电筒去洗手间，这让他非常不满，希望退掉房费三百纽币，否则差评伺候。

结果我讲价到二十纽币，他愉快地接受了。

可我见过最暖心的客人之一也来自美国，这是一家来自纽约的中产家庭，在寸土寸金的地方竟然拥有自己的小农场。妈妈是那种金发碧眼身材保持极好的精致女人，永远穿着无袖修身名牌连衣裙，每天和姐妹淘们喝喝下午茶，周末去骑马以及参加慈善活动。她年轻时读的名校，遇见了丈夫，生活一帆风顺地过着。两个青春期的孩子读私校，活泼开朗，有时说笑声音大了点，会被妈妈小小嘘一声示意安静。

原本以为这注重品质的一家子会极难搞，想不到，他们从入住开始，每次发邮件总会礼貌地按照标准格式回复，“你好”和“谢谢”从来不缺。临走时，将房间整理干净，还留下一份枫叶糖与信，写着：谢谢你的款待，我们度过了一段美好的日子。

所谓礼貌与素质不仅仅来源于金钱，教养是极重要的一部分，它让你拥有一颗懂得尊重与平视的心。

印度来客，你好再见

说起印度住客，全皇后镇的民宿主与酒店员工都会神色一凛，深吸一口气，露出“你懂的”的微妙表情。

关于印度这个神秘国家的种种传说，至今飘荡在皇后镇的每个角落，越传越玄乎：有人悄悄带走酒店里的杯子与两升的铁水壶；有人预订四个人的住宿，结果来了十三个人；有人退房以后，地毯、洗手间，还有床底下，全部布满可疑的褐黄色印迹……

我也接待过三四拨印度客人，奇怪的是，他们在预订时统统不说自己来自印度，只说是美国或英国人，等真来了一帮子才发现，个个都是纯正印度脸，只是在海外生活罢了。

第一批印度住客来自美国，没有传说里那么夸张，他们安静地来了又离开，除了在我全新的枕头上留下一大摊子红黄相间的印渍，其他也没什么。

第二拨印度客人依然来自美国，只是这回我没那么好运，他预订了木屋两个晚上的三人间，见到网站上写着房东长期不住在里面，于是自己又多带了俩人进来。我本来不知道这回事，还是他自投罗网发来邮件："你这房间真的只能住三个人啊？那我多了两人，你再找个房间给我。"

没有"你好"与"不好意思"，非常直接简单地表达了诉求。

我耐着性子，找到紧挨的另一个房间，刚好还能住两人，两个晚上原本要三百纽币，我打折到两百五十纽币。

那边又发来邮件了："我的预算有限，一百纽币两个晚上。"

于是我决定，这个房间就算空着，也不会给这么个没有礼貌的家伙住了。

我回复他，没有折扣，以及希望他解释为什么多带了两个人来。

过了半晌那头回复一句："反正最后只有三个人住在这里就可以了。"

意思是别多问了，你有什么资格问我？

印度人爱讲价的习性简直是民族天赋。我在药房工作时，几乎每个印度客人都会要求在原本的价格上再打个折，如果打不了折，那就多送点礼物，反正千万不能吃亏。开民宿以后，接到的印度人预订申请总是“你的网站价格显示五百纽币，我只有两百纽币”这样令人怀疑眼睛的理直气壮。他们耗费大半天时间锱铢必较，我猜测，或许这是他们旅行的一大乐趣。

当我即将关闭希望街民宿时，上天又安排了一户印度人给我。

平心而论，这一家子都是比较体面有教养的人，专门从伦敦飞来新西兰参加亲戚的婚礼，六户人家租了三套房子。他们英文口音标准，每天穿着华丽的纱丽来来去去，见到我们，也只是点点头笑笑，这家妈妈甚至还友好地将自制咖喱拿来给我们品尝。

当住宿即将结束时，这家的女儿，也是从头到尾负责预订的，发来邮件提出厨房总有一股散不去的味道，沾染上参加婚礼的礼服，要求进行赔偿。

我非常匪夷所思，在他们入住以前，我已近一个月没有煮过饭了，还邀请酒店的专业打扫人员来进行过彻底清洁。

走进去一调查，桌上摆着他们制作的五花八门的印度食物，锅子和盘子也还未清洗，所有的门窗全部紧闭。我心里有数了。

“你们平时做饭开窗子透气吗？”我问。

那家女儿这才恍然大悟。

我简直哭笑不得，一群成年人，竟然会因为这样一个常识影响到旅途心情。

临走那天，这家人正好去药房买东西，我见他家小侄女可爱，从抽屉里拿出一个毛绒娃娃送她作为礼物，一家人再三表示感谢。过了五分钟，只见另外五个年龄不一的小孩被大人们推推拉拉地扯了过来。

“这都是我们亲戚的孩子，能不能再多给一点。”

看着眼前这热闹的场景，大人孩子加起来八九个挤挤搡搡站在眼前，个个用热切的眼光望着我，其他员工则用非常狐疑的目光盯着眼前这一切。

我非常尴尬地从储物柜里拿出所剩不多的娃娃，一个个勉强地递了出去，其他同事为我的慷慨愕然，众目睽睽之下，我只觉如芒在背，脸上几乎挂不住任何体面的笑容。看着他们欢天喜地地离开，我决定去向金姆认错，这些娃娃都是他买的，送给消费超过两百纽币的顾客。

金姆听完我说的前因后果，笑得几乎喘不过气。

“哈哈哈，这些人，真是太有趣了。”

亲爱的好人

在开民宿的数年里，我探索出一条规律：任何事情看起来很好的时候，那必定有惊雷守在后面。若是经历了一大堆麻烦，别怕，日子很快会顺畅起来；可要是过了一阵好日子，那肯定又有什么幺蛾子了。

画成图，大概就是起起伏伏的山峦模样，我在这些小山里绕来绕去，跌跌撞撞，竟也走了很长一段。

与我同期开始的许多房东已陆续停止民宿事业，比如朋友亨利，他决定退出市场的原因很简单：他在民宿里摆着四五盒桌游游戏，给客人们打发时间，谁知收到一条差评，只因游戏选择太少。

亨利非常果断，本来可以长租出去赚个省心钱，干吗费这个劲，索性就别干了。

我也遇到过类似的事情，写明服务里不提供水果，可我为了让大家满意，一天跑一趟超市去选购。可是因此我也收到过一条不友好的评价：苹果太难吃了。

从那以后，再也没有水果提供了，反倒平平安安，再也没有过抱怨。

我理解那些退出的房东不愿再耗费心力与人打交道，也不想总是摆出愉快的笑脸去应付客人，他们希望自己的家就是家的样子，容纳得下一点懒散一点凌乱，而不是永远一尘不染，被人挑剔。

可是支撑我做下去的，除了与木屋主人的合约限制，还有那么一点点对人性的好奇：我想看看，这世上的人，到底可以有多少种？

正如前面所说，民宿生涯跌宕起伏，麻烦精不少，可好人也有许多，印象里得到的第一份善意来自泰国一家人。

预订的是这家哥哥，他是斯坦福毕业的精英，在新加坡也有自己的民宿，住在我家期间，主动帮忙修好一个水龙头和门把手。他的父母只要与我们见面，总是双手合十微微弯腰打招呼，说话软声细语，泰式英文带有一种天然的温柔感。

当他们离开以后，房间依然整齐如初，睡过的床单叠好放在一边，洗手间里一根头发也没有，就连每个水龙头，都锃亮精神，连使用过的指纹都没有。唯一留下的痕迹，是一堆还未开封的泰国小吃，足足让我吃了大半个月。

还有一位德国女孩，她独自旅行已超过三年，身材精瘦，都是肌肉，扎着个细细短短的小辫子，脸上布满晒斑，住进来的时候背着个和她身高差不多的巨型背包。这姑娘住在民宿的一周，替代我们成为房东，主动给新来的客人开门，介绍屋子里的情况，主动分享皇后镇的旅行经验。某天深夜，邻居小伙喝醉砸门，她跑出去三下五除二解决了。

退房以后，我发现德国姑娘虽然预订的是三人间，这一周却只睡了最小一张床，大床纹丝不动，连坐过的痕迹都没有。这让人惊讶，许多住客总有种“反正我都花钱了”的心理，恨不得将房间整个翻过来用，我曾遇到过三天用掉整瓶沐浴露和洗发水，每天需要三卷卫生纸的人，相比之下，这位勤俭而善解人意的姑娘宛若天使。

平时，偶尔也会有些新西兰人前来皇后镇度假，最特别的是一位老太太。她来给女儿照看孩子。明明女儿家就在附近，大房子大花园，怎么都比住民宿舒服多了，可老太太坚持自己单独租房，理由是不想打扰彼此生活。

每日，老太太早上八点准时出门，晚上八点回来，如同上下班一样去照顾外孙子，周末还给自己放个假，去镇上咖啡馆喝喝东西。这样的外祖母太特别，我的新西兰朋友却觉得很正常，子女结了婚就有自己的家庭，已经是独立体，不必和父母过于亲密，大家应该保持一种合理的距离。

我那位特酷的同事雪莉更是践行此道，儿子一家四口正在修建新房，暂时借住在她家。开头三个月大家都和和气气，孩子活泼可爱，尽享天伦之乐，可渐渐地，雪莉觉得很不自在，家里总有人在晃悠，看电视也要让着孙子，这极大地影响到她自己的生活质量。于是下了逐客令，让儿子一家出去租房，以后个把月一起吃顿饭就行了。

当那位老太太结束照看外孙子的两周任务后，迅速收拾行李爽利地走了，临走时长喊一声："看孩子，可真烦人啊！"

我最喜欢的西方客人，是一对欧洲中年夫妇。两个人气质优雅，沉静，毫无许多西方中年人的咄咄逼人与聒噪。男士头发花白，戴着黑框眼镜，穿着黑色短袖T恤配牛仔裤。他从事摄影师工作，可以整个下午蹲在薰衣草旁拍蜜蜂；太太一头卷发，穿着碎花连衣裙，说话时会将手放在耳朵后面认真倾听，笑起来有种温文尔雅的美。要是我哪句英文说得含糊不清或是语法错误，她会再三确认我想表达的意思后，解围道：

“抱歉，是我的耳朵不太好。”

太太很喜欢看我墙上的那些书，有一日，见到我有几本雅思训练的教材，她翻看半天，忽然笑起来，我问她怎么了。

她说自己就是教英语的老师，这些教材有种不伦不类的怪异感，一点也不像正常会话。如同一个英国人来到北京，时而用古文时而用网络用语那样与人对话。

问她到底怎么学英语好呢？她说：“像你这样开民宿，就是一种很好的学习方式，多听，多说，别怕。”

虽然年近五十岁，但是他们相处起来犹如年轻情侣，一个人说话时，另一个人会微笑着注视对方。两个人是丁克人士，没有孩子，旅行、工作、生活，他们是彼此世界里的伙伴与战友，对他们而言，孩子是另一种失去自由的方式。

某一个傍晚，天边现出橘红与粉红相间的晚霞，一层叠着一层，浩浩荡荡占满半片天，像以天空为画布，上帝之手刷出来的那样壮丽璀璨。

先生赶紧喊太太来看，扶着她站上户外长凳，自己在一旁拼命按快门，到最后，他放下相机，和妻子一起静静望着天边的晚霞，看着它从红色渐渐沉为绯紫，再逐渐融化至墨蓝。

那段时间，我正沉浸在打理民宿的无限琐碎烦恼里，根本无暇看这些风景。这是第一次，我突然沉了下来，眼里看见了晚霞。

是的，没有什么，比生活更重要。

一个多月后，我们收到一封来自这对夫妇的信。

信里这位男士说：

“你们的民宿令我印象深刻，你们也让我惊讶。一对来自中国的年轻人，需要极大的勇气与奋斗，才可以在另一个国度重新开始，搭建全新生活，我猜测得到这其中的种种困难与阻挠，非常高兴你们从未放弃过。你们的稚嫩，年轻，一往无前的勇气，让我们想起年轻时的自己。

“我必须写信告诉你们，做得很好，请为自己骄傲。”

风和日丽去赶集

游客最爱问的一个问题是："你们本地人周末都干吗？"

我翻翻本地朋友们的社交网站页面，热爱大自然的人此时正爬上某座险峻山峰，面朝大海，作出拥抱的飞翔姿势；向往平静的信徒们在去教堂的路上，准备聆听上帝的教诲，顺便与教友们分享自制的小甜饼；还有一大部分则是坐在自家后花园，木头长桌上摆满芝士、火腿、夏巴达面包，阳光洒在那红白黄各色酒杯里，晃荡出晶莹醉意。

那剩下的一部分呢？当然是去赶集了。

周末生活

"赶集"，一个听上去暖意融融，散发着泥土清香的词。皇后镇的集市有两个，湖边有着一年四季都开放的周末手工集市，它目标非常明确，就是冲着游客们来的。一家又一家售卖纪念品的小摊紧紧挨靠着，所有新西兰意象都能在这儿发现：银蕨，奇异鸟，还有山脉温柔漫长的卓越山。人们是很容易迷失在这样一种氛围里的，站在异国陌生却新奇的环境里，草坪上的萨克斯绵长浪漫的声音悠悠飘来，总觉得应该将这片风土带一点回去。一张俏皮的撅屁股的奇异鸟明信片也好，或是色彩艳丽的冰箱贴也行。

你可以在这儿发现古老硬币制成的纪念徽章，拿起仔细端详，却又能发现可疑的人工制造的锈迹，一刹那清醒过来：噢，这可是个旅游小城啊。

游客也越来越精明了，我曾看见一位中国女士流连在首饰摊上，对一条用紫水晶与亚麻绳编织而成的项链依依不舍。她试着和扎着脏辫儿的波西米亚风老板讲价，两个人用计算器比价格，来回往返数次，却始终不曾达成交易。女士的丈夫背着手在一旁看得不耐烦了，拉拉她的衣袖，用毫不介意卖家听见的音量大喇喇喊着："回家以后上淘宝给你买，一百块钱能买五条！"

女士嘟嘟囔囔不情愿，淘宝能和在这儿买的意义一样吗？

可以这么说，在镇中心的湖边赶集，更像是一场为外来游人精心打造的市集，人们心甘情愿被当作游客那样款待，用略高昂的价格，来换取一点小镇周末生活的参与感。

真正的本地人，常去的是卓越集市。它每年只开半年，在复活节前收市，蛰伏一整个冬天后，春天来临时才会重新开放。集市靠近机场，必须顺着大路继续往下行驶数分钟，到一个小路口，稍稍一左拐，才能发现隐藏起来的大片屋棚。由于没有明显路牌指引，游人轻易就会错过这里。它位于卓越山脚，随意一抬头，就能看见壮阔山峦，山顶微微泛起闪着银光的积雪，如同一个巨型的黑巧克力甜筒，尖顶挂着甜蜜的奶油。

卓越集市就是传统意义上的西方小镇农贸市场，这里看不见旅游纪念品，只有各家各户自己制作的火腿、蜜糖与奶酪。我最喜欢肉摊上那一条条用麻绳悬挂着的烟熏猪腿，洋气又丰腴，被切割出一个平面，看得见内里那鲜美粉嫩的色泽。用尖利小刀轻轻刮一片下来，拈在指尖，闻得到被风吹拂过的烟熏味道。紧实的肉质让人确信它是美味，不会联想到背后残忍的动物保护问题。

卖蜜糖的蜂农喜欢摆个活蜂巢在一旁，里面嗡嗡飞舞的蜜蜂更像是起摆设作用，犹如街边卖艺人肩上的猴子，象征着原生态与自然。蜂农总是慷慨地让人品尝罐子里的蜜，用一根米黄小木棒搅起一坨，放在嘴里，需要融化个十来分钟，那浓郁厚重的甜蜜才如退潮一样渐渐消散。

我经常会去一家蔬菜摊上买新鲜叶菜，摊主是个皮肤黝黑的东南亚女人，看名字是越南或缅甸人，在新西兰生活多年，嫁了本地人，可是骨子里那股东南亚人特有的烈日热情依然显眼。他家难得有菜心与芥蓝，我总是一口气买上可以撑到下一次赶集的量，回家用保鲜袋小心存放在冰箱里。在皇后镇，所有绿叶蔬菜都是宝贝，它们娇嫩珍贵，难见踪影。时间一久，摊主记住了我，每次总会留上几把给我。有一次去晚了，她正准备收摊，见我匆匆赶来，笑盈盈地从柜子里拿出一袋："给你留着呢。"

夏日时分，从皇后镇附近的水果镇克伦威尔赶来一些商贩，从小货车上卸下清晨刚摘的水果，果皮表面凝结着一层薄薄的露水，放在鼻尖，可闻到一股冰凉的清香。

其实说真的，相比超市，这里的蔬果并不便宜，但是胜在新鲜。也许是心理作用，超市里那些用透明塑料袋裹好的土豆、番茄与卷心菜总有种工业味道，食客吃得百无聊赖。可是从集市上买回来的就不一样了，总觉得即使酸，都酸得像个样子，要是发现个虫眼，也能宽容地原谅：这是大自然该有的样子嘛！

集市珍贵之处就在这儿：人的温度。你从生产者手中接过这些新鲜蔬果，斑驳的泥土留在指缝，你知道它从哪儿来，长在什么样的土壤中，被东南风吹来的哪片云雨浇灌过，人与人的情意在这里流动。

开民宿后，一些没什么计划的住客总会寻求建议，要是时候刚好，我会带着他们一起去赶集，算是体验本土风情。

好奇心重的人恨不得每样都尝尝。我的朋友纪文就是这样一个体验派，他在国内是银行职员，每天都要口干舌燥重复常识问题："您现在输入的密码，自己请务必记住。"

五分钟后，那客户回来了："我刚才输的什么密码来着？"

带着逃也似的心情，纪文来到皇后镇，七天时间都耗在这儿，每天晒晒太阳，帮忙剪剪薰衣草，花半个上午坐在湖边发呆，偶尔为一闪而过要回去上班的念头刺一下。

在他临走前，我们去集市买菜。他在每一个摊子上徘徊，只要是保质期时间久一点的能带走的东西，他都动心。最后叮叮当当买了一堆瓶装果酱与蜂蜜，我们费劲地往行李箱里塞泡沫纸和报纸，试图将这些瓶瓶罐罐保护起来，以顺利越过重洋。

他甚至还带走我家一捆薰衣草，回家装在玻璃瓶里，摆在书架上，像是某种女巫的咒语，当他筋疲力尽回到家，就能想起在南半球悠闲度日的小镇时光。

可是还有一些人对集市并不感兴趣，比如老张。他是个头顶已经略微秃了的中年男人，眼神空洞，却在某些时刻闪烁出狡黠的光彩。现在是政府某部门的科长，朋友圈里全是转发的“惊天秘闻”。现在儿子考上大学，全家难得一起出门度假。

圆脸短发的张太太喜欢拍照，什么看在眼里都美，都值得记录，我在院子里剪玫瑰，她主动凑过来要求一起剪，连连呼喊儿子快来拍她闻一朵玫瑰的模样。

老张总是背着手晃来晃去，对太太的臭美嗤之以鼻。他对什么都不感兴趣，偶尔还会点评两句：这皇后镇风景没有吹得那么厉害，还不如西藏。

他还凭经验分析房地产，从政治、文化、经济等方面侃侃而谈，最终得出结论：新西兰的房子升值空间比不上中国，没什么投资意义。

说完后得意地喝一口茶，一副“你就等着瞧吧”的自信模样。

一直低头玩手机的儿子冷冷回了一句：“说得像是你投资得起一样。”

老张被噎住了，“啐”地将嘴里的茶叶吐进杯子，没接茬。

我以前跑新闻的时候，见过许多老张这样的中年男人，他们在体制内生存许久，如橡皮一样被固定，成型。过了四十岁以后，体力与记忆渐不如前，孩子在长大，父母在老去，生活缓慢而隐秘地在他身上流淌而过。

我带他们一家子去赶集，逛了一圈后，老张坐在一边觉得无聊：这么大点地方，还不如小区对面的菜市场呢，你们自己逛吧。

张太太嗤之以鼻，纵身投入到热闹的人潮中去了。我和老张儿子等着热狗出炉，厨师熟练地将两片培根甩到高温烤盘上，吱的一声，肉迅速蜷缩起来，再煎上一颗鸡蛋。烟熏火燎间，我远远看见老张背着手，走到集市边上去了。

我怕他走丢，跟了过去。老张隔着点距离，观察一个挂着“政府问询台”牌子的台子。两个穿着黑色制服的姑娘热情招呼他过去看看，他窘迫又害羞地摆摆手，嘟囔着：“No,no English.”

那段期间，皇后镇政府正在推出一项“两元大巴”的惠民活动，所有公交线路全程两元，以此鼓励市民乘坐公共交通，疏解交通与停车压力。这两位姑娘是政府派出的问询员，向每个路过的市民征集意见，并且对这一活动进行宣传。

老张怂恿我上前问个明白，其实是他自己感兴趣，于是工作人员说一句，我就翻译一句给他听。工作人员说得非常详细，从这个活动的发起，到每一站停留的时间，包括如何办卡，都一一讲解。说完后，还耐心诚恳地问我们，还有没有什么想问的。

临了，其中一个扎麻花辫的姑娘送了几张彩色印刷的卡通线路图给我们，她热情邀请老张：“下次再来皇后镇一定要体验一下两元大巴。”

老张摆摆手，又赶紧点点头：“Ok,ok.”

回到车上，老张端详着线路图，过了半晌才开口：“还可以，值得学习。”

我打趣他，新西兰总算有点值得学习的东西了？

老张很严肃地分析道，这两个工作人员的热情温和态度值得学习，政府接地气的普及方式也很值得学习，他所在的部门要接触许多普通人，平时动辄就能听见拍桌子吵嚷的声音，时不时还被人拍下照片投诉到市长信箱。两边都觉得委屈。工作人员觉得自己费力不讨好，又忙又累；市民则觉得被敷衍，体验不到被尊重的感受。如今跳出来重新审视，发现换一种和人打交道的方式，会少许多碰撞，心里也舒服多了。

这一回，轮到张太太和儿子不屑一顾了："当官当上瘾了吧！"

我倒是发现老张的可爱之处了。没错，作为一个平庸的中年男人，山川湖海看着都挺无聊，出来旅游，不过是应付家庭集体活动的差事。可是他对工作有思考，是年轻时会在时政论坛里发长帖的那种人。虽然他不太懂生活的乐趣，可也并不是一个纯然无趣的人，毕竟内心还是有另一种热情所在。

就像一块儿坚硬的土地，只要敲对了地方，总会露出缝隙，让光照进去。

在复活节到来前的倒数第二周，数次降温让小镇冷了下来，人们开始穿起厚外套，一些家庭早早烧起壁炉柴火，集市也即将关闭。最后一次开放时，我又去了一次，买了点蓝奶酪与手工编织的羊毛袜子，和每一个面熟的摊贩打招呼。

"咱们就下半年再见啦。"

我的民宿关张了

2019年初，我的民宿正式关张。希望街的故事依然在继续，小镇依然上演着一出出悲欢喜乐的人间好戏。

同年9月，我即将重返校园，攻读心理学硕士学位。

喜欢的电影之一《步履不停》里说："你才二十五岁，你还可以成为任何你想成为的人。"

仔细想想，我二十五岁时在干吗？辞职，前往新西兰，看外面的世界，带着满心的困惑，巨大的热情与好奇。

六年过去，在走过漫长一段路后，我想回归内心，观察人性的绮丽与繁杂，试图探索更有效、科学、系统的方式，让生活更好，更靠近真实。

三十一岁的我依然相信，我们始终可以成为任何想成为的人。

没有岁月可回头，那不如，继续向前走。

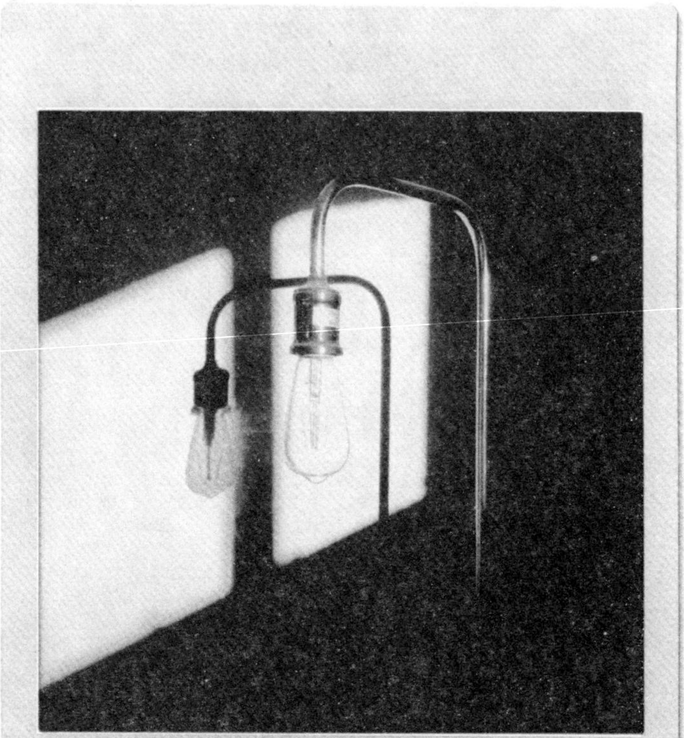

后 记

人，一直是我书里最重要的主题。刹那之间的迟疑，某个路口突发奇想的拐弯，不经意的无心之失，都会让人的命运千差万别。这也是为什么，人性如此绮丽多姿，生活那么千变万化，让人着迷。

据说“故事”这种叙述形式，已经是人类千百年来的习俗与本能。它如灯火一样，延绵不绝地摇晃在这星球数千年。人们在阅读故事时，会有一种类似神的视角，抽离于日常生活，沉浸于另一世界。我兢兢业业做一个讲故事的人，就像古时的说书先生一样，将那些似真如幻的人间事，写下来。

在海外的数年生活中，我努力扮演着旁观者的角色，保持清醒与敏感，观察自己与他人。我注视着，体验着，感同身受着，给自己增加更厚实，也更沉重的生命分量。

说真的，在许多时刻，我也羡慕那些活得迟钝却轻盈的人，他们享受此刻的每一顿美食与每一朵飘过的云，真心实意地赞美生活里的一切，一点也看不出对孤独的抗争，对身处异乡的不适。当我独坐书房苦苦思索，或是坐在湖边码头沉浸在自己的思维斗争中时，那些人欢笑轻快地从我身边走过，做着无忧无虑的成年人。

我只能安慰自己：也许，对于写作的人来说，拥有一颗敏感的心才能看到表层之下的事物，当有一天拥有自我防卫般的钝感时，就是让自己失去“特别”的时候。

特别。是的，我太渴望成为一个“特别”的人。

当所有人按部就班复制着生活时，我选择出国，经历那些壮丽风景与奇趣故事，写下来，给自己增加个写作者的名头，多了点不那么一样的身份。后来办杂志，开民宿，向每个人展现理想生活的模样。每一件事情，都是希望自己成为别人眼中“特别”的人。

我是如此恐惧平庸，抗拒平凡。在内心深处，总是隐隐渴望着发生点什么，让生活变得更跌宕趣致些，让笔下的题材更丰盛点，让经历再起伏一些。

让自己，不要成为“我们”，而只是“我”。

身为一个异乡人，敏感与思虑，渴望与回避，忍耐与追逐，最终有了这本书。相比起第一本书时未经世事的好奇天真姿态，这本书多了许多思索，在海外生活的逐渐深入，终于触摸到泥浆之黏腻，岩石之坚硬。生活的甜美，终于不再是轻飘飘而浮于表面的，它混杂着微苦与酸，终于让那一点点甜，多了复杂的丰富意味。

一本书有一本书的命运，我所做的，只是将它写下来，记录人生的吉光片羽，在漫长岁月里，写一本要公之于众的日记，将内里心机纤细敏思，通通暴露在阳光下，给人看。如果说真要有那么一点点妄图，不过是希望与某个人相逢。我们隔着千山万水，在各自的命运长河里跋涉，只有在这本书的文字里，产生刹那交汇。

谢谢你的时间，我们来日再会。

谢小丁

于皇后镇希望街33号

2019年6月

箭镇博物馆

孩子们在操场上体育课，面对着辽阔群山

集市上的农妇们，面前堆满自家蔬果和果酱

一年一度的箭镇秋日节，人们快乐地舞蹈着

惠灵顿博物馆收藏的皇后镇油画，记录下卓越山与瓦卡蒂普湖的美景

EVERYTHIN

“所有事都会好起来的”新西兰人这么相信着

图书在版编目（CIP）数据

且将异乡作故乡：海外客的世间相 / 谢小丁著 . --
北京：北京日报出版社，2019.11
ISBN 978-7-5477-3396-7

Ⅰ . ①且… Ⅱ . ①谢… Ⅲ . ①散文集—中国—当代
Ⅳ . ① I267

中国版本图书馆 CIP 数据核字（2019）第 143456 号

且将异乡作故乡：海外客的世间相

出版发行： 北京日报出版社
地　　址： 北京市东城区东单三条 8-16 号东方广场东配楼四层
邮　　编： 100005
电　　话： 发行部：（010）65255876
总编室：（010）65252135
印　　刷： 廊坊市博林印务有限公司
经　　销： 各地新华书店
版　　次： 2019 年 11 月第 1 版
2019 年 11 月第 1 次印刷
开　　本： 880 毫米 ×1230 毫米　1 / 32
印　　张： 10.25
字　　数： 234 千字
定　　价： 48.00 元
